쇼펜하우어와 니체의
책 읽기와 글쓰기

* 이 책은 2013년에 출간된 『쇼펜하우어와 니체의 문장론』의 개정판입니다.

아르투어 쇼펜하우어 · 프리드리히 니체

쇼펜하우어와 니체의 책 읽기와 글쓰기

홍성광 옮김

연암서가

옮긴이 홍성광

서울대학교 인문대 독문과 및 대학원을 졸업하고, 「토마스 만의 장편소설 『마의 산』의 형이상학적 성격」으로 박사 학위를 취득하였다. 저서로 『독일 명작 기행』, 역서로 쇼펜하우어의 『의지와 표상으로서의 세계』『쇼펜하우어의 행복론과 인생론』『쇼펜하우어와 니체의 책 읽기와 글쓰기』, 니체의 『니체의 지혜』『차라투스트라는 이렇게 말했다』『도덕의 계보학』, 토마스 만의 『마의 산』(상·하), 『부덴브로크 가의 사람들』(상·하), 괴테의 『이탈리아 기행』『젊은 베르터의 고뇌』, 헤세의 『헤세의 여행』『헤세의 문장론』『데미안』『수레바퀴 밑에』『싯다르타』 등이 있다.

쇼펜하우어와 니체의 책 읽기와 글쓰기

2013년 4월 30일 초 판 1쇄 발행
2020년 12월 15일 제2판 1쇄 발행

지은이 아르투어 쇼펜하우어·프리드리히 니체
옮긴이 홍성광
펴낸이 권오상
펴낸곳 연암서가

등록 2007년 10월 8일(제396-2007-00107호)
주소 경기도 고양시 일산서구 호수로 896, 402-1101
전화 031-907-3010
팩스 031-912-3012
이메일 yeonamseoga@naver.com
ISBN 979-11-6087-064-0 03850

값 15,000원

차례

글쓰기의 대가이자 언어의 마술사인
쇼펜하우어와 니체

홍성광

쇼펜하우어와 니체는 괴테와 하이네를 이어 자타가 공인하는 19세기 독일 최고의 검증된 문장가들이다. 두 사람은 20세기 독일의 3대 고전 작가인 토마스 만, 헤르만 헤세, 프란츠 카프카에게 큰 영향을 준 철학자이자 저술가이기도 하다. 자기 자신의 글에 대해 스스로도 자긍심이 대단했던 쇼펜하우어와 니체 두 사람은 어떻게 글을 썼고, 글에 대해서 어떻게 생각했을까? 이 책을 내는 목적은 그들의 문체를 찬찬히 살펴보고 음미해서 독자들이 좋은 글을 쓸 수 있게 되고 그럼으로써 글을 통한 자기 치유 및 수양도 할 수 있도록 하려는 것이다. 어느 시대나 글쓰기가 중요하지 않은 적은 없었지만, 현재 중고등학교와 대학교는 물론이고 일반 사회에서도 글쓰기를 중요하게 다루는 분위기가 확산되고 있다. 그렇지만 대부분은 어떻게 해야 글을 잘 쓸 수 있는지 잘 알지 못하며, 어떤 것이 좋은 글인지 판별하는 것 역시 쉬운 일이 아니다. 국민이 그들의 대변자인 정치인을 선택하는 것이나 독자가 작품을 선택하는 것은 그 관계가 비슷하다고 볼 수 있다. 그러나 어떻게 보면 부적절한 정치인이나 졸작이 문제라기보다는 그들을 선택하는 자나 그럴 수밖에 없는 구조가 더 문제일지도 모른다. 우리가 선택하지 않으면 그들은 자연히 없어지고 도태되게 된다. 결국 무엇보다 우리에게 중요한 것은 정치인이나 책을 고르는 능력을 기르는 것이다. 사실 괴테, 쇼펜하우어, 니체의 책들도 그들의 생전에는 다른 통속 작품들에 밀려 대중의 외면을 받았다. 그래서 쇼펜하우어는 독자들이 고전이나 훌륭한 작품을 알아보지 못하고 돈을 위해 글을 쓰는 인기 영합형 저술가에게만 관심을 쏟는 세태를 탄식하기도 했다.

독일 문학사에 훌륭한 작품을 남긴 괴테, 하이네, 토마스 만, 헤세, 카프카, 그리고 페터 한트케 같은 작가들은 살펴보자. 이들은 자신들에게 절실히 필요했기 때문에 글을 썼다. 이들의 글쓰기는 죽음의 유혹을 극복하는 치유의 글쓰기였다. 특히 이들의 남다른 예민한 자의식은 죽음과도 같은 고통이었다. 그런 고통을 극복하기 위한 방법으로 젊은 날의 괴테는『젊은 베르터의 고뇌』를 써서 베르터를 죽음의 길로 몰아넣음으로써 위기와 죽음으로부터 탈출할 수 있었다. 하이네 역시도 자신의 사촌 여동생과의 사랑의 실패를 토대로 쓴

『노래의 책』에서 사랑의 아픔을 노래하면서 자신의 마음의
상처를 치유했다.

　한편 토마스 만은 「산고産苦의 시간」에서 글쓰기를 산고의
고통에 비유하면서 그 어려움을 토로한다. 그는 실러를 주인
공으로 내세운 그 단편에서 글이 제대로 쓰이지 않는 심정을
자신의 입장에 대비하여 토로한다. 즉 병고에 시달리며 『발
렌슈타인』을 쓰는 성찰적인 시인 실러가 괴테는 글을 쉽게
술술 쓰는 것 같은데 자신은 그렇지 못하다며 한탄하는 것이
다. 헤세 역시도 글쓰기를 구도의 길에 비유한다. 그의 작품
「시인」에서 중국의 시성詩聖 한혹이 안락한 생활과 소소한 행
복을 버리고 시의 길을 찾아 먼 길을 떠나는 것이 그 예이다.
또한 정신적으로 불안정했던 헤세는 작품의 주인공들을 대
체로 익사시키는 글쓰기를 통해 자신은 죽음의 유혹에서 벗
어난다. 카프카에게도 작품 활동은 단순한 글쓰기의 행위를
넘어서는 살기 위한 존재 방식이었다. 그는 결혼 생활과 창작
생활을 갈등 구조로 보고 자신의 약혼을 번번이 깨뜨리고 만
다. 그의 선택은 창작을 위해 일상적인 행복을 포기하는 것이
었다.

　페터 한트케는 『어느 작가의 오후』에서 자신의 분신이라
할 수 있는 어느 작가의 글쓰기 자체를 작품의 주제로 삼는
다. 그는 언어의 막힘, 더 이상 할 수 없음, 영원히 글쓰기가
중단될 가능성에 대한 두려움에 시달린다. "언어의 한계를

벗어나 다시는 돌아갈 수 없으리라 생각한 시절 이래로, 그러한 생각으로 인해 날마다 불확실한 새 출발을 해온 이래로 그는 비로소 자신을 진지하게 "작가"라고 부르지 않았던가? 자기 생의 절반 이상의 기간 동안 오로지 글쓰기만을 생각했음에도 그는 그때까지 작가라는 이 단어를 기껏해야 반어적으로 쓰거나 쓰면서도 간혹 어찌할 바 몰라 했다." 글쓰기에서 그가 중요하게 생각하는 것은 재료가 아니라 구조이다. 즉 특별한 브레이크 장치 없이 정지 상태에서 움직이는 것, 모든 요소들이 자유로운 상태로 열려 있어 누구나 접근이 가능하고, 사용했더라도 진부하지 않은 것이 작품이라고 생각한다. 이상으로 여러 작가들의 글을 쓰는 자세에 대해 훑어보았다. 그렇다면 쇼펜하우어와 니체의 경우는 어떠한가?

이 책은 쇼펜하우어와 니체의 저서에서 글쓰기와 직간접으로 관련되는 글들을 모아서 정리한 것이다. 쇼펜하우어의 글은 『소품과 부록Parerga und Paralipomena』에서 글쓰기나 책과 관련되는 장章인 '스스로 생각하기', '글쓰기와 문체', '책과 글 읽기', '박식함과 학자에 대하여'에서 골랐다. 그런데 니체의 경우에는 쇼펜하우어처럼 글쓰기에 관해 일목요연하게 정리해서 쓴 글이 없다. 그래서 그의 전집에서 글쓰기와 관련되는 잠언 형태의 글을 추려서 실었다. 그것들의 대부분은 니체의 중기 작품인 『인간적인 것, 너무나 인간적인 것』에 수록된 글이고, 그 외에 『아침놀』, 『즐거운 학문』과 후기의 작품들인 『차라투스트라는 이렇게 말했다』, 『선악의 저편』, 『이 사람을 보라』, 『도덕의 계보학』에 실린 글들을 약간씩 모은 것이다. 그렇기 때문에 그 글들은 주로 정신과 사상가, 글쓰기와 문체, 독자와 저자, 책과 글 읽기와 관련된 깊은 성찰이 담긴 것들이다. 두 대가의 글은 글쓰기의 중요성과 어려움을 잘 보여 준다. 우리가 그들의 말을 따르기는 쉽지 않다. 그렇지만 그들의 글을 연구하고 각자의 길을 찾아보는 것은 뜻 깊은 일이라 할 수 있다. 따라서 독자들은 그 내용을 이해하고 소화해서 자기 것으로 만들 수 있을 것이다.

쇼펜하우어의 전집 서문을 보면 그가 자신이 쓴 글을 얼마나 소중하게 여겼는지 알 수 있다. 그는 형편없는 저술가, 기자들이 끊임없이 조직적으로 독일어를 훼손하는 것에 분노하며 유언처럼 글을 남긴다. "앞으로 나의 글을 출판할 때 단어 하나와 음절, 글자와 구두점이라도 훼손하는 자는 나의 저주를 받으리라." 그는 특별히 할 말이 있을 때만 글을 썼기 때문에 많은 책을 쓰지 않았고, 돈을 위해 글을 쓰지 않았다. 즉 그는 진리를 위해 글을 썼지 사적인 이익을 위해 글을 쓰지 않았다. 그는 자신의 저서에서 철자 하나라도 고치지 못하도록 1853년 자신을 추종하던 프라우엔슈테트Frauenstädt 박사에게 신탁 유증을 설정하라고 시키기도 했다. 그는 당시 독일에서 자행되는 온갖 종류의 언어 파괴 현상에 분노를 금치 못한다. 그는 나이가 들어 괴팍해져 그렇게 한 것이 아니라 이미 자신의 주저를 교정할 때부터 오자나 탈자가 생기자 편집자를 교체하라고 발행인에게 요구하기도 한다.

쇼펜하우어는 1818년 주저인 『의지와 표상으로서의 세계』를 발간할 때부터 자신의 책에 대해 자부심을 숨기지 않았다. 그는 출판인 브로크하우스에게 보낸 편지에서 "작품의 가치에 따라 값을 요구한다면 그것은 당신이 구입할 수 없을 정도로 비싼 가격이 될 것입니다"라고 오만한 자세를 보이며 "나의 이 저서는 하나의 새로운 철학 체계입니다. 말 그대로 새로운 것이며, 기존에 존재하는 옛날 철학을 재탕해 새롭게 서술한 게 아니라, 지금까지 아무도 생각해내지 못한, 고도로 응축된 사고로 쌓아올린 책이 될 것입니다"라고 자신에 찬 모습을 보인다. 괴테도 그 책을 열심히 읽고 젊은 쇼펜하우어의 문장에 주목했다. 그래서 그 책의 문체와 표현의 명쾌함을 높이 평가했고, 전체 내용을 아주 훌륭한 방법으로 구분 짓고 있다고 칭찬했다. 이처럼 쇼펜하우어는 독일 문학사상 명문장가의 한 사람으로 평가받아 그의 글은 학교 작문 시간에 글쓰기의 모범으로 사용되고 있다.

쇼펜하우어는 여러 언어의 대가이기도 했다. 그는 어린 시절 프랑스와 영국에 살아 프랑스어와 영어에도 능숙했다. 또한 이탈리아어 외에 에스파냐어에도 익숙해서 발타자르 그라시안의 『세상을 보는 지혜』를 독일어로 번역하기도 했다. 그러나 고전어에 능통했던 그는 그리스어와 라틴어를 높이 평가하여 고전어로 된 글을 독일어로 일일이 번역하는 것은 반대했다. 또한 칸트의 주요 저서를 영어로 옮길 계획을 세웠으나 여의치 않아 실현되지는 못했다. 쇼펜하우어는 비석에 적는 글을 문어체의 모범으로 삼아야 한다고 했지만, 정작 자신의 묘비에는 이름 말고는 날짜도 연도도 적지 말라고 했다. 묘지는 어디로 하면 되겠느냐는 유언 집행인 그비너의 물음에 그는 "어디라도 괜찮네. 내가 어디에 있든 사람들은 나를 찾아낼 테니까"라며 어디에 묻히든 개의치 않는다는 탈세속적이며 자신만만한 태도를 보였다.

위대한 작가란 훌륭한 내용의 글을 쓸 뿐만 아니라 자신의 문체가 있는 작가를 말한다. 니체 역시 문체를 중시하여 글을 쓸 때마다 글의 내용에 적합한 문체를 찾았다. 그는 『인간적인 것, 너무나 인간적인 것』에서부터 아포리즘 형식으로 글을 쓰기 시작했다. 아포리즘은 우리가 잘 알고 있다고 생각하는 사물을 낯설게 제시해서 다르게 생각하도록 요구한다. 그래서 우리가 알고 있는 상식을 무너뜨리고 충격을 준다. 즉 아포리즘은 진리에 가장 빨리 도달하는 형식이고 그것은 번개처럼 진리에 도달한다. 하지만 동시에 그것을 깨우칠 수 있는 사람만 선택하고 그렇지 못하는 자는 쫓아내는 기능을 하는 것이 아포리즘이다. 훌륭한 문체는 동일한 파토스를 지닐 능력과 자격이 있는 사람들을 전제하고, 그들에게 자신의 심중을 털어놓기에 부족함이 없음을 전제하는 것이다.

니체는 아포리즘 형식으로 글을 쓰는 이유를 『차라투스트라는 이렇게 말했다』에서 이렇게 말했다. "피와 잠언으로 글을 쓰는 자는 그 글이 읽히기를 바라는 것이 아니라 암송되기를 바란다. 산에서 산으로 갈 때 가장 가까운 길은 봉우리에서 봉우리로 가는 것이다. 하지만 그러려면 다리가 길어야 한다. 그리고 잠언은 봉우리가 되어야 한다. 그래서 몸집이 크고 키가 껑충 큰 자라야 잠언을 알아들을 수 있다." 이처럼 잠언을 이해하려면 봉우리에서 봉우리로 걸어갈 수 있는 정신의 거인이라야 한다. 자기 시대에서만 친구를 찾는 사람은 위대한 사람이 아니다. 거인은 발밑의 난쟁이 소리는 듣지 못하지만 멀리 떨어진 위대한 친구의 목소리는 분명히 듣는다. 쇼펜하우어와 니체의 그런 친구 중의 한 명이 스피노자였다. 스피노자는 두 사람의 진정한 선구자였고, 시대를 앞서 걸어간 위대한 친구였다.

니체의 말에 의하면 잘 쓴다는 것은 사고를 더 잘한다는 것을 뜻한다. 이 말은 전달할 가치가 더욱 큰 것을 생각해내고, 그것을 실제로 전달할 수 있다는 뜻이다. 니체는 위대한 문체란 아름다운 것이 괴물에 승리를 거둘 때 생겨나며, 좋은 문체란 좋은 인간에서 나온다고 말한다. 문체란 정신의 관상이라는 쇼펜하우어의 말도 같은 취지의 말이다. 문체에 대한 가르침은 독자나 청자에게 온갖 기분을 전달해 주는 표현을 얻게 하는 가르침이다. 다시 말해 문체에 대한 가르침은 열정을 극복한 인간, 진심으로 감동하고, 정신적으로 즐겁고 밝으며 솔직한 인간의 기분에 대한 표현을 얻게 해주는 가르침인 것이다.

니체는 자신의 사상을 효과적으로 전달하기 위해 온갖 다양한 문체를 선택한다. 잠언이나 시 형식의 글이 있는가 하면, 논문이나 에세이 형식의 글도 있다. "나의 문체 기법에 대한 일반적인 이야기를 하도록 하겠다. 어떤 상태를, 기호의 속도를 포함하여 기호를 통한 파토스의 내적 긴장을 전달하는 것이 모든 문체의 의미다. 나의 경우 내적 상태가 무척 다양하다는 점을 감안하면 나의 경우에는 문체에 대한 수많은 가능성이 있다. 지금까지의 인간이 다룬 것 중 가장 다양한 문체 기법이 존재하는 것이다." 문체는 온갖 형태를 빚어내는 반죽과 비슷하다. 그러므로 매우 다양한 형태의 문체가 나타날 수 있다. 니체는 자기 이전에 독일어로 무엇을 할 수 있는지, 언어로 대체 무엇을 할 수 있는지 알지 못했다고 큰소리친다. 그는 위대한 리듬 기법, 복합문의 위대한 문체가 숭고하고도 초인간적인 열정의 엄청난 상승과 하강을 표현하기 위한 것이라는 사실이 자신에 의해 발견되었다고 자화자찬하기도 한다.

니체는 자신의 글이 잘 읽히지 않는다는 것을 인정한다. 심지어 그는 고도의 문체 연습이라고 불리기도 한 『차라투스트라는 이렇게 말했다』를 해석해내는 일을 하기 위한 교수직

이 만들어질지도 모른다고 주장한다. 폰 슈타인 박사가 그 책에 나오는 말은 한마디도 이해할 수 없다고 불평하자 니체는 문장들을 체험하지 않았으니 당연하다고 일갈한다. 니체는 그 책이 현대인에게 읽히기를 기대할 수 없다며, 자신의 승리는 쇼펜하우어의 승리와는 정반대라고 말한다. "나는 읽히지 않는다, 나는 읽히지 않을 것이다"라고 발언하는 니체는 자기 글이 이해되기를 원할 뿐만 아니라 분명 이해되지 않기를 원하기도 한다. 니체 자신이 예언했듯이 『차라투스트라는 이렇게 말했다』가 어느 정도나마 이해되는 데 100년 이상의 세월이 걸렸다. 그렇지만 누가 어떤 책을 이해하지 못한다고 해서 반드시 그 책에 문제가 있다고는 볼 수 없다. 그래서 니체는 자신이 너무나 좋은 글을 쓰고 있다는 자부심을 잃지 않으며 자신의 작품에 익숙해지면 다른 책들은 더 이상 견딜 수 없게 된다고도 한다.

쇼펜하우어는 저술가를 두 종류로 나눈다. 사물 그 자체 때문에 쓰는 사람과 쓰기 위해서 쓰는 사람이 있다는 것이다. 전자는 어떤 생각을 지녔거나 경험을 해 그것을 전달할 가치가 있다고 여겨 글을 쓴다. 후자는 돈이 필요해서, 돈 때문에 글을 쓴다. 이들은 글을 쓰기 위해 생각하고, 가능하면 길게 생각을 뽑아내고, 진실하지 않고 그릇된, 부자연스럽고 불확실한 생각을 전개한다. 또한 그들은 대체로 실제가 아닌 자신들의 모습을 보여 주려 하기 때문에 불명료함을 사랑한다. 때문에 이들의 글에는 단호함과 명확성이 결여되어 있다.

또한 쇼펜하우어는 저자를 세 가지 부류로 나눈다. 첫 번째 유형은 사고를 하지 않고 글을 쓴다. 그들은 기억과 추억을 바탕으로 하거나, 또는 남의 책을 직접 이용해서 글을 쓰기도 한다. 두 번째 유형은 글을 쓰면서 사고하는 사람들이다. 그들은 쓰기 위해 사고한다. 그 수는 매우 많다. 세 번째 유형은 사고하고 나서 집필에 착수하는 사람들이다. 그들은 사고를 했기에 글을 쓸 뿐이다. 보기 드문 세 번째 저술가의 글쓰기는 몰이사냥과 같아서, 짐승이 이미 우리 속에 잡혀 들어가 있으므로 사냥꾼은 이제 목표를 정하여 쏘기(서술)만 하면 된다.

쇼펜하우어와 니체는 웃고 춤추는 것을 가르치는 책을 원한다. 우리의 일반적인 생각과 달리 쇼펜하우어는 자신의 글에서 번번이 잔잔한 웃음과 유머, 기지를 보여 준다. 그는 자기 자신에 대해서도 웃을 수 있다는 것을 보여 주기도 한다. 어떤 의미에서 웃음은 그의 철학의 정점이었다. 채플린의 코미디 연기도 쇼펜하우어의 웃음론에서 큰 영향을 받았다. 쇼펜하우어는 사람들이 어둡고 금욕적인 책이라고만 알고 있는 자신의 주저에서 의외에도 웃음론을 펼친다. "웃음은 매번 어떤 개념과 그로 인해 생각된 실재의 객관 사이의 불일치를 갑자기 알아차린 데서 생긴다." 웃음은 개념과 실재의 불일치의 표현일 뿐이라는 것이다. 그는 주저의 서문에서 그 책의 용도에 대해 이미 유머러스하게 말한다. "이 책의 서문까지만 읽고 그만둔 독자는 현금을 주고 이 책을 샀으므로 자신의 손해를 무엇으로 배상할 것이지 물을지도 모른다. 그러면 이제 나의 마지막 도피처는 책이란 읽지 않아도 여러모로 이용할 수 있다고 그에게 일러주는 것이다. 이 책은 다른 많은 책들과 마찬가지로 그의 장서의 빈곳을 메워 줄 것이고, 장정이 훌륭하면 확실히 보기에도 좋을 것이다. 또는 그에게 박식한 여자 친구가 있으면 그녀의 화장대 위나 차 마시는 탁자 위에 놓아두어도 좋을 것이다. 또는 마지막으로 분명 가장 좋은 용도이자 내가 특히 권하는 것은 이 책을 비평할 수 있다는 것이다."

쇼펜하우어는 너무나 삭막한 삶 속에서 어느 페이지를 넘겨도 농담 한 마디 할 여지없이 너무 진지할 필요가 없다고 생각해서 그런 농담을 한다고 말한다. 그러면서 그 책이 그 진가를 알 만한 사람들의 손에만 들어가게 될 것을 확신하며 아주 진지한 마음으로 책을 내놓는다고 밝힌다. 이러한 종류의 유머는 그의 책이나 생활에서 종종 볼 수 있다. 사실 웃지 못하는 사람은 상상력과 지적 생동감이 부족해서이다. 니체 역시 중력의 정신을 떨치고 경쾌하게 춤추라고 가르친다. "불가능한 것을 가능하다고 서술하고, 윤리적인 것과 독창적인 것에 관해 마치 양자가 하나의 변덕이나 취향에 불과하다고 말함으로써, 인간이 발끝으로 서서 내부의 흥 때문에 춤추지 않을 수 없을 때처럼, 생기발랄한 자유의 감정을 불러일으키는 문필가들이 있다."

쇼펜하우어와 니체는 무턱대고 책을 많이 읽는 것에 반대한다. 그러다가 스스로 생각하는 힘을 잃어버릴 염려가 있기 때문이다. 또한 두 사람은 괴테와 마찬가지로 소박함을 중시한다. 쇼펜하우어는 소박함은 가장 숭고함과도 화합하므로 단순함과 소박함의 법칙은 모든 예술에 적용된다고 말한다. 니체 역시 거창하게 쓰는 것보다 쉽고 소박하게 쓰는 것이 중요하다고 한다. "소박한 생활 방식은 오늘날 쉽지 않다. 그러기 위해서는 매우 똑똑한 사람들이 지니고 있는 것보다 훨씬 더 많은 사색과 독창력이 필요하다." 그리고 소박하게 쓰기 위해서는 더 많은 사색과 독창력이 필요하다고 조언한다. 쇼펜하우어도 간결함과 단순함을 높게 평가한다. "모든 실제적인 사상가는 자신의 사상을 가능한 한 순수하고 분명히, 확실하고 간결하게 표현하고자 노력한다. 따라서 단순함은 언제나 진리의 특징일 뿐만 아니라 천재의 특징이기도 하다. 문체는 사상의 아름다움을 보존한다." 진리는 적나라할수록 더없이 아름답고, 진리가 주는 인상은 간단한 표현일 때 더욱 심오하다. 따라서 내용이 담긴 간결함에 안정감과 성숙함이 더해지면 좋은 문장이 되는 것이다. 결국 문체를 개선하려면 우선 생각을 개선해야 한다. 그리고 스스로 생각해서 얻은 지혜가 독서로 얻은 지혜보다 낫고, 단순한 경험도 사고를 대신하지 못한다는 것을 알아야 한다. 또한 훌륭한 산문을 쓰기 위해서는 시구, 이미지, 리듬, 운을 얻기 위해 노력해야 한다. 그렇게 하려면 문체가 살아 있어야 하고, 시에 다가가되 그렇다고 시로 넘어가서는 안 된다. 결론적으로 쇼펜하우어와 니체가 말하는 좋은 글쓰기는 일단 스스로 생각하기, 독자적 사고, 독창성에서 출발한다.

제1부 | 쇼펜하우어의 책 읽기와 글쓰기

소품과 부록
(Parerga und Paralipomena)

1. 스스로 생각하기

사고思考와 지식

아무리 책의 수가 많다 한들 정리 안 된 도서관은 책의 수는 많지 않아도 정리 잘 된 장서藏書만큼 효용이 없는 것처럼, 지식도 이와 마찬가지다. 아무리 많은 지식이라도 자신의 사고로 철저히 다듬은 지식이 아니라면 양은 훨씬 적어도 다양하게 숙고한 지식만큼 가치가 없다. 알고 있는 지식을 온갖 방면으로 조합하고, 모든 진리를 다른 진리와 비교해서야 비로소 자신의 지식을 완전히 자기 것으로 하고, 그 지식을 자기 마음대로 할 수 있다. 알고 있는 것만 면밀히 숙고할 수 있는 것이다. 때문에 우리는 무언가를 배워야 한다. 하지만 면밀히 숙고한 것만 정말로 안다고 할 수 있다.

그런데 우리는 자기 마음대로 읽기와 배움에 힘쓸 수 있지만, 사고는 자기 뜻대로 되지 않는다. 다시 말해, 불에 공기를 제공해 지펴 줘야 하듯이 사고도 부추겨 줘야 하며, 사고의 대상에 대한 관심을 불러일으켜 유지시켜 줘야 한다. 이러한 관심은 순전히 객관적인 것일 수도 있고, 또는 단순히 주관적인 것일 수도 있다. 후자는 우리가 개인적인 문제에 부딪혔을 때 생기지만, 전자는 단지 천성적으로 사고하는 두뇌를 타고난 사람에게만 생긴다. 이런 자들에게는 사고란 호흡만큼이나 자연스러운 일이다. 하지만 이런 두뇌를 지닌 사람은 매우 드물다. 때문에 대부분의 학자 중에 사고 능력을 갖춘 학자는 극소수에 불과하다.

독자적 사고와 독서가 정신에 미치는 영향

독자적 사고가 정신에 미치는 영향과, 독서가 정신에 미치는 영향 사이엔 믿기지 않을 만큼 현격한 차이가 있다. 사람마다 원래 두뇌의 차이가 있어서, 그로 인해 어떤 사람은 독자적 사고에, 또 어떤 사람은 독서에 끌리는데, 그 차이 때문에 두 가지가 정신에 미치는 영향은 끊임없이 커진다. 다시 말해 독서는 우리가 순간적으로 갖고 있는 정신의 방향이나 기분, 너무나 낯설거나 이질적인 사고를 마치 도장 찍듯 정신에 강요한다. 이때 정신은 전혀 그러고 싶은 충동이 없고 내키지 않는데도 때로는 이것을 때로는 저것을 생각하도록 외부로부터 심한 강요를 당한다.

반면에 독자적 사고를 하는 경우 정신은 순간적으로는 외부의 환경이나 어떤 기억에 좀 더 좌우된다 할지라도 자기 자신의 충동을 따른다. 다시 말해 구체적인 환경은 독서와는 달리 어떤 특정한 사고를 정신에 강요하는 것이 아니라, 단순히 자신의 천성과 그때의 기분에 맞는 것을 생각하도록 소재와 계기를 제공해 줄 뿐이다. 때문에 용수철에 무거운 짐을 계속 놓아두면 탄력을 잃게 되듯이, 많은 독서는 정신의 탄력을 몽땅 앗아간다. 그러니 시간이 날 때마다 아무 책이나 덥석 손에 쥐는 것은 자신의 사고를 갖지 못하게 하는 가장 확실한 방법이라 할 수 있다. 학식을 쌓을수록 대부분의 사람들이 원래의 자신보다 더욱 우둔하고 단조로워지며, 그들의 저작이 결국 실패로 돌아가는 것도 이러한 독서 습관 때문이다.[1] 그들은 이미 **포프**[2]가 말한 상태에 있는 것이다.

"모두의 머릿속에 산더미 같은 책이 담겨 있어
끊임없이 읽고 있지만 도무지 읽히지 않는다."
—포프, 『우인열전愚人列傳』

학자란 책을 많이 읽은 자들이다. 사상가, 천재, 세상 사람을 깨우쳐 주는 자, 인류의 후원자는 직접 세상이라는 책을

---

1   글을 자주 쓰는 사람들은 사고하는 일이 드물다.-원주

2   포프(Alexander Pope, 1688~1744): 18세기 영국의 시인.

읽은 사람을 말한다.

자신의 생각과 독서에서 얻은 생각

엄밀히 말하자면 자신의 기본사상에만 진리와 생명이 깃든다. 우리는 그것만을 제대로 온전히 이해하기 때문이다. 독서에서 얻은 남의 생각은 남이 먹다 남긴 음식이나 남이 입다가 버린 옷에 불과하다.

우리의 마음속에서 일어나는 자신의 생각과 책에서 읽은 남의 생각의 관계는 마치 봄에 꽃이 피어나는 식물과 돌멩이 속에 든 태곳적 식물 화석의 관계와 같다.

독자적 사고의 중요성

독서는 독자적 사고의 단순한 대용품에 불과하다. 독서를 하면 자신의 생각이 남의 생각에 끌려 다니게 된다. 게다가 만약 책이 우리를 이끌어 간다고 한다면, 많은 책들은 얼마나 많은 미로迷路가 있는지, 얼마나 고약한 결과에 이를 수 있는지 보여 주는 데 유용할 뿐이다. 하지만 수호신의 인도를 받는 사람, 즉 독자적 사고를 하고, 자발적으로 생각하며, 올바로 생각하는 사람은 올바른 길을 발견하는 나침반을 갖고 있는 셈이다.

그러므로 자신의 사고의 샘이 막혀 버렸을 때만 독서를 해야 한다. 최고의 두뇌를 지닌 사람이라도 때로는 그런 경우가 충분히 생길 수 있을 것이다. 이와는 달리 책을 집어 들기 위해 원초적 힘을 지닌 자신의 생각을 쫓아버리는 것은 성령에 죄 짓는 일이다. 그런 사람은 말린 식물 표본을 보려고 또는 동판화 속의 아름다운 경치를 보려고 야외에서 도망치는 사람과 같다.

이따금 우리는 크게 노력해 독자적 사고를 하고 다방면으로 조합해서 천천히 알아낸 진리나 통찰이 어떤 책에 그대로 쓰인 것을 편리하게 발견할 수도 있다. 하지만 독자적 사고로 알아낸 것은 책에서 그냥 얻은 것에 비해 100배는 더 가치가 있다. 왜냐하면 그렇게 해야만 그 진리는 불가결의 부분이자 살아 있는 구성 요소로 우리 사고의 전체 체계에 들어와서, 그 사고 체계와 완전하고 확고한 관련을 맺으며, 그 근거와 결론이 모두 이해되어 우리의 전체 사고방식의 색깔, 색조, 특징을 띠기 때문이다. 또한 그 진리는 꼭 필요하다고 생각될 때 바로 때맞추어 나타나므로 확고한 위치를 차지해서 두 번 다시 사라져버리는 일이 없다. 따라서 다음과 같은 괴테의 시구는 이런 사실을 가장 완벽하게 응용하고, 즉 설명하고 있다.

"조상에게서 물려받은 것을 소유하려면
그대가 그것을 획득하라."

— 괴테,『파우스트』682행

다시 말해 독자적 사고를 하는 사람은 자신의 견해가 지닌 권위를 나중에서야 알게 되는데, 그때 그 권위는 자신의 견해에 힘을 실어 주고 그것을 강화하는 데 도움이 될 뿐이다. 반면에 책에만 매달리는 철학자는 다른 사람들에게서 주워 모은 견해들을 가지고 하나의 전체 체계를 만들기에 그 견해들에서 출발하는 셈이다. 그렇게 되면 그 체계는 서로 다른 재료로 짜 맞춘 로봇과 같은 반면, 독자적 사고로 만든 체계는 갓 태어난 살아 있는 인간과 같다. 전체 체계가 생겨나는 방식은 인간이 태어나는 방식과 유사하기 때문이다. 다시 말해 외부세계가 사고하는 정신을 수태시킨 뒤 그 정신이 체계를 쭉 품고 있다가 낳은 것이다.

　단순히 습득한 진리는 마치 의수義手나 의족, 의치, 밀랍으로 만든 코나 또는 기껏해야 남의 살로 성형 수술한 코처럼 우리 몸에 그냥 붙어 있기만 할 뿐이다. 하지만 독자적 사고로 얻은 진리는 자연스런 수족과 같은 것이므로, 그것만이 정말로 우리 것이다. 사상가와 단순한 학자의 차이도 이런 사실에 기인한다. 따라서 독자적 사고를 하는 사람의 정신적 획득물은 올바른 빛과 그림자의 배합, 은은한 색조, 색채의 완전한 조화로 살아 있는 한 편의 빼어난 아름다운 그림처럼 보인다. 하지만 단순한 학자의 정신적 획득물은 알록달록한 색으로 가득 하고, 아무튼 체제도 정돈되어 있긴 하지만, 조화와 연관성과 의미가 결여된 커다란 팔레트와 같다.

자기 머리로 사고하기

독서란 자기 머리로 생각하는 대신 다른 사람의 머리로 생각하는 것을 말한다. 그런데 스스로의 생각으로 엄밀하게 완결된 체계는 아니더라도 항상 연관성 있는 전체를 발전시키려 할 때 끊임없는 독서로 다른 사람의 생각이 강하게 흘러들어오는 것만큼 불리한 작용을 하는 것은 없다.

다른 사람의 생각은 모두 남의 정신에서 싹튼 것이며, 다른 체계에 속하고 다른 색채를 띠고 있어서 사고와 지식, 통찰과 확신의 전체에 저절로는 결코 합류하지 못하고, 오히려 머리에 가벼운 언어의 혼란[3]을 일으켜 그런 것들로 채워진 정신에게서 이제 온갖 명확한 통찰력을 앗아버려 정신을 거의 해체해 버리기 때문이다.

많은 학자가 이러한 상태에 있는 것을 볼 수 있다. 그들이 상식이나 올바른 판단, 실제적인 배려 면에서 배우지 못한 많은 사람에 비해 뒤떨어지는 것은 그 때문이다. 이런 사람들은 경험이나 대화, 얼마 안 되는 독서로 외부에서 얻은 보잘것없는 지식을 언제나 자신의 생각에 받아들여 동화시킨 것이다.

그런데 학문적 **사상가** 역시 보다 큰 규모로 바로 이와 같은

---

3 「창세기」 제11장 1절~9절 참조.

일을 하고 있다. 다시 말해 그런 사람은 많은 지식을 필요로
하고, 때문에 책을 많이 읽어야 하겠지만, 그의 정신은 이 모
든 일을 해내고 지식을 자기 것으로 만들어 자신의 사상 체
계에 병합함으로써, 끊임없이 커지는 자신의 웅대한 통찰력
의 유기적으로 연관된 전체에 그 지식을 종속시킬 정도로 충
분히 강력하다. 이때 사상가 자신의 생각은 파이프 오르간의
기초 저음처럼 항시 모든 음을 지배하며 결코 다른 음에 묻
히는 법이 없다. 반면에 단순히 박식하기만 한 사람의 경우는
말하자면 온갖 음조로 이루어진 누더기 음이 갈팡질팡하는
바람에 기본음을 더 이상 들을 수 없게 된다.

스스로 생각해서 얻은 지혜가 독서로 얻은 지혜보다 낫다

독서로 일생을 보내고 여러 가지 책에서 지혜를 얻은 사람
은 여행 안내서를 잔뜩 읽고 어느 나라에 관한 정확한 지식
을 얻은 사람과 같다. 이런 사람은 많은 정보를 줄 수는 있지
만, 엄밀히 말하자면 그 나라의 사정에 대한 일목요연하고 분
명하며 철저한 지식은 갖고 있지 않다.

이와 반대로 일생을 사고하며 보낸 사람은 직접 그 나라에
갔다 온 사람과 같다. 이런 사람만이 그 나라의 실제 모습을
알고 있고, 그곳의 문제를 일목요연하게 꿰뚫고 있으며, 진정
으로 그곳 사정에 정통하고 있는 것이다.

독자적 사고를 하는 사람과 책에만 매달리는 철학자

책에만 매달리는 평범한 철학자와 독자적 사고를 하는 사람의 관계는 역사 연구가와 목격자의 관계와 같다. 독자적 사고를 하는 사람은 사물에 대해 자신이 직접 파악한 것을 말한다. 그 때문에 독자적 사고를 하는 자들은 모두 기본적으로 일치하는 점이 있다. 그들의 차이는 단지 입장이 다른 데서 생겨날 뿐이다. 그러나 이러한 입장이 다르지 않을 경우에는 그들은 모두 똑같은 말을 한다. 왜냐하면 그들은 객관적으로 파악한 것만 말하기 때문이다. 나는 여러 가지 명제가 모순되는 것처럼 생각되어 대중에게 알리기를 주저하기도 했는데, 후에 놀랍게도 위대한 선인들의 옛 저서에 그런 명제가 언급된 것을 발견하고 기뻤던 적이 가끔 있다.

그런 반면 책에만 매달리는 철학자는 이런저런 사람이 말하고 생각한 것이나, 그것에 대해 다른 사람이 반론한 것 등을 보고한다. 그는 그런 것을 비교하고 심사숙고하며 비판하여 사물의 진리를 찾아내려 애쓴다. 이 점에서 그는 비판적 역사 연구가와 매우 비슷하다. 그래서 그는 예컨대 라이프니츠가 한때 잠시나마 스피노자를 추종한 적이 혹시 있었는지 따위의 연구를 한다.

호기심 많은 애호가를 위해 여기서 말한 부류의 사람에 드는 명백한 실례로 **헤르바르트**의 『도덕과 자연법의 분석적 고찰』과 마찬가지로 그의 『자유에 대한 서한』을 들 수 있다. 우리는 이런 사람이 그렇게 하기 위해 얼마나 많은 노력을 기울였는지 알고 나면 놀랄지도 모른다. 우리 생각에 그가 사물 자체만 주시하려고 했다면 스스로 약간만 생각하면 곧장 목표에 도달할 것 같기 때문이다.

책상머리 바보

독자적 사고가 중요하긴 하지만 우리의 의지대로 할 수 있는 게 아니므로 약간의 애로 사항이 있다. 책은 언제든지 책상에 앉아 읽을 수 있지만, 생각은 그렇게 할 수 없는 법이다. 다시 말해 생각도 사람과 마찬가지라서, 언제든지 마음대로 불러낼 수 있는 게 아니라, 그것이 오기를 이제나저제나 기다려야 한다. 다행히도 외적 동기가 내적 기분이나 긴장과 조화를 이뤄 잘 어우러지면 저절로 어떤 대상에 대해 생각할 수밖에 없다.

그런데 책에만 매달리는 사람들에게는 그런 일이 좀처럼 되지 않는다. 우리의 개인적 이해관계가 걸린 문제를 생각해 보면 그런 사실이 설명된다. 우리가 그와 같은 사건에 대해 결심을 해야 할 때 마음대로 택한 시점에 자리에 앉아 여러 근거를 숙고한다고 해서 결정을 내릴 수 있는 것은 아니다. 그럴 경우 우리의 생각이 그 문제에 고정되지 않고 다른 쪽으로 빗나가기 일쑤기 때문이다.

때로는 그 문제에 반감이 생겨 그런 경우도 있다. 그럴 때는 억지로 생각을 강요할 것이 아니라 저절로 생각할 기분이 생길 때까지 기다려야 한다. 뜻하지 않게 자꾸 그러고 싶은 기분이 들기도 하는 법이다. 그리고 다른 시기에 다른 기분으로 생각하면 사안을 다르게 볼 수도 있는 것이다. 이러한 과정은 **결단이 무르익을** 때처럼 더디게 일어난다. 왜냐하면 힘든 과제는 나누어 처리해야 하기 때문이다. 그럼으로써 전에 못 보고 지나친 것이 새삼스레 생각나기도 한다. 또한 명확하게 주시하면 문제가 대부분 훨씬 견딜 만한 것으로 생각되어 반감도 사그라질 것이다.

그런데 이론적인 문제에서도 이와 마찬가지로 좋은 때가 오기를 기다려야 한다. 아무리 뛰어난 두뇌의 소유자라 해도 항상 독자적 사고를 할 능력이 있는 것은 아니기 때문이다. 그러니 앞에서 말했듯이 독자적 사고의 대용품이며 정신에 재료를 제공해 주는 독서에는 남는 시간을 이용하는 것이 유익하다. 독서를 하면 언제나 우리의 방식이 아닌 식으로 다른 사람이 대신 생각해 주는 것이다. 바로 이런 이유 때문에 너무 독서를 많이 하지 않는 것이 좋다. 그러면 정신이 대용품에 길들여져 생각하는 것 자체를 잊어버릴 염려가 있어서이다.

구체적인 현실 세계의 중요성

인간은 남이 밟아서 다져진 길에 익숙하다. 그런 길을 걸으면 다른 사람의 사고 과정을 따름으로써 자신의 사고과정이 생소해지지 않기 때문이다. 독서할 때보다 현실 세계를 바라볼 때 독자적 사고를 할 계기와 기분이 훨씬 빈번히 일어나므로 책을 읽느라 현실 세계의 모습을 완전히 외면하지 않도록 해야 한다. 원래의 순수성과 힘을 지닌 구체적인 것과 현실적인 것은 사고하는 정신의 자연스런 대상이기에, 매우 쉽게 정신을 깊이 자극할 수 있기 때문이다.

이러한 고찰에 따르면 독자적 사고를 하는 사람과 책에만 매달리는 철학자는 이미 말솜씨로 쉽게 식별된다고 해서 놀랄 일이 아닐 것이다. 다시 말해 독자적 사고를 하는 자는 진지하고 직접적이며 본래적인 특징이 있고, 모든 사고나 표현에 독창성이 있다.

반면에 책에만 매달리는 철학자의 경우는 죄다 남의 손을 거친 것이고, 개념도 남의 것을 받아들인 것이기에 중고품을 잔뜩 모아놓은 것과 같아서 복제품을 다시 복제한 것처럼 희미하고 흐릿하다. 그리고 틀에 박힌 진부한 상투어와 잘 통하는 유행어로 이루어진 문체는 직접 화폐를 주조하지 않아 순전히 외국 동전만을 쓰는 작은 나라와 같다.

단순한 경험과 사고의 관계

단순한 경험도 독서와 마찬가지로 사고를 대신하지 못한다. 순수한 경험과 사고의 관계는 먹는 것과 소화나 동화 작용의 관계와 같다. 만약 순수한 경험이 자신이 발견한 것에 의해서만 인간의 지식이 늘어났다고 뻐긴다면, 그것은 마치 입이 자신의 활동에 의해서만 신체가 존립한다고 자랑하려는 것과 마찬가지다.

스스로 결정하고 판단하기

정말 능력 있는 모든 사람의 작품은 **단호함**과 **확고함**, 또한 그런 사실에서 기인하는 분명함과 명확함의 성격에 의해 다른 사람의 작품과 구별된다. 그들은 자신이 표현하려는 것을 언제나 확실하고도 명백히 알고 있기 때문이다. 그런데 산문이나 시, 또는 음악의 경우도 마찬가지일지도 모른다. 다른 사람들에게는 바로 이 단호함과 명확함이 결여되어 있으므로, 그런 사실로 곧바로 그들을 식별할 수 있다.

제1급의 정신을 지닌 소유자들의 특징적인 자질은 모두 직접 판단을 내린다는 점이다. 그들이 제시하는 의견은 모두 그들 자신이 스스로 사고하여 얻은 결과이며, 이미 어디서나 말솜씨를 보더라도 그런 사실이 잘 드러난다. 따라서 그들은 독일 제국에 직속된 영주들처럼 정신의 제국에 직속되어 있다. 그러니까 나머지 사람들은 모두 영주에 예속되어 있다. 이런 사실은 독자적인 특징이 없는 그들의 문체로 미루어 알 수 있다.

그러므로 진정으로 독자적 사고를 하는 사람은 이런 점에서 군주와 같다. 그는 모든 일을 자신이 직접 결정하며, 자신을 넘어서는 아무도 인정하지 않는다. 그의 판단은 군주의 결정처럼 자신의 절대적 권력에서 유래하며, 자기 자신에게서 직접 출발한다. 왜냐하면 군주가 타인의 명령을 인정하지 않는 것처럼 독자적 사고를 하는 자는 권위를 인정하지 않으며, 그 자신이 재가한 것 말고는 아무것도 효력을 인정하지 않기 때문이다. 반면에 온갖 종류의 지배적인 견해, 권위, 편견에 사로잡힌 범속한 두뇌의 소유자는 법이나 명령에 묵묵히 복종하는 민중과 같다.

권위를 앞세우는 사람

권위 있는 자의 말을 인용해서 미해결의 문제를 판정하기를 매우 좋아하고 그러는 데 급급한 사람들은 자신에게 부족한 자기의 분별력이나 통찰력 대신에 남의 것을 동원할 수 있을 때 참으로 기뻐한다. 그런 사람은 헤아릴 수 없이 많다. 왜냐하면 세네카의 말처럼 "누구나 스스로 판단하기보다 오히려 남의 말을 믿으려고 하기"(『행복한 삶에 관하여』) 때문이다.

따라서 그들이 논쟁할 때 즐겨 쓰는 무기는 권위이다. 그들은 이 무기를 가지고 서로 치고 박고 싸우는 것이다. 그러므로 어쩌다가 논쟁에 휘말린 자는 이런저런 근거나 논거를 들어 반대 주장을 편다 해도 아무런 도움이 되지 않는다. 그들은 생각하고 판단할 능력이 없는 피에 몸을 적신 불사신 지크프리트와 같아서 그런 무기를 써보았자 아무 소용이 없기 때문이다. 그 때문에 그들은 '경외심을 일으키는 논거'로서 권위를 내세우고 '승리'를 외칠 것이다.

아름답고 결실을 맺는 정신의 행복

현실이 아무리 아름답고 행복하며 우아하다 해도, 현실의 나라에서 우리는 언제나 중력의 영향을 받으며 살아가므로, 이러한 영향을 끊임없이 극복해 나가야 한다.

그런 반면 사고의 나라에서 우리는 중력도 곤경도 알지 못하는 형체 없는 정신이다. 지상에서는 어떤 행복도 아름답고 결실 맺는 정신이 행복한 순간 자기 자신에게서 발견하는 것에 비하면 아무것도 아니라고 할 수 있다.

생각을 연인처럼 잡아 두어라

현재 어떤 사고를 하고 있다는 것은 눈앞에 연인이 있는 것과 같다. 우리는 이런 생각을 결코 잊지 않을 것이고, 이 연인에 결코 무관심해질 수 없다는 말이다. 하지만 안 보면 잊어버리는 법이다! 아무리 멋진 생각이라도 적어 두지 않으면 다시 기억해내지 못할 정도로 완전히 잊어버릴 위험이 있다. 연인도 결혼하지 않으면 우리에게서 달아날 위험이 있다.

가치 있는 생각

어떤 생각을 해낸 사람에게만 가치 있는 생각이 많이 있다. 하지만 독자의 반향이나 성찰에 의해 영향을 미칠 힘이 있는, 다시 말해 글로 쓰인 뒤 독자의 관심을 끌 만한 생각은 그것들 중 극소수에 지나지 않는다.

진정한 사상가와 소피스트

무엇보다 **자기 자신을 위해 생각한 것**만 진정한 가치가 있을 뿐이다. 일반적으로 사상가는 무엇보다 **자신을 위해** 사고하는 사람과, 대뜸 남을 위해 사고하는 자로 분류할 수 있는데,

전자의 사람들이 진정한 사상가이며, 단어의 이중적 의미에서 **독자적 사고를 하는 사람**이다. 그들이야말로 진정한 **철학자**인 것이다. 그들만이 사물을 진지하게 생각하고, 또한 그들의 삶에서 즐거움과 행복은 바로 사고에 있기 때문이다.

후자의 사람들은 **소피스트**들이다. 그들은 **그럴싸하게 드러내 보이기**를 원하고, 그리하여 세상 사람으로부터 얻을 수 있다고 기대하는 것에서 행복을 구한다. 그들은 이런 점을 진지하게 생각한다. 어떤 사람이 두 가지 부류 중에 어디에 속하는지는 그의 모든 행동 방식을 보면 금방 알 수 있다. 리히텐베르크[4]는 첫 번째 부류에 속하는 전형적인 인물이며, 헤르더[5]

는 두 번째 유형에 속하는 것을 금방 알 수 있다.

생각하는 존재

생존의 문제, 이 애매하고 괴로우며 덧없는 꿈같은 생존의 문제는 너무나 크고 절실하다. 그 문제를 잘 헤아리는 자가 그런 점을 깨닫자마자 다른 모든 문제와 목적은 그 그림자에 덮여 무색해질 정도로 생존의 문제는 너무나 크고 절실하다.

몇몇 드문 경우를 제외하면 모든 사람은 이런 문제를 분명히 의식하지 않으며, 심지어 전혀 깨닫지 못하는 것 같다. 그들은 오히려 그것과 전혀 다른 문제를 걱정하며, 단지 오늘 일이나 자신의 아주 가까운 장래 일만을 생각하며 그날그날을 살아간다. 그러면서 그들은 이 문제를 일부러 회피하거나 또는 그 문제와 관련해서 어느 대중 형이상학 체계와 기꺼이 타협하며 그것으로 그럭저럭 만족한다.

말하자면 이런 점을 잘 헤아려 보면 인간은 매우 넓은 의미에서만 **생각하는 존재**로 부를 수 있을지도 모른다. 그렇게

---

4 리히텐베르크(Georg Christoph Lichtenberg, 1742~1799): 18세기 독일의 물리학자이자 풍자·해학 작가.

5 헤르더(Johann Gottfried von Herder, 1744~1803): 독일의 비평가·신학자·철학자. 질풍노도 문학 운동의 지도적 인물이며 역사·문화 철학에서 혁신적 견해를 제시한 사람이다. 청년 괴테와의 만남을 통해 영향력이 증가되어 낭만주의 운동의 선구자가 되었다. 1802년 귀족 작위를 받았다.

보면 인간에게 깊은 생각이 없고 단순한 특성이 나타나도 그다지 놀라지 않을 것이다. 오히려 보통 인간의 지적 시계視界가 사실 동물의 그것을—미래도 과거도 의식하지 못하는 동물의 전체 생존은 오로지 현재에만 국한되어 있다—넘어서기는 하지만, 우리가 흔히 생각하는 것처럼 도저히 예측할 수 없을 만큼 넓지는 않다는 것을 알게 될 것이다.

이런 사실로 인해 심지어 대화를 할 때도 인간 대부분의 생각은 마치 잘게 썬 짚처럼 짧게 끊어지므로 좀 더 긴 실을 자아내지 못한다.

또한 만일 이 세계에 진정으로 사고하는 존재가 모여 살고 있다면 온갖 종류의 소음이 무제한으로 허용되지는 않을 것이기에, 끔찍하기 짝이 없고 무의미한 소음이 일어날 수 없을 것이다. 그런데 자연이 인간을 이미 생각하도록 정해 놓았다면 자연은 인간에게 귀(耳)를 주지 않았거나, 또는 적어도 박쥐의 경우처럼 공기가 통하지 않는 밀폐용 덮개를 달아 주었을 것이다. 나는 이런 점에서 나는 박쥐가 부럽다.

하지만 실제로는 인간은 다른 동물과 마찬가지로 가련한 동물이며, 인간의 힘은 자신의 생존을 유지할 정도에 불과하기 때문에, 묻지도 않았는데 또 박해자가 가까이 오고 있음을 시도 때도 없이 알려주는, 늘 열려 있는 귀가 필요한 것이다.

2. 글쓰기와 문체

두 가지 종류의 저술가

세상에는 무엇보다 두 가지 종류의 저술가가 있다. 사물 그 자체 때문에 쓰는 사람과 쓰기 위해서 쓰는 사람이 그것이다. 전자는 어떤 생각을 지녔거나 경험을 해서 그것을 전달할 가치가 있다고 여긴다. 후자는 돈이 필요해서, 돈 때문에 글을 쓴다. 이들은 글을 쓰기 위해 생각한다. 이들의 특징은 다음과 같다. 이들은 될 수 있는 한 길게 생각을 뽑아내고, 반쯤 진실하고 그릇된, 부자연스럽고 불확실한 생각을 전개하곤 한다. 또한 대체로 그들의 실제 모습이 아닌 것을 보이기 위해 불명료함을 사랑한다. 때문에 이들의 글에는 단호함과 명확성이 결여되어 있다.

따라서 우리는 그들이 글을 쓰는 것은 원고지를 메우기 위해서라는 사실을 곧장 눈치 채게 된다. 우리의 가장 뛰어난 저술가들의 경우에서, 예컨대 부분적으로는 레싱의 『연극론』과 심지어 장 파울의 일부 소설에서도 가끔 그런 현상을 볼 수 있다. 그런 모습이 보이면 곧장 책을 손에서 놓아야 한다. 시간은 소중하기 때문이다.

하지만 사실 저자는 원고지를 메우기 위해 글을 쓰는 것만으로도 독자를 속이는 셈이다. 타인에게 전달해야 할 것이 있어서 글을 쓴다는 주장은 둘러대는 핑계에 지나지 않기 때문이다. 원고료와 복제 금지가 요컨대 저작물[6]을 망쳐 버렸다. 전적으로 오직 사물 그 자체 때문에 글을 쓰는 사람만 쓸 가치가 있는 글을 쓰는 것이다. 저작물의 모든 영역에 걸쳐 단 몇 권의 탁월한 책만 있어도 헤아릴 수 없을 정도로 유익할 것이다. 하지만 글을 써서 인세가 들어오는 한 결코 그렇게 될 수 없다. 소득을 얻기 위해 글을 쓰는 저술가는 마치 돈에 어떤 저주라도 붙어 있는 것처럼 곧 타락하고 말 것이기 때문이다.

위대한 인물의 가장 뛰어난 작품은 모두 아직 돈을 받지 않거나 또는 극히 적은 원고료를 받고 글을 써야 했을 때 나왔다. 그러므로 이 경우에도 "명예와 돈은 같은 자루에 들어가지 못한다"는 스페인의 격언이 옳다는 것이 입증된다. 독

6　여기서 말하는 저작물(Literatur)에는 시, 소설, 드라마는 물론 철학책도 포함된다.

일이나 그 밖의 나라에서 저작물이 현재 극히 참담한 상태에 있는 근원은 글을 써서 돈을 벌려는 데 있다. 돈이 필요한 사람은 누구나 책상에 앉아 글을 쓴다. 그런데 대중은 어리석게도 그 책을 산다. 이와 같은 현상의 부차적인 결과로 언어를 망치게 되었다.

질이 떨어지는 수많은 저술가는 신간 서적만 읽으려 하는 대중의 어리석음에만 의존해 살아간다. 즉 그들이 저널리스트이다. 그들을 일컫는 적절한 명칭이 있다. 그들을 '날품팔이'[7]라고 할 수 있는 것이다.

저자의 세 가지 유형

또한 세상에는 세 가지 부류의 저자가 있다고 할 수 있다. 첫 번째 유형은 사고를 하지 않고 글을 쓴다. 그들은 기억과 추억을 바탕으로 하거나, 또는 남의 책을 직접 이용해서 글을 쓰기도 한다. 이런 부류의 사람이 가장 많다. 두 번째 유형은

7 　예술가를 어떻게 특징짓고, 따라서 그들 모두에게 무엇이 공통이든 위대한 저술가(보다 높은 장르에서)란 그들의 일에 진지한 자세를 보이는 자를 말한다. 나머지 사람들은 자신의 이익과 이득에만 진지한 태도를 보이는 것이다. 어떤 사람이 내적인 소명이나 충동에서 나온 글로 명성을 얻은 다음 그로 인해 다작가가 된다면 보잘것없는 돈 때문에 명성을 팔아치운 것이다. 무언가를 하려고 글을 쓰자마자 그것은 곧 형편없는 것이 되고 만다.
19세기에 들어서야 비로소 직업적 저술가가 생겨났다. 그 전까지는 저술가라는 직업이 있었다.─원주

글을 쓰면서 사고하는 사람들이다. 그들은 쓰기 위해 사고한다. 그 수는 매우 많다. 세 번째 유형은 사고하고 나서 집필에 착수하는 사람들이다. 그들은 사고를 했기에 글을 쓸 뿐이다. 그런데 그런 사람은 드물다.

글을 쓸 때까지 사고를 미루는 두 번째 부류의 저술가는 운을 하늘에 맡기고 떠나는 사냥꾼에 비유할 수 있다. 그런 사람이 사냥을 많이 하고 집에 돌아오기란 어려울 것이다. 반면에 보기 드문 세 번째 저술가의 글쓰기는 몰이사냥과 같다. 이런 사냥에서는 짐승이 이미 우리 속에 잡혀 들어가 있다. 그 후에 짐승의 무리는 그러한 우리에서 역시 울타리가 쳐져 있어 사냥꾼에게서 달아날 수 없는 다른 공간으로 옮겨진다. 그리하여 사냥꾼은 이제 목표를 정하여 쏘기(서술)만 하면 된다. 이렇게 사냥해야 무언가 수확이 있는 것이다.

그러나 심지어 매우 진지하게 미리 생각하고 글을 쓰는 소수의 저술가들 중에도 **사물들 자체**에 대해 생각하는 사람은 극소수다. 그 외의 사람은 단지 **책**이나 다른 사람이 이미 말한 것에 대해서만 생각할 뿐이다. 다시 말해 그들이 생각하기 위해서는 남이 제공하는 사상에 의한 보다 상세하고 강력한 자극이 필요하다. 이제 이러한 남의 것이 그들에게 가장 친밀한 주제가 된다. 때문에 그들은 항시 그러한 영향을 받고 있어 진정으로 독창적인 것은 결코 얻지 못한다. 반면에 극소수의 사람은 **사물들 자체**를 통해 생각하도록 자극을 받는다. 그 때문에 그들은 직접 사물들 자체를 생각하게 된다. 이런 사람들 중에서만 영원한 생명과 불후의 명성을 지닌 저술가를 발견할 수 있다. 물론 여기서 차원이 높은 전문 분야의 저술가를 말하는 것이지 브랜디 증류법을 다루는 저술가를 말하는 것이 아님은 자명하다.

쓰는 글의 소재를 자신의 머리에서 직접 취하는 자의 글만이 읽을 만한 가치가 있다. 그런데 저술가, 편람 집필자, 평범한 역사가 등은 여러 책에서 직접 소재를 취한다. 다시 말해 소재가 머릿속에서 통행세를 내지도, 검열을 받지도 않고 여러 책에서 집필자의 손가락으로 옮겨간다. 하물며 가공을 겪지 않는 것은 말할 나위도 없다.(그가 자신의 책에 쓰여 있는 것을 다 안다면 얼마나 박식하겠는가!)

그 때문에 그들의 말은 때로 의미가 막연해서 그들이 결국 **무슨** 생각을 하는지 알아내느라 골치를 앓다가 헛수고로 끝나고 만다. 그들은 사실 아무 생각도 하지 않는다. 그들이 베껴 쓴 책도 마찬가지로 작성된 경우가 흔하다. 그러므로 이런 저술은 여러 번 모형을 뜬 압인押印 석고상과 같다. 이런 식으로 계속 모형을 뜨다 보면 마침내는 안티누스[8]의 상像마저 얼

---

8 로마 시대 미소년의 대명사인 안티누스는 로마 황제 하드리아누스(재위 AD 117~136년)의 동성애 상대로 우울증에 걸려 나일 강에 빠져 죽었다. 그의 모습은 많은 전신상, 흉상, 보석 세공, 화폐 등에 새겨져 청년의 이상적인 미로 표현되었다.

굴 윤곽을 식별할 수 없을 정도가 된다. 따라서 우리는 편찬자가 만들어내는 책은 되도록 적게 읽는 것이 좋다. 그런 책을 전혀 읽지 않기란 쉽지 않기 때문이다. 그런데 수백 년 동안 쌓인 지식을 협소한 지면에 수록한 편람 역시 편찬한 책이라고 할 수 있다.

마지막에 한 말이 항상 옳은 말이고, 나중에 쓴 글은 모두 이전에 쓴 것을 개선한 글이며, 모든 변화가 진보라고 믿는 것만큼 큰 잘못은 없다. 사고하는 두뇌의 소유자, 올바른 판단을 하는 사람들, 진지하게 사안을 대하는 사람들은 모두 예외에 불과한 반면, 세상 어디서나 버러지 같은 인간이 일반적 규칙이다. 이런 사람은 전자의 사람들이 충분히 숙고해서 한 말을 언제나 자기 식으로 개선하겠다며 열심히 노력해서 결국 개악하고 만다. 그 때문에 어떤 문제에 대해 가르침을 얻으려는 자는, 학문이란 언제나 진보한다고 전제하거나, 이 책을 쓸 때 이전의 책들을 이용했으리라 전제해서 대뜸 그 문제를 다룬 최신 서적만 움켜잡지 않도록 조심해야 한다. 그런 사람은 아마 개악했을지도 모른다.

옛것이 좋은 것

집필자가 이전의 책들을 철저히 이해하지 못하는 경우가 더러 있다. 그래서 그 책들에 표현된 말을 그대로 사용하지 않으려다, 때문에 그것들 중 훨씬 분명하고 잘 표현된 말을 고치려다 개악해서 엉망으로 만들어 버리기도 한다. 이전의 저자들은 자신의 살아 있는 전문지식으로 글을 썼기 때문이다. 이따금씩 그는 그들이 내놓은 최상의 것, 사안에 대한 그들의 가장 꼭 맞는 설명, 그들의 가장 적절한 지적을 다시 빠뜨리기도 한다. 그는 그것들의 가치를 인식하지 못하고, 그것들의 의미심장한 표현을 느끼지 못하기 때문이다. 진부하고 피상적인 것만이 그와 같은 종류이다.

때로는 옛날의 훌륭한 책이 최근의 더 나쁜 책, 돈 때문에 집필되었지만 보란 듯이 등장하며 동료들의 찬사를 받은 책에 의해 추방당하기도 했다. 학문 분야에서는 누구나 자신을 내세우기 위해 새로운 것을 시장에 내놓으려고 한다. 어떻게 보면 이런 것의 존재 의의는 그가 지금까지 통용되던 옳은 것을 넘어뜨리고 자신의 허튼 생각으로 대신하려는 데 있을 뿐이다. 가끔은 단기간 그런 방법이 성공하기도 하지만 결국 옛날의 옳은 것으로 되돌아가기 마련이다. 그런 최근의 책들은 그것을 쓴 사람 말고는 세상의 어느 것도 진지하게 여기지 않는다. 그런 책들은 책의 저자를 내세우려는 것이다.

그런데 그런 일은 역설적으로 신속히 일어난다. 그들 두뇌의 불모성이 그들에게 부정의 길을 추천하는 것이다. 다시 말해 오래 전부터 인정되던 진리가 부인된다. 예컨대 생명력, 교감 신경계, 생물의 자연발생이 부인되고, 열정의 영향을 지력의 영향과 분리하는 비샤[9]의 이론도 부인된다. 그리하여 극단적 원자론 등으로 되돌아가기 때문에 학문의 과정이 때로는 **퇴행의 과정**이 되기도 한다.

번역가의 문제점

나는 번역가에 대해 몇 마디 하고자 한다. 저자의 글을 고치는 동시에 가공하기도 하는 번역가가 있다. 나는 그런 행동을 늘 주제 넘는다고 생각한다. 그대 자신이 번역할 가치가 있는 책을 써라. 그리고 타인이 쓴 작품은 원래 그대로 놓아둬라.

그러므로 우리는 될 수 있는 한 원래의 창작자, 창시자, 창안자의 작품이나, 또는 적어도 전문 분야에서 정평 있는 대가의 작품을 읽어야 하며, 그리고 최신 내용이 담긴 책보다 차라리 중고 서적을 사는 편이 낫다. 하지만 물론 "이미 발견된 것에 덧붙이는 것은 쉬운 일"이므로 우리는 잘 세워진 토대에 좀 더 새로운 것을 추가하여 자신을 알릴 수는 있을 것이다. 그러므로 대체로 어디서나 그렇듯이 여기서도 "좋은 것은 짧은 순간만 새로운 것이므로 새로운 것이 좋은 것이 되는 경우는 드물다"라는 규칙이 적용된다.[10]

---

9   비샤(Marie François Xavier Bichat, 1771~1802): 프랑스의 해부학자이자 생리학자.

제목의 중요성

편지의 주소 성명은 책의 **제목**에 해당한다. 그러므로 무엇보다 책의 제목이 필요한 이유는 독자가 책의 내용에 관심을 가질 수 있도록 하기 위해서이다. 따라서 책의 제목은 눈에 띄는 특징을 지녀야 한다. 책의 제목은 본질적으로 짧으므로 간단하고 간결하고 함축적이며, 될 수 있는 한 책 내용의 모노그램 역할을 하게 된다.

그에 따라 장황한 제목, 아무 내용 없는 제목, 불명확하고 모호한 제목, 또는 독자를 오도하는 잘못된 제목은 좋지 않다. 특히 내용과 상관없는 잘못된 제목은 편지에 주소 성명을 잘못 기재한 것과 같다.

그러나 이중에서도 가장 나쁜 것은 도용한 제목, 즉 이미 다른 책에서 그 이름으로 나온 제목이다. 왜냐하면 첫째로 그것은 표절이기 때문이고, 둘째로 저자에게 독창성이 완전히 결여되어 있음을 가장 설득력 있게 증명해 주기 때문이다. 다시 말해 책의 새로운 제목조차 생각해낼 능력이 없는 자가

---

10   대중의 지속적인 주의와 관심을 확보하기 위해 영속적인 가치가 있는 글을 쓰거나 그래보았자 점점 나쁜 결과를 초래하는 새로운 글을 자꾸 쓸 수밖에 없다.
"내가 조금이나마 높은 곳에 있으려면
온갖 미사곡을 써야 한다."

　　　　　　　　　　　　　　　　　　—티크, 「가령 그와 같은 것」-원주

새로운 내용을 담을 리가 만무하기 때문이다.

책의 제목을 모방하는 것, 즉 제목을 절반쯤 훔치는 것도 이와 비슷한 행위이다. 예컨대 내가 『자연에서의 의지에 대하여』를 출간한 뒤 외르슈테드Örsted라는 사람이 『자연에서의 정신에 대하여』를 출간한 것과 같은 식이다.

정직하지 못한 저술가

정직하지 못한 저술가들이 있다. 그들은 양심 없게도 남의 글에서 인용한 것을 자기 글에 써먹는다. 내 글이 위조되어 쓰인 것을 나는 종종 발견하곤 한다. 나의 가장 공공연한 추종자들만은 이런 경우 예외로 할 수 있다.

때로는 부주의해서 남의 글을 위조하는 일이 벌어지기도 한다. 사소하고 진부한 표현과 어법이 이미 그들에게 익숙해서 그것을 습관적으로 쓰게 된다. 때로는 자신을 더 낫게 보이려는 주제넘은 태도 때문에 그런 일이 벌어지기도 한다. 하지만 일부러 나쁜 의도로 그러는 경우가 너무 빈번하다. 그럴 경우는 화폐 위조범과 마찬가지로 수치스런 비열한 행위이다. 그런 파렴치한 행위는 원래 창작자에게서 정직한 사람이라는 성격을 완전히 앗아가 버린다.

소재의 가공, 즉 형식의 중요성

저서는 저자의 사상을 그대로 반영한 복제품 이상일 수 없다. 이러한 사상의 가치는 **소재**, 즉 저자가 생각한 대상에 있거나, **형식**, 즉 소재의 가공, 그러므로 저자가 생각한 내용에 있다.

사고의 대상은 무척 다양하다. 그것은 책의 집필에 장점이된다. 모든 경험적 소재, 그러므로 역사적 사실이나 자연적사실은 모두 그 자체로나 광의의 의미에서 볼 때 이런 사고의 대상에 속한다. 저자가 생각한 대상이 문제되는 경우 고유한 특색은 **객관**에서 비롯된다. 그 때문에 저자가 누구든 관계없이 저서가 중요한 의미를 가질 수 있다.

반면에 저자가 생각한 내용이 문제되는 경우 고유한 특색은 **주관**에서 비롯된다. 그 대상은 누구에게나 접근 가능하고알려진 소재일 수 있다. 그러나 대상을 파악하는 형식, 즉 저자가 대상을 어떻게 파악하는지가 가치 있으므로, 이때 중요한 것이 주관이다. 따라서 어떤 저서가 이런 점에서 탁월하고비길 바 없다면 저자 역시 그러하다고 할 수 있다. 읽을 만한저서를 발간한 공로가 클수록 소재의 덕을 입는 경우가 적어지고, 때로는 심지어 이 소재가 그만큼 잘 알려지고 진부한경우인 것이 그 때문이다. 예컨대 그리스의 위대한 3대 비극작가들은 모두 같은 소재를 가공한 것이다.

그러므로 어떤 책이 유명해졌을 때 소재 때문인지 형식 때문인지 잘 구별해 보아야 한다.

아주 평범한 보통 사람들이 **소재** 때문에 매우 중요한 저서를 발간하는 수가 있다. 바로 그들만이 그런 소재에 접근할 수 있을 때이다. 예컨대 먼 나라들을 돌아다닌 여행기나 진기한 자연 현상이나 실험에 대한 기록, 그들이 목격한 이야기나 또는 사료를 찾아내서 특별히 연구하는 데 시간과 노력이 든 역사가 그러하다.

반면에 소재는 누구나 접근 가능하거나 이미 잘 알려져 있어서 **형식**이 중요한 경우, 그러므로 동일한 소재를 대하는 사상가의 능력이 행위에 가치를 부여할 수 있는 경우에는 뛰어난 두뇌의 소유자만이 읽을 만한 저서를 내놓을 수 있다. 보통 사람들은 언제나 다른 사람도 생각할 수 있는 내용만 생각할 것이기 때문이다. 그들은 자기 정신의 복제품을 제공한다. 하지만 각자가 이미 소유한 원본이란 것도 그 복제품으로부터 받아들인 것이다.

그렇지만 독자는 형식보다 소재에 훨씬 더 많은 관심을 기울이므로, 기대한 만큼 보다 높은 교양을 제대로 갖추지 못하게 된다. 문학 작품의 경우에도 독자가 이런 경향을 드러내는 것이 가장 우스꽝스럽다. 독자는 작품을 쓰는 계기로 작용한 작가의 실제 이야기나 개인적 상태를 주도면밀하게 추적한다. 그러니까 결국 독자에게는 작품 자체보다 이런 실제 이야기나 개인적 상태가 더 흥미로운 것이다. 독자는 괴테의 **작품**보다 괴테의 **삶**에 대해 더 많이 읽고, 『파우스트』라는 작품보다 파우스트 전설을 더 열심히 연구한다. 뷔르거[11]는 "독자들

은 레노레가 실제로 누구였는지에 관해 학문적 연구를 할 것
이다"라고 말한 적이 있다.

괴테에게 바로 이런 현상이 일어났다. 『파우스트』와 파우
스트 전설에 대해 많은 학문적 연구가 이미 이루어졌기 때문
이다. 이런 연구는 작품보다 작품의 소재에 관심을 기울인다.
형식보다 소재를 편애하는 이런 경향은 아름다운 에트루스
크 미술 양식 항아리의 색조와 색깔을 화학적으로 연구한다
면서 그 형태와 회화繪畵를 무시하는 태도와 같다.

소재를 중시하는 이런 나쁜 경향에 빠진 연구는 작품의 공
로가 엄연히 형식에서 비롯하는 분야, 그러므로 시 분야에서
는 절대적으로 비난받을 행동이 된다. 그럼에도 소재에 의해
극장을 가득 채우려는 나쁜 극작가들이 많이 있다. 예컨대 이
들은 유명인이면 누구나 자신의 무대에 등장시킨다. 그의 생
애에 극적 사건이 전혀 없는데도, 때로는 그와 함께 등장하는
인물들이 죽기를 기다리지도 않고 말이다.

여기서 문제가 되는 소재와 형식의 구별은 심지어 대화에

---

11 뷔르거(Gottfried August Bürger, 1747~1794): 1700년대 후반 유럽에서
유행했던 민요에 대해 새로운 관심을 반영한 독일 낭만주의 발라드 문학 창시
자 가운데 한 사람이다. 민요에서 영감을 얻은 '괴팅겐 숲의 시사(詩社)'라는
이름의 질풍노도 시인 집단과 괴팅겐에서 처음으로 접촉하기 시작했다. 1773
년 색다른 발라드 『레노레Lenore』를 발표했는데, 이 작품은 레노레의 죽은 연
인으로 행세하는 유령이 번개 치는 무시무시한 밤에 말을 타고 나타나 그녀를
데려가 버린다는 내용의 유령 로맨스이다.

서도 자신의 권리를 주장한다. 다시 말해 이런 대화 능력을 갖추게 해주는 것은 우선 분별력, 판단력, 기지 및 생동감이다. 이런 것들이 대화의 형식을 부여한다. 하지만 그 다음에는 대화의 소재, 즉 상대방과 이야기를 나눌 수 있는 화제인 지식이 고려될 것이다. 이런 지식이 매우 형편없을 경우 앞서 말한, 엄청나게 높은 정도의 형식적 특성만이 대화에 가치를 부여할 수 있다. 이때 대화는 소재와 관련하여 일반적으로 잘 알려진 인간적·자연적 상황과 사물에 한정된다.

이와 반대로 형식적 특성이 부족한 경우 어떤 종류의 지식이 대화에 가치를 부여한다. 하지만 그럴 경우 대화의 가치는 전적으로 소재에 의존하게 된다. 스페인 속담에 이런 말이 있다. "바보라도 자기 집의 사정은 현자보다 더 많이 알고 있다."

언어의 발견과 사고의 중단

어느 사상의 본래적인 삶은 그 사상이 언어의 한계점에 도달할 때까지만 지속될 뿐이다. 그때 사상은 화석이 되고, 그후 생명을 잃고 만다. 하지만 태고 시대의 화석이 된 동식물처럼 파괴할 수 없게 된다. 사상의 순간적이고 본래적인 삶은 결정結晶이 생기는 순간 수정의 삶에 비교할 수 있다.

다시 말해 우리의 사고가 언어를 발견하는 즉시 사고는 이미 더 이상 마음 깊은 데서 우러나오는 것이 아니고 깊디깊은 근저에서는 진지하지도 않다. 사고는 다른 사람을 위해 존재하기 시작하는 경우 우리 마음속에서 살아가기를 멈춘다. 갓난아기가 독자적인 삶을 시작하는 순간 어머니의 모태에서 분리되는 것과 마찬가지다. 괴테도 이렇게 노래하고 있다.

그대들은 항변으로 나를 혼란스럽게 하지 마라!
사람은 말하자마자 벌써 잘못을 저지르기 시작한다.

—괴테, 『잠언, 항변』

펜과 지팡이

펜이 사고에 하는 역할은 지팡이가 걸을 때 하는 역할과 같다. 그러나 지팡이 없이 걷는 것이 가장 가벼운 발걸음이다. 그리고 가장 완전한 사고는 펜 없이 일어난다. 나이가 들기 시작할 때야 비로소 인간은 지팡이와 펜을 즐겨 이용한다.

가설과 유기체

하나의 가설은 한때 자리 잡고 있었거나 태어난 두뇌에서 살아간다. 가설은 외부 세계로부터 자신에게 자양분이 되는 것과 동질적인 것만 받아들인다는 점에서 유기체의 삶과 비슷하다. 반면에 자신에게 이질적인 것이나 해로운 것은 결코 받아들이지 않는다. 또는 어쩔 수 없이 그런 것을 받아들여야 하는 경우 그것을 완전히 온전한 상태로 다시 봉쇄해 버린다.

풍자의 대상

풍자란 대수학과 마찬가지로 단순히 추상적이고 불일정하며 구체적이지 않은 가치나 위대하다고 알려진 대상을 다루어야 한다. 해부학처럼 살아 있는 인간을 풍자해서는 안 된다. 아무리 형벌일지라도 인간의 피부나 생명을 대상으로 삼아서는 안 된다.

불멸의 작품이 되려면

어떤 **작품**이 불멸의 것이 되려면 탁월한 점을 많이 갖추어야 한다. 그 모든 것을 파악하고 평가하는 독자를 찾기는 쉽지 않다. 그렇지만 언제나 **이런** 탁월함은 이런 독자에 의해, **저런** 탁월함은 저런 독자에 의해 인정받고 숭배된다. 그로 인해 장구한 세월이 흐르는 동안 관심사는 항시 변하더라도 작품에 대한 신뢰는 계속 유지된다. 이때 그 작품은 때로는 이런 의미에서, 때로는 **저런** 의미에서 숭배되며, 결코 고갈되지 않는다.

그런 작품을 쓴 저작자, 그러므로 후세에 자신의 작품이 살아남기를 바라는 자는 넓은 지상의 자기 동시대 사람들에게서도 인정받으려고 하지만 헛수고에 그치고 만다. 그의 저서에 다른 사람과 현격히 구별되는 탁월한 점이 있더라도 말이다. 그는 심지어 영원한 유대인처럼 몇 세대에 걸쳐 방랑하더라도 같은 경우에 처할지도 모른다.

요컨대 그에게는 "자연은 그를 주조한 다음 거푸집을 깨뜨렸다"(『성난 오를란도』)는 아리오스토[12]의 말이 실제로 적용된다. 그렇지 않으면 그의 사상은 모든 사상과는 달리 왜 묻혀 버리지 않는지 이해되지 않을 것이기 때문이다.

그릇된 주의나 작풍

거의 모든 시대에 예술은 물론 문학에서도 그릇된 주의나 방식 또는 작풍이 유행하고 경탄을 받는다. 천박한 두뇌의 소유자들은 그런 것을 받아들이고 익히려 열심히 노력한다. 통찰력 있는 자는 그런 사실을 인식하고 경멸한다. 그는 유행을 따르지 않는다. 그러나 몇 년 후에는 대중도 진상을 파악해 현재의 유행을 바보짓이라 인식하고 그것을 비웃는다.

질 나쁜 석고 세공품으로 장식된 벽에서 회칠이 벗겨져 나가는 것처럼 매너리즘에 빠진 모든 작품에 발라져 있던 질 나쁜 분가루가 떨어져 나간다. 이처럼 작품을 벽에 비유할 수 있다. 그러므로 우리는 오랫동안 은밀히 영향을 미치는 그릇된 주의가 결정적이 되어, 크고 분명한 발언권을 얻더라도 화내지 말고 기뻐해야 한다. 그 후 사람들은 그 주의의 그릇된

---

12   아리오스토(Ludovico Ariosto, 1474~1533): 이탈리아의 시인. 그의 유명한 작품 『성난 오를란도』는 일반적으로 이탈리아 르네상스의 예술 경향과 정신적 자세를 가장 완벽하게 표현한 것으로 평가받고 있다.

점을 곧 느끼고 인식해서, 결국 역시 크고 분명하게 말할 것이기 때문이다. 이는 고름이 터지는 원리와 같다고 할 수 있다.

조잡한 문학의 해악

문학잡지들이 우리 시대의 엉터리 문필가, 노아의 홍수처럼 점점 넘쳐흐르는 무익하고 질 나쁜 책들을 막아 주는 댐 역할을 해야 한다. 문학잡지는 매수되지 않고 공정하고도 엄정하게 판단해야 한다. 그리하여 부적격한 문필가들의 졸작을 가차 없이 비판하고 그들의 집필 욕구와 사기짓거리를 의무적으로 저지해야 한다. 머리가 텅 빈 작자들이 텅 빈 지갑을 채우려고 마구 휘갈겨 쓰는 바람에, 출간 도서의 90%는 그런 책이라 할 수 있다.

무엇보다 독자의 시간과 돈을 빼앗기 위해 작가와 출판사가 비열하게 결탁하는 풍조부터 바로잡아야 한다. 일반적으로 문필가는 낮은 급료와 열악한 보수로 인해 돈 때문에 글을 쓰는 교수나 문사들이다. 이들은 공동의 목적을 갖고 있으므로 이해관계도 같아서 서로 단결하고 상호 지원을 아끼지 않는다. 각자 서로를 변호해 준다. 형편없는 책들에 대해 칭찬 일색인 것도 그 때문이다. 문학잡지의 내용도 그런 자들의 글에 의해 결정된다. 그들의 모토는 '우리가 살려면 남을 살려야 한다!'이다.(일반 독자는 어리석게도 양서를 읽기보다는 신간을 읽는 데 혈안이 되어 있다.)

현재나 과거를 불문하고 전혀 무가치한 졸작을 한 번도 칭찬한 적이 없다고 자랑할 수 있는 자가 그들 중 과연 한 명이라도 있겠는가. 탁월한 작품을 비난하거나 폄하하지 않았다고, 또는 교활한 수법으로 세상의 이목을 끌지 못하도록 그런 작품을 중요하지 않게 다룬 적이 없다고 자랑할 수 있는 자가 과연 한 명이라도 있겠는가. 소개할 책을 고를 때 친구의 추천이나 동료에 대한 배려, 또는 심지어 출판사의 뇌물이 아닌 순전히 책의 중요성에 따라 양심적으로 했다고 자신할 수 있는 자가 과연 몇 명이나 될까? 신인이 아닌 자가 어떤 책을 극찬하거나 또는 심하게 비난하는 경우 거의 당연히 출판사의 눈치를 보고 그러는 게 아니겠는가? 오늘날 논평은 일반적으로 독자가 아닌 출판업자의 이익을 위해 행해지고 있다.

반면에 앞서 언급한 것 같은 문학잡지가 존재한다면 재능이 떨어지는 문필가, 비양심적인 출판인, 남의 책을 표절하는 사람, 속이 비고 무능하며 취직에 연연하는 사이비 철학자, 실제보다 부풀려지고 허영기 있는 변변찮은 시인은 모두 이내 공개적으로 대중의 조소를 당할 것이 분명하므로 글 쓰고 싶어 근질거리는 손가락이 마비되어 버릴 것이다. 그러면 문학에는 진정한 구원이 될 것이다.

조잡한 문학은 단순히 무익할 뿐만 아니라 사회에 큰 해악을 끼친다. 그런데 오늘날 대부분의 서적은 악서이며, 쓰이지 않은 것이 차라리 좋았을 것이다. 따라서 그런 책을 함부로 칭찬하지 말아야 한다. 오늘날 비평가들은 개인적인 배려 차원에서 비난은 하지 않고 칭찬을 남발하고 있다. 그들의 좌우명은 이렇다. "한패가 되어 칭찬하라. 그러면 네가 안 보일 때 너를 다시 칭찬해 준다."(호라티우스의『풍자시』)

세상에는 어디서나 우둔하고 멍청한 사람들로 우글거리고 있다. 그들에 대해 당연히 관대한 태도를 가져야겠지만 이를 문학에도 그대로 적용하려는 것은 잘못된 일이다. 이런 경우 그들은 후안무치한 침입자이기 때문이다. 이때 조잡한 문학을 경멸하는 것은 훌륭한 문학에 대한 의무이다. 아무것도 나쁘지 않다고 생각하는 자는 아무것도 좋다고도 생각하지 않기 때문이다. 사회생활에서는 필요한 예의가 문학에서는 이질적인 요소이며, 너무나 자주 해로운 요소이다. 나쁜 것을 좋다고 하는 것이 예의이기 때문이다. 그럼으로써 예술뿐만 아니라 학문의 목적을 거스르게 된다.

물론 내가 바라는 문학잡지에서는 비범한 지식과 보다 비범한 판단력을 겸비한 매수되지 않는 정직함을 지닌 사람들이 글을 써야 한다. 따라서 독일 전역에서 그런 문학잡지는 기껏해야 하나 정도 또는 거의 하나도 생길 수 없을지도 모른다. 하지만 그런 문학잡지는 최고 법정의 기능을 할 것이며, 그 구성원은 모든 범위에서 선발해야 할 것이다.

현재 문학잡지는 대학의 동업 조합이나 문사 패거리의 성격이 강하므로 은밀히 출판업자를 위해 서적 판매에 유리하게 행동한다. 그리고 대체로 열등한 두뇌의 소유자들은 훌륭한 인물이 성공하지 못하도록 동맹을 맺는다. 문학 분야에서보다 더 부정직이 횡행하는 곳은 없다. 이미 괴테도 그렇게 말한 바가 있다. 나는 나의 저서 『자연에서의 의지』에서 그 점을 보다 상세히 다루었다.

익명과 가명의 문제점

이런 모든 부정직을 일소하기 위해서는 문학계에서 잘못된 관행으로 통용되는 방패, 즉 익명이 폐지되어야 한다. 문학 잡지에서는 익명이 작가와 그의 후원자의 원망으로부터 솔직한 비평가, 대중의 경고자를 보호해 줘야 한다는 핑계로 쓰인다. 단 한 번 이런 일을 한 대가로 수많은 이점을 얻는다. 익명으로 글을 쓰는 자는 자신의 견해와 다른 주장을 하면서도 온갖 책임을 모면할 수 있으며 또는 어쩌면 매수할 수 있는 저열한 자라는 수치를 은폐할 수 있게 된다. 그런 자는 대중에게 나쁜 책을 칭찬하면서 출판업자로부터 술값을 받아 챙긴다.

때로는 익명은 단순히 판단하는 자의 미심쩍음, 형편없음, 무능력을 감추는 데 쓰이기도 한다. 그들은 익명의 그늘 아래에서 자신이 안전함을 알고 있다. 이럴 경우 그런 작자가 얼마나 뻔뻔한지, 문학적 사기 짓거리를 얼마나 겁내지 않는지 믿을 수 없을 정도이다.

만병통치약이라는 게 있듯이, 악서를 칭찬하거나 양서를 비난하든 상관없이 익명의 온갖 비평에 효력이 있는 다음과 같은 **만능 반론**도 존재한다. "사기꾼이여, 그대 이름을 드러내라! 복면을 쓰고 얼굴을 가린 채 맨 얼굴을 드러낸 사람들을 공격하는 것은 명예를 중시하는 사람이 할 짓이 아니다. 그것은 악당의 비열한 짓이다. 그러니, 사기꾼이여, **그대 이름을 드러내라!**" 이것으로 반론의 효험이 검증된 셈이다.

이미 루소는 『신新 엘로이즈』[13]의 서문에서 "명예를 중시하는 사람은 반드시 자신이 쓴 글에 서명을 한다"고 말했다. 이 문장은 반대로 뒤집어 "자신이 쓴 글에 서명하지 않는 자는 명예를 중시하지 않는 자다"라고 말해도 무방할 것이다. 루소의 이 말은 대부분 논평으로 가득 찬 논쟁적인 글에 훨씬 더 통용된다.

그 때문에 『괴테에 대하여』에 나오는 **리머**의 견해는 전적으로 옳다고 할 수 있다. "서로 얼굴을 마주보고 허심탄회하

---

13 『신 엘로이즈Julie ou la nouvelle Héloïse』(1761)는 서간체 장편소설로서 '알프스 산기슭의 조그만 도시에 사는 두 연인의 편지'라는 부제가 붙어 있다. 이것은 중세의 신학자 아벨라르와 엘로이즈가 정신적 사랑을 주고받았던 편지에서 딴 것이다. 스위스의 레만 호를 무대로 귀족가문의 딸 쥘리와 가난한 평민 출신 가정교사 생 푸레의 애틋한 사랑을 그렸다. 전원생활의 행복, 특히 그 감상성과 연애의 이상주의로 폭발적인 환영을 받았으며 감성의 존중과 자연으로의 감정이입 풍조를 일게 하는 데 영향을 미쳤다.

게 마음을 드러낼 수 있는 상대는 정직하고 온건한 사람이다. 이런 상대와는 의사소통을 할 수 있고 화합하며 화해할 수 있다. 반면에 자신을 숨기는 자는 **비열하고 비겁한 악당**이다. 그는 자신이 판단하는 것을 신봉할 용기가 없다. 그러므로 자신의 의견이 아니라, 몰래 처벌 받지 않고 화풀이하는 은밀한 즐거움을 중시할 뿐이다."

이것이 바로 익명으로 글 쓰는 자에 대한 괴테의 견해였을 것이다. 리머가 인용하는 괴테의 말도 대체로 그렇기 때문이다. 앞서 말한 루소의 법칙은 독일에서 출간되는 모든 글에 해당된다. 격식 있는 식사式辭를 하거나, 청중 앞에서 연설하려는 자가 복면을 쓰고 있다면 그것을 견딜 사람이 있을까? 복면을 쓰고 다른 사람을 공격하고 비난을 쏟아 붓는다면 이를 견딜 수 있을까? 그런 자는 문밖으로 나서자마자 다른 사람들의 발길질을 당하지 않을까?

독일은 최근에야 언론 출판의 자유를 획득했다. 그러자 즉각 그것을 남용하는 파렴치한 일이 일어났다. 이런 상황에서 익명과 가명으로 자신의 글을 발표하는 것을 금지하는 것이 필요하다. 파급력이 큰 출판이라는 매개체를 통해 공개적으로 발언하는 것에 대해 각자는 명예심이 아직 있다면 적어도 자신의 명예심으로 책임을 져야 한다. 명예심이 없다면 그의 이름이 자신의 발언을 무효화 시키도록 해야 한다. 익명으로 글을 써본 적이 없는 사람에게 익명으로 공격하는 것은 분명

파렴치한 행위이다.

익명의 비평가는 사기꾼

익명의 비평가는 타인이나 타인의 저서에 대해 세상에 알리고 어떤 것은 숨기면서도 정작 자신이 그런 일을 당하는 것은 용납하지 않으려 하므로 자신의 이름을 드러내지 않는 작자다. 그런 작태를 참을 수 있겠는가? 익명의 비평가가 거짓말을 하지 않는다는 거짓말만큼 뻔뻔스러운 것은 없다. 그는 무책임한 자이다. 익명으로 하는 비평은 모두 거짓말과 사기를 목표로 설정하고 있다. 그 때문에 복면으로 거리를 활보하는 것을 경찰이 허용하지 않아야 하듯이, 익명으로 글을 쓰는 행위도 용납해서는 안 된다.

익명으로 글을 발표하는 문학잡지는 무지가 학식을, 우둔이 분별력을 재판하면서도 아무런 처벌을 받지 않는 곳이다. 대중을 속이면서도 처벌받지 않고, 악서를 칭찬함으로써 독자의 돈과 시간을 사취하는 곳이다. 익명은 문학, 특히 출판 분야에서 온갖 악행을 저지르는 견고한 성채가 아닌가? 그러므로 그 성채는 완전히 허물어져야 한다. 다시 말해 신문 기사조차도 모두 작성자의 이름을 달아서, 서명이 올바르다는 것에 대해 편집인이 엄중한 책임을 져야 한다.

그로 인해, 아무리 하찮은 자라도 자신의 동네에서는 알려져 있을 테니, 거짓 기사의 3분의 2는 사라질 것이고, 파렴치한 많은 독설을 자제하게 될 것이다. 프랑스에서는 마침 이 문제를 검토 중이라고 한다.

하지만 이러한 금지를 법으로 정할 수 없는 한, 문학에서는 모든 솔직한 문필가들은 일치단결해서 익명을 추방해야 한다. 공공연히 지칠 줄 모르고 매일 그런 짓을 극단적으로 경멸한다는 낙인을 찍는 것이다. 그리고 어떤 식으로든 익명 비평은 비열하고 파렴치한 행위라는 인식을 확산시켜야 한다.

익명으로 글을 쓰며 공격하는 자는 바로 그러므로 자신이 대중을 기만하거나 또는 아무런 위험 없이 타인의 명예를 훼손하려 한다고 자신에 대한 추정을 하는 셈이다. 때문에 익명의 비평가를 언급할 때는, 비난의 의도 없이 말이 나온 김에 언급할 때라도 "익명의 비겁한 비평가 모모"라거나 "잡지에서 복면을 쓴 익명의 악당" 등의 수식어를 반드시 달아야 한다.

나는 사실 그런 녀석들이 자신들의 직업을 싫어하도록 점잖고 적절한 어조로 말하고 있다. 자신이 누구인지 알리는 한에서만 각자 개인적인 존중을 받을 권리를 요구할 수 있기 때문이다. 독자는 누가 쓴 글인지 알고 싶어 하는 것이다. 복면을 해서 변장하고 살금살금 걸으며 자신을 무익하게 만드는 자는 그런 권리를 요구할 수 없다. 오히려 그런 자는 사실상 (아무튼) 법률의 보호를 받지 못하는 자다. 그는 무명無名씨이다. 무명씨가 비열한 악당이라고 선언하는 것은 누구에게나 허용되어 있다.

따라서 특히 반론을 펴는 익명의 비평가를 모두 즉각 비열한 악당이나 개자식이라고 불러야지, 몇몇 작가들은 무뢰한에게 모욕을 당하고도 비겁하게 그러는 것처럼 "존경하는 비평가 님"이라고 불러서는 안 된다. 모든 정직한 문필가들은 익명의 비평가를 "자신의 이름을 드러내지 않는 개자식"이라고 불러야 한다. 나중에 그런 호칭을 들을 만한 자가 나타나면 적대감으로 바라보는 사람들 앞을 지나가는 녀석의 요술 두건을 벗기고, 그의 귀를 잡고 끌고 가야 한다. 그러면 밤도깨비 같은 녀석을 보고 사람들은 낮에 커다란 환호성을 지를 것이다. 누가 자기를 비방했다는 말을 들으면 누구나 대체로 분노의 표시로 "누가 그런 말을 했지?"라고 말한다. 하지만 익명의 글에는 누가 썼다는 대답을 할 수 없게 된다.

그러한 익명 비평가의 행위 중 특히 우스꽝스러운 파렴치함은 국왕처럼 1인칭 복수 '우리는'이라는 용어를 쓴다는 점이다. 그들은 1인칭 단수형으로 쓸 뿐만 아니라 축소형, 그러니까 겸양형을 써야 한다. 예컨대 '가련하고 하찮은 나는', '비겁하고 교활한 나는', '복면을 쓴 무능한 나는', '미천한 부랑자인 나는' 등등의 표현을 써야 한다. 복면을 한 사기꾼, '시시한 문학잡지'의 어두운 구멍에서 야유를 퍼붓는 이런 비열한 자에게는 그런 칭호가 적합하다. 그런 자는 이제 장사를 그만두게 해야 한다. 문학에서의 익명은 시민 공동체에서 사기를 치는 행위와 같다.

"그대 이름을 드러내라, 사기꾼아, 그렇지 않으면 침묵하라!" 서명이 없는 비평을 대하면 즉각 사기꾼의 글이라고 덧붙이는 게 좋다. 그 일은 돈을 벌게 해줄지는 모르지만 명예를 가져다주지는 않는다. 공격을 하는 경우 익명 씨는 당장 악당 씨가 되기 때문이다. 자기 이름을 드러내지 않는 자는 대중을 속이려는 것이 틀림없다.[14]

익명의 책에 대해서만은 우리는 익명으로 비평할 권리가 있다. 어쨌든 익명의 악습이 폐지되면 문학 영역에서 행해지는 거의 모든 악행이 사라질 것이다. 익명 비평가의 활동이 금지될 때까지 우리는 기회가 있을 때마다 기업체를 운영하는 사람(익명의 비평 연구소의 간부와 기업가)한테 그의 일용 노동자들이 저지른 죄에 대해 그 자신이 직접 책임을 지도록 해야 한다. 더구나 우리에게는 그의 영업 활동에 걸맞은 어조로 그를 비판할 권리가 있다.[15] 나라면 익명의 비평가 소굴을 맡아서 경영하느니 차라리 도박장이나 유곽의 대표가 될 것이다.

---

14   익명의 비평가는 애당초부터 우리를 기만하려는 목적을 지닌 사기꾼으로 간주해야 한다. 이런 점을 감안해서 모든 **존중할 만한** 문학잡지에서는 비평가들이 자기 이름을 서명한다. 그는 대중을 **기만하려** 하고, 문필가들의 명예를 훼손하려고 한다. 첫째로 대개는 출판업자의 이익을 위해, 둘째로 그의 시기를 가라앉히기 위해. 요컨대 익명 비평가의 문학적 악행은 근절되어야 한다.-원주

문체와 관상

문체는 정신의 관상이다. 정신의 관상은 신체가 주는 인상 이상으로 진실하다. 타인의 문체를 모방하는 것은 가면을 쓰고 다니는 것과 같다. 가면은 아무리 아름답더라도 생명이 없으므로 곧 식상해지고 견딜 수 없게 된다. 그러므로 아무리 추하게 생겼다 해도 생기 있는 얼굴이 가면보다 더 낫다.

따라서 라틴어로 글을 쓰는 문필가 역시 고대인의 문체를 모방한다는 의미에서 엄밀히 말하자면 가면을 쓴 자와 같다. 다시 말해 그들이 하는 말을 잘 알아들을 수는 있다. 하지만 이때 거기에다가 그들의 관상, 즉 문체까지는 볼 수 없다. 하지만 **독자적인 사고를 하는 자들**의 라틴어 글에서는 이러한 관상을 볼 수 있다. 예컨대 스코투스 에리우게나[16], 페트라르카[17], 베이컨, 데카르트, 홉스, 스피노자 등과 같은 사람들은 모방하는 것에 만족하지 않았다.

---

15   익명 비평가의 죄악에 대해서는 원고의 출판인과 편집인가 직접 쓴 것처럼 그에게 직접 책임을 물어야 한다. 이는 직공이 나쁜 짓을 했을 때 장인이 직접 책임을 져야 하는 것과 마찬가지다. 이 경우 그 직공이 한 일에 대해 그를 주저 없이 부당하게 다루어서는 안 된다.

익명은 문학적 사기 행위이므로, 즉각 되받아쳐야 한다. "악당, 그대는 그대가 다른 사람에게 한 말을 신봉하지 않겠다는 거냐? 그러면 그대의 비방의 아가리를 닥쳐라!"

익명의 비평은 익명의 편지 이상의 권위가 없다. 그러므로 이런 편지를 받았을 때처럼 믿지 말아야 한다. 그렇지 않으면 가령 그런 익명 협회의 대표 이름을 그의 직원의 진실성을 보증하는 것으로 간주하겠는가?-원주 너무 허세를 부리는 문체는 인상을 찌푸리는 사람에 비유할 수 있다. 사람들이 쓰는 언어는 국가의 관상이다. 언어는 그리스어에서부터 카리브 해 연안의 언어에까지 큰 차이를 보인다.

우리는 자신의 글에서 문체상의 결함을 피하기 위해 타인의 글에 드러나는 문체상의 결함을 간과해서는 안 된다.

문체의 독자성

어느 저술가의 정신적 저작물이 지닌 가치를 잠정적으로 평가하기 위해 그가 **무엇에 대해** 또는 **무엇을** 생각했는지 굳이

---

16   요하네스 스코투스 에리우게나(Johannes Scotus Eriugena, 810년경~877년경): 아일랜드 출신의 스콜라 철학의 선구자로 중세 전기의 뛰어난 사상가. 그리스어에서 라틴어로 번역한 『디오니시오스 위서』로 중세 철학은 플라톤주의의 결정적인 영향을 받게 되었다. 고트샬크(Gottschalk)의 이중예정설을 반박하기 위해 쓴 『신의 예정에 대하여』는 교회에 의해 이단으로 몰렸다. 주요 저서는 865~870년경에 쓴 『자연구분론』 5권으로, 중세 전기의 유일한 철학서로 간주되고 있다. 선생과 학생의 대화 형식으로 씌어진 이 책은 신플라톤주의에 입각하여 만물은 신으로부터 유출(流出)하여 단계적인 구조를 이루며, 모든 것은 신에게 돌려야 한다면서 이성과 신앙의 일치를 주장하고 있다.

17   프란체스코 페트라르카(Francesco Petrarca, 1304-1374): 이탈리아 시인 인문주의자. 한니발을 격파한 스키피오를 찬미하는 장시 「아프리카」로 로마에서 계관시인이 되었다. 16세기 프랑스 르네상스가 특히 페트라르카의 영향을 크게 받았으며 이는 페트라르카주의라 명명되기도 하였다. 그는 이탈리아어 작품을 중시하지 않아서 「서정시집」과 장시 「개선(凱旋)」이란 작품만 전한다.

알 필요는 없다.(그러려면 그의 작품 전체를 통독해야 하기 때문이다.) 우선 그가 **어떻게** 생각했는지 아는 것으로 충분하다.

그런데 사고의 이런 **방식**, 그 사고의 이런 본질적인 성질과 일반적인 **질**의 정확한 복제물이 그의 **문체**이다. 다시 말해 문체는 한 인간이 지닌 모든 사상의 **형식적인** 성질이다. 그러므로 문필가가 **무엇에 대해** 그리고 **무엇을** 생각하든 언제나 문체는 똑같아야 한다. 문체는 온갖 형태를 빚어내는 반죽과 비슷하다. 이때 매우 다양한 형태가 나타날 수 있다.

그 때문에 오일렌슈피겔은 다음 장소까지 얼마나 더 가야 하는지 묻는 사람에게 "몇 걸음 걸어 보세요!"라며 얼핏 부적절해 보이는 대답을 했다. 그 의도는 그가 주어진 시간에 얼마만큼 갈 수 있는지 일단 그의 발걸음으로 측정해 보기 위해서였다. 이와 마찬가지로 나는 작가의 글을 몇 쪽만 읽어보면 그가 내게 어느 정도 도움을 줄 수 있을지 벌써 대략은 짐작하게 된다.

이런 사정을 조용히 의식하는 모든 평범한 문필가는 자신에게 고유하고 자연스러운 문체를 숨기려고 한다. 그래서 그는 온갖 **소박함**을 포기할 수밖에 없게 된다. 그로 인해 이 소박함은 자신이라는 존재를 자각하므로 자신 있는 모습을 보이는 우월한 정신의 소유자들의 특권으로 남는다. 평범한 두뇌의 소유자들은 자신들이 생각하는 대로 글을 쓸 결심을 할 수 없다. 그러다가 형편없는 결과물을 얻을지도 모른다고 생각해서이다. 그러나 언제나 자신의 생각대로 글을 쓰는 것이 중요하리라.

그러므로 그들이 성실하게 일에 착수하고, 실제로 생각한 사소하고 평범한 것을 생각한 그대로 단순하게 전달하려 한다면, 그들의 글은 읽을 만할 것이고, 심지어 알맞은 영역에서는 교훈적일지도 모른다. 하지만 그 대신에 그들은 실제보다 훨씬 더 많이 더 깊게 생각한 척 하려고 한다. 따라서 그들은 말해야 하는 내용을 무리하고 어려운 관용구나 신조어, 장황한 복합문으로 제시한다. 복합문은 독자들이 저자의 생각을 알 수 없게 은폐하는 기능을 한다.

평범한 저술가들은 자신의 생각을 전달하려는 노력과 그것을 은폐하려는 노력 사이에서 갈등한다. 그들은 유식하고 심오한 모습을 보이려고 자신의 생각을 꾸미고 싶어 한다. 현재 독자가 알아채는 것 이상으로 생각의 배후에 많은 것이 숨어 있을지도 모른다고 생각하도록 하기 위해서이다.

평범한 저술가의 글쓰기

평범한 저술들은 자신의 생각을 때로는 조금씩 짧고 다의적이며 역설적인 잠언으로 내던진다. 잠언은 그것이 말하는 것 이상으로 많은 것을 암시하는 것처럼 보이게 한다.(이런 종류의 훌륭한 예가 셸링[18]의 자연철학 저술이다.) 그들은 이내 다시 자신의 사상을 참을 수 없이 장황하게 홍수처럼 단어를 쏟아낸다. 생각의 심오한 뜻을 이해시키려는 준비가 필요한 듯이 말이다. 반면에 결코 진부하다고는 할 수 없는 대단히 단순한 착상이 있다.(피히테가 쓴 대중적인 글이나, 이름을 거론할 가치도 없는 수많은 한심한 바보들이 쓴 철학 교재에서 그런 예를 얼마든지 발견할 수 있다.)

그들은 마음대로 어떤 글쓰기 방법을 상정해서 그것을 고상하다고 간주하며 전력을 기울인다. 예컨대 대단히 철저하고 학구적인 글쓰기 방법 말이다. 길게 늘어지고 깊은 생각이 결여된 복합문은 마약과 같은 효과를 내며 읽는 사람을 죽도록 고문한다.(특히 인류 중 가장 후안무치한 작자들인 헤겔[19] 추종자들이 발간하는 헤겔 지誌인 「학문적 문학 연감」이 그 대표적인 예이다.) 또는 그들은 재기 있는 글쓰기 방법을 목표로 하기도 했

---

18 셸링(Freidrich Wilhelm von Schelling, 1775~1854): 독일의 관념론 철학자. 피히테학파의 후계자로 그의 자연철학은 자연과 정신의 동일성, 객관과 주관의 무차별이 철학의 원리라는 동일철학을 수립했다. 그의 철학은 자아에서 출발하는 피히테의 관념론과 헤겔의 절대적인 체계의 중간에 위치한다. 저서로는 『철학의 원리로서의 자아』, 『선험적 관념론의 체계』, 『인간의 자유 본질에 대한 철학적 고찰』 등이 있다.

19 헤겔(Georg Wilhelm Friedrich Hegel, 1770~ 1831): 독일의 관념철학의 대표자로 정반합의 개념으로 변증법을 정형화했다. 변증법은 만물이 본질적으로 끊임없는 변화 과정에 있음을 주장하면서, 그 변화의 원인을 내부적인 자기부정, 즉 모순에 있다고 본다. 저서로는 『정신현상학』, 『논리학』, 『법철학 강요』, 『법철학 강요』 등이 있다. 『정신현상학』에서는 인간 정신이 어떻게 단순한 의식에서 자기의식·이성·정신·종교를 거쳐 절대지(絶對知)로 상승하는가를 기술하고 있다.

는데, 그럴 경우 미쳐 버리려고 하는 것 같다.

"태산 명동泰山鳴動에 서일필鼠一匹[20]"(호라티우스의 『시론詩論』)이라는 말을 내쳐 버리려는 그들의 노력은 그들이 원래 하려던 일이 무엇인지 알아내는 것을 종종 힘들게 한다. 게다가 그들은 완전히 복합문으로 이루어진 문장을 쓰기도 한다. 그러면서 그들 자신은 아무것도 생각하지 않는다. 그렇지만 그들은 이때 다른 사람은 뭔가 생각하기를 기대한다.

그렇게 애를 쓰는 밑바닥에는 지칠 줄 모르고 항시 새로운 방법으로 시도하며 노력하는 것밖에 없다. 그것은 사상을 위해 언어를 팔아치우려는 노력이고, 새롭거나 또는 새로운 의미로 사용된 표현, 관용구, 각종 합성어에 의해 정신의 외관을 만들어내려는 노력이다. 그렇게 하는 것은 정신의 부족을 너무나 고통스럽게 느끼고 그걸 보충하기 위해서이다. 정신을 나타내는 가면으로 문체를 사용하기 위해, 이런 목적을 위해 때로는 이런 문체, 때로는 저런 문체를 시도하는 것을 보면 재미있다는 생각이 든다. 그런 가면은 한동안은 미숙한 사람들을 속일 수 있을지 모르지만, 결국은 생기 없는 가면으로 인식되고, 조롱받다가 다른 가면으로 교체되기도 한다.

---

20   nascetur ridiculus mus. 크게 떠벌리기만 하고 실제의 결과는 작은 것을 말함. "그렇게 큰소리치며 약속한 자가 과연 그 약속에 부합되는 것을 내놓을 수 있을까요? 그러다간 산들이 산고를 겪되 우스꽝스러운 쥐 한 마리를 낳는 꼴이 되어 버립니다."(호라티우스, 『시론』, 138~9행)

그래서 사람들은 문필가들을 때로는 술 취한 것 같은 격정적인 사람으로 보기도 하고, 때로는 벌써 다음 페이지에서는 거들먹거리고 엄숙하며 철저하고 박식한 자로 보기도 한다. 급기야는 극히 둔중하고 조금씩 되씹으며 생각하는 매우 장황한 사람으로 보기도 한다. 비록 현대적인 의상을 입기는 했지만 일찍이 크리스티안 볼프[21]가 그런 예라고 볼 수 있다.

그렇지만 이해되지 않는 글의 가면이 가장 오래 지속되고 있다. 오직 독일에서만 통용되는 그 가면은 피히테에 의해 도입되어 셸링에 의해 완성되었으며, 마침내 헤겔에 의해 최고 정점에 도달했다. 그 가면은 항상 대단한 성공을 거두었다!

누구나 쉽게 이해하는 글쓰기

아무도 이해하지 못하게 글을 쓰는 것처럼 쉬운 것은 없다. 반대로 중요한 사상을 누구나 이해할 수 있게 표현한 것만큼 어려운 것도 없다. 이해되지 않는 것이 이해하지 못하는 자에게는 친근하게 여겨진다. 신비화는 그 속에 심오한 뜻이 숨겨있지 않을까하는 큰 착각을 불러일으킨다. 그러나 앞에서 언급한 온갖 기술을 사용하는 데는 지력이 없어도 아무 상관

21　크리스티안 볼프(Christian Wolff, 1679~1754): 독일의 계몽철학자로 신학을 배우고 철학·자연 과학을 수학했다. 라이프니츠의 뒤를 이어 계몽주의 철학을 체계화하였으며, 논문 용어를 라틴어에서 독일어로 옮기는 데 공적이 컸다. 저서로는『논리학』,『존재론』이 있다.

없다. 있는 그대로의 모습을 보여 줄 때 지력이 필요한 것이다. 호라티우스의 다음 잠언은 시대를 막론하고 인정되고 있다.

"현명해야 올바른 글을 쓸 수 있다."

—『시론』

하지만 저들은 수백 가지의 상이한 합성물을 시도하는 어떤 금속 노동자들처럼, 유일무이하고 영원히 대체 불가능한 금과 같은 위치를 주장한다. 하지만 오히려 이와는 완전히 반대로 어떤 작가는 더 많은 지력을 보이려는 가시적인 노력을 하지 않도록 조심하는 게 좋다. 그런 노력을 하면 독자는 그가 지력을 조금밖에 지니고 있지 않다고 의심을 하는 수가 있기 때문이다. 사람들은 언제나 어떤 식으로든 자기에게 실제로 없는 것을 가지고 있는 척 허세를 부리는 법이다. 바로 그 때문이 어떤 작가가 **순진**하다고 불린다면 그것은 칭찬이다. 이는 그가 자신을 있는 모습 그대로 보여 주겠다는 표시일 수 있다. 아무튼 순진함은 매력을 끈다. 반면에 부자연스러움은 어디서나 움찔한다.

또한 우리는 모든 실제적인 사상가가 자신의 사상을 될 수 있는 한 순수하고도 분명히, 확실하고도 간결하게 표현하고자 노력하는 것을 본다. 따라서 단순함은 언제나 진리의 특징일 뿐만 아니라 천재의 특징이기도 했다. 문체는 사상의 아름다움을 보존한다. 사이비 사상가들의 경우에서처럼 문체를 통해 사상을 아름답게 꾸미려 해서는 안 된다. 문체는 사상의 단순한 실루엣에 지나지 않는다. 글이 불명료하고 조잡한 것은 생각이 흐릿하고 혼란스럽기 때문이다.

그 때문에 좋은 문체의 첫 번째, 그러니까 그 자체만으로 거의 충분한 규칙은 **무언가 말할 것이 있어야 한다**는 사실이다. 오, 그것만으로도 성과가 있으리라! 그러나 특히 **피히테**[22] 이래로 독일의 철학적인, 아무튼 모든 반성적인 문필가의 근본 특성은 그런 규칙을 소홀히 하는 점이다. 이들 문장가들에게서 공통적으로 나타나는 특징은 무언가 할 말이 있는 듯 **보이려** 하지만 아무것도 말하지 않는다는 사실이다. 대학의 사이비 철학자에 의해 도입된 이러한 방식은 일반적으로, 그리고

22　피히테(Johann Gottlieb Fichte, 1762~1814): 셸링, 헤겔과 더불어 독일 관념론을 대표하는 사상가. 지식학을 주로 연구한 그는 칸트로부터 헤겔에 이르는 다리 역할을 한 철학자로 인정되고 있다. 가정교사 시절에 저술한 『종교와 이신론에 관한 아포리즘』은 스피노자의 결정론의 영향을 받았으나, 칸트 철학을 알게 됨에 따라, 실천이성의 자율과 자유사상에서 결정적인 영향을 받았다. 『모든 계시의 비판 시도』로 피히테의 명성이 알려졌다. 「신의 세계지배에 대한 우리들의 신앙 근거에 관하여」라는 논문으로 무신론 논쟁을 일으켰으며, 결국 예나 대학에서 물러나게 되었다. 그 후 베를린에서 슐레겔 형제를 비롯하여 낭만파 사람들과 교유하였고, 사상적으로는 신비적·종교적 색채를 더해 갔으나, 동시에 시국 정치 문제에도 활발한 발언을 했고, 특히 나폴레옹 전쟁에서 패한 프로이센의 위기에 처하여 행한 "독일 국민에게 고함"이란 강연이 유명하다. 종군 간호사가 된 부인에게서 옮은 발진티푸스에 감염되어 사망했다.

심지어 당대의 일류 문필가에게서도 목격할 수 있다.

이런 방식은 불확실하고 애매한, 즉 다의적인 문체, 또한 장황하고, 둔중하며, 딱딱한 문체를 만드는 어머니라고 할 수 있다. 이럴 경우 쓸데없는 말을 늘어놓는 경우가 적지 않다. 급기야는 덜컹거리며 도는 물레방아처럼 지칠 줄 모르고 마구 지껄이면서 극히 애처로운 사상의 빈곤을 은폐하기도 한다. 이런 문체의 문장을 몇 시간씩 읽어도 우리는 명백히 표현된 특정한 사상을 얻을 수 없다. 이러한 방식과 기술로 악명 높은 견본을 꼽으라면 『할레 연감』(후에는 『독일 연감』)[23]을 들 수 있다.

무언가 말할 가치가 있는 것을 지닌 자는 그것을 멋 부린 표현, 난해한 용어, 애매한 암시로 은폐할 필요가 없다. 그는 그것을 단순하고 명료하며 소박하게 말할 수 있다. 그러면서 그것의 효과가 없지는 않을 것이라고 자신할 수 있다. 그 때문에 앞서 말한 기법을 필요로 하는 자는 그로 인해 사상, 정신, 지식의 빈곤을 드러낸다.

어느새 독일인은 페이지마다 그처럼 온갖 종류의 쓸데없

---

23 『독일 연감』은 『할레 연감』(1838-41)이 정부의 탄압으로 폐간된 후 루게가 그 후속으로 1841년 7월 라이프치히에서 창간한 청년 헤겔학파의 문예 철학지이다. 『독일 연감』은 독일의 편협한 민족주의적 '자유주의' 노선이 아니라, 프랑스적인 급진적 사회주의 노선을 택할 것을 주장했다. 그러나 프랑스인은 한 사람도 기고에 응하지 않았고, 재정적 후원이 거의 없어 한 차례의 발간(1844. 3)으로 끝나고 말았다.

는 말을 늘어놓는 문장을 태연히 읽는 것에 익숙해져 있다. 그러면서 글 쓴 자가 무엇을 원하는지 딱히 알지도 못한다. 독자는 사실 그것이 당연하고 여기며, 저자가 단순을 글을 쓰기 위해 쓴다는 사실을 간파하지 못한다.

간결한 문체, 구체적인 표현

풍부한 사상을 지닌 훌륭한 문필가는 진정으로 그리고 실제로 무언가 말할 게 있어서 말을 한다는 신뢰를 금방 독자로부터 얻는다. 그래서 분별 있는 독자는 그의 말을 주의 깊게 따라가는 인내를 보인다. 그런 문필가는 실제로 무언가 말할 것이 있으므로 언제나 가장 간결하고도 단호한 방식으로 표현할 것이다. 그에게는 지금 자신이 지닌 사상을 다름 아닌 독자의 마음속에서도 일깨우는 것이 중요하기 때문이다. 따라서 그는 **부알로**[24]와 대화를 나누어도 될 것이다.

---

24 부알로(Nicolas Boileau, 1636~1711): 프랑스 고전문학 이론의 대표자로 시인이자 문학평론가. 프랑스와 영국 문학에서 고전주의의 기준을 세우는 데 이바지한 당대의 유력한 문인으로 알려져 있다. 영웅시풍 서사시인 『보면대(譜面臺)』는 보면대를 예배당의 어디에 둘 것인가를 둘러싸고 두 고위 성직자가 벌이는 말다툼을 다루고 있다. 운문으로 된 교훈적 논문 「시론(詩論)」으로 고전주의 전통에 따라 시를 짓는 규칙을 제시했다. 그는 작가가 사상을 또렷하게 다스릴 것을 강조했으며, 그에 의하면 '마땅하게 구상된 것은 분명하게 표출되고, 그 표현을 위해 말이 쉽게 떠오른다.'

　　　　"나의 사상은 항시 밝은 대낮에 모습을 드러내고
　　　　나의 시는 좋든 나쁘든 항시 무언가를 말하노라."

　반면에 앞서 기술한 자들에 대해서는 부알로의 "말이 많은 자는 결코 아무것도 말하지 않는다"는 글이 적용된다.

　이들은 필요한 경우 언제나 궁지에서 빠져나오기 위해 되도록 **단호한** 표현을 피한다. 이것이 그들의 특성을 잘 드러내주는 말이기도 하다. 그 때문에 그들은 어떤 경우에도 좀 더 추상적인 표현을 쓴다. 반면에 지력을 갖춘 사람들은 좀 더 구체적인 표현을 써서 사물을 일목요연하게 설명한다. 구체성이 모든 명징성의 근원인 것이다.

싫증나고 지루한 저작물

　문필가들이 추상적인 것을 편애하는 것은 많은 예를 통해 입증할 수 있다. 독일 문필계에서는 지난 10년 동안 '일으키다bewirken', '야기하다verursachen'를 사용해야 할 경우 대개 '**제약하다bedingen**'라는 단어를 쓰고 있는데, 이는 특히 우스꽝스러운 일이다. 이런 동사는 앞서 말한 두 동사보다 더 추상적이고 불확실하며 애매하게 말하기 때문이다.(다시 말해 '이것에 의해' 하는 대신에 '이것이 없는 것이 아니라') 따라서 그들은 항상 달아날 탈출구를 마련해 둔다. 그들이 이런 표현을 선호하는 이유는 자신들의 무능력을 잘 알기에 모든 **단호한** 표현에 대해 늘 두려움을 느끼기 때문이다.

그렇지만 이런 개인적 성향과는 달리 단순히 민족성이 영향을 끼치기도 한다. 독일인은 일상생활에서는 온갖 무례함을 모방하듯이, 문학에서는 즉시 온갖 우둔함을 모방한다. 이러한 민족성은 그 두 가지가 재빨리 만연하는 것으로 증명된다. 영국인은 무언가를 써야 할 경우 어떤 행동을 할 때처럼 자신의 판단에 의지한다. 이와 반대로 독일인에게는 그런 점에 대해 칭찬할 수 없다. 앞에서 말한 이런 사정 때문에 지난 10년 동안 '일으키다', '야기하다'는 모든 문장에서 거의 완전히 사라진 반면, 어디서나 '제약하다'라는 단어만 사용되고 있다. 이런 일은 우스꽝스런 특성 때문에 언급할 가치가 있다.

평범한 두뇌의 소유자들이 쓴 저작물이 싫증나고 지루한 것은 다음의 이유 때문일지도 모른다. 그들은 언제나 흐리멍덩한 의식으로 말한다는 점이다. 다시 말해 자신이 한 말의 의미를 자신도 제대로 이해를 하지 못하는 것이다. 그러한 말을 그들이 습득해서 완성된 형태로 받아들였기 때문이다. 그 때문에 그들은 말을 한다기보다는 진부한 상투어 전체를 짜 맞추는 셈이다. 그들에게는 사상을 만들어내는 데 필요한 주형鑄型, 즉 자신의 명료한 사고가 없기 때문에 명백히 표현된 사상의 결여가 눈에 띄게 드러난다. 그 대신에 우리는 불확실하고 애매한 단어의 조합, 잘 통하는 표현법, 진부한 상투어, 유행하는 표현[25]을 발견한다. 그 결과 그들의 악문惡文은 닮아

빠진 활자로 찍은 인쇄물과 같다.

반면에 지력을 갖춘 사람들은 그들의 글에서 **실제로** 우리에게 말을 건다. 그 때문에 그들은 우리를 고무시키고 즐겁게 해줄 수 있다. **그들**만이 하나하나의 언어를 충분히 의식하여 의도적으로 선택해서 조합할 수 있다. 그 때문에 그들의 글과 앞에서 묘사한 사람들의 글과의 관계는 실제로 **그린** 그림과 형지型紙로 찍은 그림의 관계와 같다. 지력을 갖춘 작가가 쓴 모든 단어에는 화가의 모든 필치에 그렇듯이 특별한 의도가 담겨 있다. 반면에 평범한 두뇌의 소유자들이 쓴 저작물은 모든 것이 기계적으로 작성되어 있다.[26]

같은 차이를 음악에서도 발견할 수 있다. 천재의 작품은 어느 부분에서나 항상 정신이 감지되며, 그런 사실이 천재의 작품을 특징짓는다. 이는 **개릭**[27]의 몸의 모든 근육에서 그의

---

25 알맞은 표현, 독창적인 표현법, 적절한 관용구는 의복과 같다. 그것들이 새로운 것이면 빛을 반짝이며 큰 효과를 준다. 하지만 다들 얼마 지나지 않아 진부해지고 빛이 바래지는 것을 택함으로써, 결국 아무런 효과를 거두지 못하게 된다.-원주

26 **평범한 두뇌의 소유자들의 글은** 틀에 박은 듯이 천편일률적이다. 다시 말해 현재 유행하고 많이 쓰이는 순전히 식상한 표현법과 상투어로 이루어져 있다. 그들은 스스로 생각해 보지도 않고 그런 표현을 덧붙인다. 우월한 두뇌의 소유자는 현재의 특별한 경우를 위해 특별히 모든 관용구를 만든다.-원주

27 개릭(David Garrick, 1717~79): 셰익스피어 연극 전문 배우이자 극단 경영자.

영혼의 편재偏在를 느꼈다고 언급한 리히텐베르크의 말과 유사하다.

객관적인 지루함과 주관적인 지루함

저작물의 **지루함**과 관련해서 일반적으로 언급해둘 게 있다. 지루함에는 객관적인 것과 주관적인 것 두 가지 종류가 있다. **객관적인 지루함**은 언제나 여기서 문제가 된 것이 부족한 경우, 그러니까 전달할 완전히 명료한 사상이나 인식이 저자에게 전혀 없을 경우에 생겨난다. 그런 것을 지닌 저자는 그것을 전달하려는 목표에 곧장 매진하기 때문이다. 그 때문에 어디서나 명백히 표현된 개념을 전달하고, 따라서 장황하지도 내용이 없지도 혼란스럽지도 않기에, 따라서 지루하지 않다. 그의 기본 사상이 오류일지라도 그것은 그런 경우 명백히 사유되고, 잘 숙고되었으므로, 적어도 형식적으로는 올바르다. 그로 인해 그의 글은 여전히 나름의 가치를 지닌다. 반면에 같은 이유에서 객관적으로 지루한 글은 언제나 무가치하다.

반면에 **주관적인** 지루함은 단순히 상대적인 지루함이다. 독자가 저자의 글에 관심이 부족해서 발생하는 것이다. 그러나 그것은 독자의 관심이 협소하기 때문에 생기는 현상이다. 그 때문에 탁월한 글에도 어떤 글이든 주관적으로 지루함을 느낄 수 있다. 반대로 아무리 형편없는 글이라도 어떤 글이든 주관적으로 재미를 느낄 수 있다. 주제나 저자가 독자의 흥미를 끌 수 있기 때문이다.

위대한 정신의 소유자처럼 사고해야 하는 반면 누구나 같은 언어로 말해야 한다는 인식이 독일 문필가에게는 대체로 도움이 될지 모른다. 평범한 언어를 사용하여 비범한 사상을 말하는 게 중요하다. 그러나 문필가들은 그 반대의 방법을 선택했다. 다시 말해 우리는 이들이 시시한 개념을 고상한 언어로 싸고, 그들의 매우 평범한 사상을 지극히 비정상적인 표현과 지극히 멋 부리고 가식적이며 이상한 상투어로 치장하려 노력하는 것을 발견한다. 그들의 문장은 끊임없이 거들먹거리며 걸어간다. 호언장담, 아무튼 허풍 떨고 거만하고 멋 부리고 과장된, 공중곡예 식의 문체를 이처럼 좋아하는 것과 관련하여 그 전형은 기수旗手 피스톨Pistol인데, 그의 친구 폴스태프Falstaff는 언젠가 참지 못하고 이렇게 소리쳤다. "자네가 무슨 말을 하려는지 말해보게, 이 세상 출신의 사람처럼 말이야!"(셰익스피어의 『헨리 4세』)

독일어에서는 프랑스어 'stile empesé'(딱딱한 문체)에 정확히 상응하는 표현을 찾을 수 없지만, 그런 일 자체는 더욱 자주 접하게 된다. 책에서 멋 부린 문체는 사교계에서 허세를 부리는 위엄, 고상함, 멋 부림과 마찬가지로 참을 수 없는 일이다. 실생활에서 어리석음이 위엄과 허례허식으로 나타나듯이 책에서는 정신의 빈곤이 종종 그런 멋 부린 문체로 나타난다.

멋 부려 글을 쓰는 자는 자신의 비천한 신분을 숨기고 혼동을 일으키려 요란하게 꾸미는 자와 같다. 진정한 신사는 아무리 허술한 복장으로 다녀도 누구 하나 뭐라고 하지 않는다. 그 때문에 화려한 의상과 네 개의 핀으로 고정된 옷으로 천박한 사람임을 알 수 있듯이 멋 부린 문체로 평범한 두뇌의 소유자임을 알 수 있다.

그럼에도 불구하고 말하는 투로 글을 쓰려고 노력하는 것은 잘못된 일이다. 오히려 모든 문어체는 비문碑文의 문체와 어느 정도 유사한 점이 있어야 한다. 비문에 새겨진 글이야말로 모든 글의 조상이기 때문이다. 그 때문에 글 쓰려는 것처럼 말 하려는 것 역시 그 반대만큼이나 비난할 일이다. 그럴 경우 현학적인 동시에 이해하기 어려울 것이기 때문이다.

표현이 모호하고 불명료한 문장

표현이 모호하고 불명료한 문장은 언제 어디서나 정신적으로 매우 빈곤하다는 반증이다. 이처럼 표현이 모호하고 불명료한 것은 십중팔구는 사상이 불명료한 때문이며, 사상이 불명료한 것은 다시 거의 언제나 사상의 원래적인 부적절, 모순, 즉 오류에서 기인한다. 어떤 사람의 머릿속에 어떤 올바른 사상이 떠오르면 그것을 명료화하기 위해 노력해서 이내 그 목적을 달성할 것이다. 하지만 명료하게 생각한 것은 쉽게 적절한 표현을 발견한다. 인간이 생각할 수 있는 것은 언제나 명료하고 파악 가능하며 명확한 언어로 표현할 수 있다.

난해하고 애매하고 엉클어지고 불명료한 말을 조합하는
자들은 자기들이 무슨 말을 하려는지 제대로 알지 못하고, 그
제야 어떤 사상을 가져야겠다는 막연한 생각만 할 뿐이다. 하
지만 그들은 실제로는 아무것도 말할 게 없다는 사실을 이따
금씩 자기 자신과 타인에게 숨기려고 한다.

그들은 피히테와 셸링, 헤겔처럼 자신들이 알지 못하는 것
을 아는 척 하거나, 자기들이 생각하지 않은 것을 생각하는
척 하려고 한다. 대체 분명히 전달할 내용이 있는 자가 불명
료하게 말하려 애쓰겠는가, 아니면 명료하게 말하려 애쓰겠
는가? 퀸틸리아누스[28]는 이에 대해 이미 이렇게 말했다. "학

---

28   퀸틸리아누스(Marcus Fabius Quintilianus, 35년경~96년경?): 에스파냐
출신으로 고대 로마의 교육사상가이자 작가. 그의 수사학 책 『웅변 교수론』은
교육 이론과 문학 평론에 중대한 공헌을 했다. 그는 『웅변 교수론』에서 유아
기 이후의 전체 교육 과정이 웅변가 훈련의 주된 내용과 연관된다고 믿었다.
그는 문체상의 기교가 즉각적인 효과를 나타낸다는 것을 인정하지만, 법률상
의 공적 변론이라는 현실에서는 결국 웅변가에게 큰 도움이 되지 않는다고 생
각했다.
퀸틸리아누스는 교사들이 학생들의 성격이나 능력에 따라 다른 교수법을 사
용해야 한다고 충고했다. 그는 학습에 놀이와 오락의 가치를 도입해 지나치게
엄격한 수업으로 학생들의 기를 꺾어서는 안 된다고 했다. 체벌을 설득력 있
게 비판했으며 교사를 부모를 대신하는 사람으로 묘사했다. 그는 "학생들은
올바르게 교육받기만 하면 교사에게 애정과 존경심을 갖게 됩니다. 그리고 우
리는 우리가 좋아하는 사람들을 학생들이 얼마나 기꺼이 모방하는지 말할 수
도 없을 정도입니다"라고 쓰고 있다.

식이 풍부한 사람일수록 흔히 알기 쉽고 명료하게 말하는 반면, 유능하지 않은 사람일수록 더욱 어렵게 말한다."

이와 마찬가지로 **알쏭달쏭한** 표현을 삼가야 하며, 자기가 하나의 사실을 말하려 하는지, 또는 말하지 않으려 하는지 알아야 한다. 독일의 문필가들은 명료한 표현을 하지 않기에 독자를 짜증나게 만든다. 어떤 점에서 뭔가 금지된 전달 내용이 있을 경우에만 예외이다.

어떤 작용도 정도가 지나치면 대개 목표했던 것과 반대되는 결과를 초래하기 마련이다. 이처럼 언어 역시 사상을 파악하기 쉽게 해주는 데 도움을 주긴 하지만, 그 효용도 어느 정도까지만 그러하다. 이러한 한계를 넘어서 지나치게 사용하다 보면 언어는 전달해야 할 사상을 다시 점점 모호하게 만든다. 이러한 한계를 인식하는 것이야말로 문체의 임무이며 판단력의 문제라고 할 수 있다. 쓸데없는 말은 목적에 정면으로 위배되는 결과를 초래하기 때문이다. 이러한 의미에서 **볼테르**[29]는 "형용사는 명사의 적이다"라고 말한다. 하지만 되도록 장황하게 말해서 사상의 빈곤을 은폐하려는 문필가들이 많은 것이 물론이다.

간결한 표현의 중요성과 잘못된 간결함

문필가는 온갖 장황한 표현과 끼워 놓은 문구를 피해서, 읽는 수고를 할 보람이 없는 중요하지 않은 언급을 하지 말

아야 한다. 문필가는 독자의 시간과 노력, 인내력을 낭비시켜
서는 안 된다. 그렇게 해야 그의 글은 독자의 신뢰를 얻어, 주
의 깊게 읽을 가치가 있고, 수고하며 독서한 보람이 있을 것
이다. 무의미한 문장을 덧붙이는 것보다는 차라리 좋은 글이
라도 문맥에 맞지 않으면 과감히 생략하는 편이 더 나을 것
이다. "절반이 전체보다 낫다"는 헤시오도스[30]의 말은 이런
경우를 두고 하는 말이다.

　말인즉 문필가가 모든 것을 다 말할 필요는 없는 것이다!
"독자를 지루하게 만드는 비결은 모든 것을 다 말해버리는
데 있다."(볼테르의 『인간론』) 그러므로 될 수 있는 한 문제의

29　볼테르(François-Marie Arouet, 1694~1778): 프랑스의 작가·사상가로
계몽주의 시대를 대표하는 인물. 그는 18세기 유럽의 전제 정치와 종교적 맹
신에 저항하고 진보의 이상을 고취했다. 볼테르의 작품은 체계적이라기보다
비평적이고, 문체는 풍자적이다. 그가 행한 시민적 관용과 종교적 관용을 위
한 투쟁은 형이상학적 체계에 대한 비판에서 나온 상대주의와 회의주의에 근
거하고 있다.
1755년 리스본에서 일어난 지진의 대참사는 이 세계가 라이프니츠가 묘사한
것처럼 '가능한 최상의 세계'일 수 있다는 생각을 버리기에 충분하였다. 그래
도 역시, 볼테르에 따르면, '모든 것은 존재해야 하는 대로 존재한다.' 즉 우주
는 혼돈의 우연에 의하여 일어나지 않았다는 것이다.
인류가 진보로 향한다고 확신했던 그는 섭리의 견해에 의한 역사 설명에 반대
하였고, 또한 단순히 정치적이거나 군사적 역사 편찬에도 반대하였다. 그래서
그는 보다 방대한 자료에 근거한 문명사를 추진하고자 했고 따라서 근대 역
사가의 작업을 처음 시행하였다. 주요 저서로는 『철학 편지』, 『인간론』, 『자디
그』, 『루이 14세의 세기』, 『민족정신과 풍습에 관한 시론』, 『관용론』, 『캉디드』
등이 있다.

핵심과 중요 부분만 얘기하고 독자가 혼자서도 생각할 수 있는 것은 말하지 않아야 한다. 빈약한 사상을 전달하기 위해 많은 말을 하는 것은 어디서나 평범함을 드러내는 틀림없는 징표이다. 반면에 탁월한 두뇌의 소유자는 많은 사상을 얼마 안 되는 말로 마무리 짓는다.

진리는 적나라할수록 더없이 아름답고, 그것이 주는 인상은 간단한 표현일수록 더욱 심오하다. 첫째로, 그래야 진리는 부수적인 사상에 의해 전혀 흩트려지지 않은 독자의 마음을 온전히 사로잡을 수 있기 때문이다. 둘째로, 그래야 독자는 수사적 기교에 농락당하거나 기만당하지 않고, 전체 효과가 사실 자체로부터 시작된다고 느끼기 때문이다. 예컨대 인간 존재가 허망하다는 진리에 대해 어떤 열변이 다음과 같은 욥의 말보다 더 깊은 인상을 남기겠는가. "여인에게서 태어난

---

30   헤시오도스(Hesiod, ?~ ?): BC 700년경에 활동한 그리스의 시인으로 흔히 '그리스 교훈시의 아버지'라고 불린다. 오늘날 완전한 형태로 남아 있는 그의 서사시는 『신통기(神通記)』와 『노동과 나날』이다.
가장 초기의 그리스 서사시인 중 하나인 헤시오도스는 자신의 작품을 통하여 호메로스의 좀 더 화려한 세계 묘사를 수정해 주는 유익한 역할을 한다. 헤시오도스는 인생에 대해 본질적으로 진지한 태도를 갖고 있다. 그는 『신통기』에서 우라노스와 크로노스 및 제우스 사이의 피비린내 나는 권력 투쟁을 묘사함으로써, 존재의 어두운 측면을 다루고 있다. 그리고 『노동과 나날』에서는 지상에 살고 있는 인류의 상황, 적어도 헤시오도스의 주변 사람들의 상황은 그가 '흑철 시대'라고 부른 시대가 끝나지 않는 한 똑같이 비참하다는 것을 보여준다.

사람은 생애가 짧고 걱정이 가득하며, 그는 꽃과 같이 자라나서 시들고 그림자같이 지나가며 머물지 아니하거늘."(욥기 14장 1절)

괴테의 소박한 시가 실러[31]의 수사적인 시보다 비길 데 없이 높은 위치를 차지하는 것도 바로 그 때문이다. 여러 나라의 민요가 큰 영향을 미치는 것도 그 때문이다. 건축술에서 지나친 장식을 하지 않도록 조심해야 하듯, 언어 예술에서도 모든 불필요한 수사적 장식, 쓸데없는 부연, 과잉 표현을 삼가도록 조심해야 한다. 그러므로 **순결**한 문체를 위해 열심히 노력해야 한다. 필요 없는 덧칠은 불리하게 작용한다. 소박함은 더없는 숭고함과도 화합하므로 단순함과 소박함의 법칙은 모든 예술에 적용된다.

모든 형식은 자신을 감추기 위해 **내용 없는 것**을 받아들인다. 내용 없는 것은 과장과 허식, 우월함과 고상함의 어조, 수백 개의 다른 형식으로 자신을 은폐한다. **소박함**에 의지하지 않는 것은 그러다간 즉각 자신의 맨 모습을 드러내고 단순한 우직함을 세상에 내놓을 것이기 때문이다. 좋은 두뇌의 소유

---

31 실러(Johann Christoph Friedrich Schiller, 1759~1805): 독일의 시인, 극작가, 역사가. 슈투름운트드랑 시대의 혁명적 작가로 등장하여 『도적들』, 『간계와 사랑』으로 이름을 떨쳤다. 칸트 철학을 연구하여 그의 미학과 윤리학을 발전시켰으며, 괴테와 함께 독일 고전주의 시대를 열었다. 작품으로 『발렌슈타인』, 『오를레앙의 성처녀』, 『빌헬름 텔』 등이 있다.

자도 섣불리 소박해서는 안 된다. 그러다간 무미건조하고 메마른 모습으로 비칠지도 모르기 때문이다. 그 때문에 맨 모습이 아름다움의 예복禮服이듯이 소박함은 어디까지나 천재의 예복이다.

간결한 표현을 해야 하는 진정한 이유는 말할 가치가 있는 것만 말하는 데 그 본질이 있다. 반면에 누구나 생각할 수 있는 내용을 장황하게 설명해서는 안 된다. 그러기 위해서는 필요한 내용과 불필요한 내용을 정확히 구별하는 것이 필요하다. 그렇다고 문법은 말할 것도 없이 명료함도 간결함에 희생시키라는 말은 결코 아니다. 단어 몇 개를 줄이기 위해 사상의 표현을 약화시키거나 또는 심지어 복합문의 뜻을 모호하게 하거나 가치를 떨어뜨리는 것은 비난받아 마땅한 몰상식한 짓이다.

그러나 바로 이것이 오늘날 유행하고 있는 잘못된 간결함의 예다. 이 같은 간결함의 잘못된 점은 목적 달성에 도움 되는 것, 즉 문법적으로나 논리적으로 필요한 것을 생략해 버린 데 있다. 현재 독일의 형편없는 엉터리 저술가들은 마치 광기에 사로잡힌 듯 그러한 잘못된 간결함에 사로잡혀, 믿을 수 없이 몰상식한 짓을 저지르고 있다.

이들은 하나의 단어를 아끼기 위해, 그리고 하나의 파리채로 두 마리의 파리를 잡기 위해, 하나의 동사나 하나의 형용사를 여러 개의 복합문과 상이한 복합문에 동시에, 그러니까 상이한 방향에 따라 써먹는다. 따라서 독자는 이해하지도 못하고 암중모색하듯 모든 문장을 읽어나가야 한다. 그러다가 결국 마지막 맺는말까지 읽게 되고 우리에게 그 글에 대한 진상이 밝혀지게 된다. 뿐만 아니라 그들은 전적으로 부적절한 여러 가지 다른 생략법을 사용해 표현과 문체를 간결하게 만들고자 어리석은 노력을 하고 있다.

물론 여기서 말하는 간결함이란 경제적인 의미에서 어느 단어를 생략하는 것을 말한다. 이러한 방법은 어느 복합문을 갑자기 모호하게 만들어, 독자는 몇 번이고 읽어 문장의 뜻을 파악하려 하나 그것은 하나의 수수께끼처럼 생각될 것이다.

명확하고 정확한 표현

표현을 명확하고 정확히 하려면 사상의 모든 뉘앙스나 변조變調를 정확하고 분명히 표현하는 데 성공함으로써 언어에 가치를 부여해야 가능하다. 그러므로 사상을 자루 속이 아닌 젖은 의복 속에서처럼 나타나게 해야 한다. 아름답고 힘차며 함축적인 문체는 그렇게 해서 만들어지고, 그런 문체가 일류 문장가를 만든다.

그런데 표현을 이처럼 명확하고 정확히 할 가능성이 언어를 잘게 쪼개는 방법에 의해 완전히 사라져가고 있다. 언어를 잘게 쪼개는 방법에는 여러 가지가 있는데, 그중에서도 접두사와 접미사의 삭제, 부사와 형용사를 구별하는 음절의 삭제,

조동사의 생략, 완료형 대신 미완료 과거형의 사용 등이 그러하다.

현재 이 같은 풍조가 편집증처럼 독일 문필가들에게 유행으로 번지고 있다. 모두들 아무 반대 없이 경쟁이라도 하듯 앞 다투어 이런 멍청한 짓에 동참하고 있다. 영국이나 프랑스, 이탈리아에서라면 이런 일이 결코 일반화될 수 없을 것이다. 이처럼 언어를 잘게 쪼개는 일은 누군가가 귀중한 옷감을 보다 촘촘히 싸려고 잘라 버려 헝겊으로 만들어 놓는 것과 같다. 그로 인해 언어는 반쯤 이해되는 고약한 은어로 변형된다. 독일어는 곧 그렇게 될 것이다.

그러나 간결함을 추구하는 독일 문필가들의 잘못된 노력은 하나하나의 단어들을 절단해 버리는 데서 가장 확연히 드러난다. 일당을 받고 일하는 싸구려 문필가, 소름끼치게 무식한 문사, 값싼 신문기자들은 사기꾼이 화폐를 위조하듯 사방에서 독일어를 난도질하고 있다. **그들**도 잘 알고 있듯이, 이 모든 것은 단순히 독자에게 인기 있는 간결함을 추구하기 위해서이다.

이런 노력을 하는 그들은 못 말리는 수다쟁이와 같아진다. 수다쟁이들은 짧은 시간에 아주 많은 말을 쏟아내기 위해 철자와 음절을 삼켜 버리고, 그리고 급히 숨을 헐떡거리며 판에 박은 말을 신음하듯 나불댄다. 이때 그들은 언어를 절반만 발음한다. 이러한 목적을 달성하기 위해 그들은 단어의 중간에 있는 철자, 접두사와 접미사를 멋대로 삭제해 버린다.

그런데 여기서 독자들에게 한 마디 하고 싶은 게 있다. 대다수의 독자들이 신문 이외에는 거의 아무것도 읽지 않는다는 점이다. 따라서 거의 필연적으로 신문을 모범으로 정서법, 문법과 문체를 형성하게 된다. 심지어 식견의 부족으로 간결한 표현을 위해 그처럼 언어를 망치는 일을 우아한 경솔함이나 통찰력 있는 언어 개량으로 간주하기도 한다.

아무튼 배우지 못한 계층의 젊은이들은 인쇄되어 있다고 해서 신문을 권위로 간주한다. 때문에 정부는 신문이 올바른 언어 사용에 앞장설 수 있도록 진지한 대책을 마련해야 한다. 이런 목적을 위해 검열관을 임명하는 것도 하나의 방법이라 할 수 있다. 그리하여 문법이나 구문의 오류를 범했을 때뿐만 아니라, 단어를 삭제했을 경우와 전치사를 잘못 연결했을 때나 잘못된 의미로 사용했을 경우 봉급을 주는 대신 수수료로 루이 금화[32]를 징수하는 것이다.

평범한 두뇌의 소유자들은 바퀴 자국이 난 길을 다녀야지, 언어를 개선하겠다고 나서서는 안 된다. 또는 독일어는 가령 법률의 보호를 받을 가치가 없는 하찮은 것으로서 법의 보호 밖에 있단 말인가? 하물며 거름도 법의 보호를 누리고 있는 데 말이다. 한심한 속물들 같으니!

---

32 1640~1795년에 발행된 프랑스의 금화.

악문을 쓰는 자와 신문기자들이 그들 기분과 몰상식의 잣대에 따라 마음대로 처리하고 행사하는 전권을 계속 지닌다면, 독일어의 앞날은 대체 어찌 되겠는가? 그러나 이런 횡포를 부리는 장본인이 신문기자에게만 한정되는 것은 아니다. 오히려 그런 횡포는 일반적인 현상이며, 단행본이나 학술 잡지 역시 똑같은 짓을 아무렇지 않게 뻔질나게 저지르고 있다.

잘못된 문법

영국의 신문에서 나는 어느 연설가가 말한 'my talented friend 나의 재능 있는 친구'라는 표현이 심한 질책을 받는 것을 발견했다. 'talented'라는 형용사는 영어에 존재하지 않는다는 것이다. 물론 'spirit 정신'에서 나온 'spirited 기운찬'이라는 형용사는 쓰인다. 다른 나라 국민은 언어[33]와 관련해 이처럼 엄격하다. 반면에 독일의 삼류 문필가는 들어 보지도 못한 단어를 거리낌 없이 조합해내고 있다. 하지만 신문과 잡지의 혹된 비난을 받는 대신에 그런 자는 찬사를 받고 모방자를 낳는다. 어떤 문필가도, 심지어 가장 저급한 삼류 문필가조차도 어떤 동사를 지금껏 부여되지 않은 의미로 사용하는 것을 주저하지 않는다. 그가 한 말뜻을 독자가 알아맞힐 수만

---

33   영국인, 프랑스인, 이탈리아인의 이러한 엄격함은 옹졸함이 아니라, 독일에서처럼 삼류 문필가가 성스러운 모국어를 망치지 못하도록 하는 신중함이다.-원주

있다면 그것은 독창적인 발상으로 통용되어 모방자[34]를 낳는다. 문법, 언어 사용, 의미와 상식을 고려하지 않고 모든 바보는 자기 머리에 떠오르는 것을 써버린다. 터무니없는 것일수록 더 낫다니!

얼마 전 'Zentroamerika 중앙아메리카'라는 복합명사를 본 적이 있다. 물론 정확한 표현은 'Zentralamerika'이다. 'al'을 멋대로 삭제하고 'o'로 대신한 것이다. 간결한 표현이 중요하므로 단어가 지닌 힘은 희생되어도 좋다는 것이다! 그런 식으로 독일인은 매사에서 질서, 규칙, 법칙을 싫어한다. 독

---

34 가장 고약한 것은 대체로 가장 저급한 문사들이 저지르는 그런 언어 훼손에 대해 독일에서 아무런 반대도 없다는 점이다. 대체로 정치 잡지에서 생겨난 절단되거나 뻔뻔하게 남용된 단어들이 아무 방해 없이 명예롭게 대학이나 학술 협회에서 발행하는 학술 잡지로, 그러니까 모든 책으로 옮아간다. 아무도 저항하지 않고, 아무도 언어를 지켜야겠다는 사명감을 느끼지 않고, 모두들 경쟁하듯 바보짓에 동참한다.

보다 좁은 의미에서 진정한 **학자**는 어떤 방식으로든 모든 오류와 사기에 저항하고 온갖 종류의 우둔함의 물결을 막아 주는 댐의 역할을 하고, 천박한 자의 현혹을 공유하지 말고 그런 자의 우둔함에 동참하지 않고, 항시 과학적 인식의 빛 속을 거닐며, 지혜롭고 철저히 다른 이들의 앞을 비쳐주는 것을 자신의 직분으로 인식하고 명예로 삼아야 한다. **학자의 품위**는 **그런 데** 있다.

반면에 우리의 교수들은 학자의 품위가 궁정 고문관 칭호나 휘장에 있다고 잘못 생각하고 있다. 그들은 그런 것을 받음으로써 국가의 임명직 공무원이나 이와 유사한 학식 없는 공직자와 동렬에 선다고 생각한다. 학자라면 그와 같은 칭호를 물리쳐야 한다. 반면에 이론적인, 즉 순전히 정신적인 신분으로서 모든 실용적이고 임시변통에 도움 되는 것에 대해 나름의 자긍심을 가져야 한다. -원주

일인은 개인적 자유재량과 자신의 변덕을 사랑한다. 그는 그것을 자신의 날카로운 판단력에 따라 다소 무미건조한 정의라고 바꾸어 부른다.

그 때문에 나는 영국인이 세 개의 영국 왕국과 모든 식민지의 온갖 길에서 철저히 시행하고 있듯이, 항상 **우측**통행을 지키는 것을 독일인이 언젠가 배울 수 있을지 자못 의심스럽다. 그것의 장점이 너무나 크고 확연히 눈에 띄는데도 말이다. 우리는 사교 모임이나 클럽, 그와 같은 곳에서도 편리함의 아무런 장점이 없다면 많은 사람들이 사교계의 가장 합목적적인 법칙을 멋대로 깨뜨리는 것을 볼 수 있다. 이에 대해 **괴테**는 이렇게 말하고 있다.

"자기 마음대로 사는 것은 천박하다.
고귀한 자는 질서와 법칙을 추구하거늘."

─『숨겨 놓은 딸』

광적인 풍조는 보편적인 현상이다. 모두들 무자비하고도 인정사정없이 언어 파괴에 적극 가담하고 있다. 각자 사격대회에서처럼 할 수 있는 한 번갈아가며 목표물을 쏘아 맞히려 한다. 지금 독일에는 지속적으로 기대할 만한 작품을 쓴 문필가가 단 한 명도 보이지 않으므로 책 제조업자나 문사, 신문 기자들은 감히 언어를 개혁하려고 한다. 그러므로 우리는 현재 비록 수염은 길지만 이런 무능한, 즉 고도의 지적인 창작물을 생산할 능력이 없는 족속들이 언어를 훼손하는 데, 그리고 헤로스트라토스[35]가 저지른 만행에 대한 기억을 불러일으키기 위해, 위대한 작가들의 작품에 쓰인 언어를 지극히 악의적이고도 후안무치한 방식으로 훼손하는 데 여가를 활용하고 있음을 본다.

예전에는 문학의 위대한 거장들이 개별적으로 충분히 생각해서 언어를 개선할 수 있는 특권을 부여받았다. 그런데 오늘날에는 삼류 문필가, 신문기자, 시시한 지방 문예지의 편집인이라면 누구를 막론하고 자신의 변덕에 따라 마음에 들지 않는 것을 삭제하거나 또는 신조어도 첨가하기 위해, 멋대로 언어를 절단할 자격이 있다고 여긴다.

앞서 말했듯이 이처럼 언어를 절단하는 자들의 광적인 관심은 주로 모든 단어들의 접두어와 접미어에 향해 있다. 그렇다면 이 같은 절단의 목적은 과연 무엇일까. 아마 간결한 문장일 것이다. 이런 간결함에 의해 문장이 더욱 함축적으로 되고, 표현에 힘이 생긴다고 생각할지도 모른다. 그런데 종이를 아끼는 것으론 결국 효과가 너무 미약하다. 그러므로 그들은 말하는 내용을 되도록 줄이고 싶어 한다. 그러나 이를 위해서

---

35 유명해지고 싶어 죄를 짓는 범죄자. 자신의 이름을 영구히 남기려고 기원전 356년에 아르테미스 신전을 불태운 그리스인 헤로스트라토스의 이름에서 유래함.

는 언어를 줄이는 방법으로 전혀 다른 절차가 요구된다. 다시 말해 간결하고 설득력 있게 사고하는 절차 말이다. 그러나 누구나 바로 이런 절차를 지킬 수 있는 것은 아니다.

올바른 구두법

최근 발행된 인쇄물에는 구두점을 마치 금으로 된 것처럼 다루고 있다. 따라서 가령 필요한 콤마(,)의 4분의 3이 생략되고 있다. 마침표(.)를 찍어야 할 곳에 콤마를 찍거나 기껏해야 세미콜론(;) 등을 찍기도 한다. 그것의 직접적인 결과는 독자가 모든 복합문을 두 번 읽어야 한다는 사실이다. 그러나 구두점이 찍힐 때는 그것에 모든 복합문에 담긴 논리의 일부분이 숨겨져 있는 것이다. 따라서 이처럼 일부러 아무렇게나 구두점을 찍는 것은 불법 행위나 마찬가지다. 하지만 현재 빈번하게 일어나고 있듯이, 심지어 문헌학자들마저 옛날 작가들의 개정판에까지 멋대로 구두점을 찍어, 고전의 이해를 상당히 어렵게 하는 경우 그 폐해가 가장 심하다. 신약 성경의 개정판에까지 그런 풍조가 만연하고 있다.

음절을 삭제하고 철자 수를 헤아려서 문장의 간결함을 달성하려는 목적이 독자의 **시간** 절약을 위한 것이라면, 어떤 단어가 **어느** 문장에 속하고, 어떤 단어가 다른 문장에 속하는지, 충분한 **구두법**으로 독자가 문장을 즉각 이해할 수 있도록 하는 것이 더 나은 방법일 것이다.[36] 프랑스어의 경우 엄격히 논리적이고, 따라서 말수가 적은 배어법 때문에 느슨한 구두법이 가능한 것은 자명한 일이다. 영어는 문법이 매우 빈약해 느슨한 구두법이 가능하다. 반면에 복잡하고 까다로운 문법을 지닌 원시어에 가까운 언어에는 그런 방법을 적용할 수 없다. 그런 문법이어야 보다 정교한 복합문이 가능한 것이다. 그리스어, 라틴어, 독일어가 구두법이 중요한 문법 특성을 지니고 있다.[37]

그러면 다시 원래의 주제인 문체의 간결함, 조화, 함축성으로 되돌아가 보도록 하자. 그런 문체는 사실상 사상의 풍부함과 내용의 충실함에 의해서만 생겨난다. 때문에 그 문체는 표현의 축소를 위한 수단으로 쓰이는 단어나 어구語句의 한심한 절단을 전혀 필요로 하지 않는다. 그에 대해서는 앞에서 적절한 질책을 한 적이 있다. 왜냐하면 규정 중량을 지니고 내용이 풍부한, 그러므로 글로 쓸 가치가 있는 사상은 문법과 어휘에 완벽을 기하면서도 그 사상을 표현하는 복합문의 모든 부분을 충만하게 해서, 문장의 어느 부분도 속이 비고 내

36　고등학교 교사들은 라틴어 프로그램에서 필요한 콤마의 4분의 3을 생략한다. 그래서 그들은 안 그래도 쉽지 않은 라틴어를 더욱 이해하기 어렵게 만든다. 이런 멍청이는 빼기려는 목적으로 그런 짓을 한다. 구두법을 경시하는 적당한 예는 신테니스(Sintenis)의 『플루타르크』이다. 독자의 이해를 어렵게 하려는 것이 목적인 것처럼, 그 책에는 구두점은 거의 완전히 생략되어 있다.-원주

용이 공허하거나 경박하게 여겨지지 않고, 어디서나 간결하고 함축성 있는 표현이 될 만큼 소재와 내용을 충분히 제공하기 때문이다.

반면에 그런 문체에서 사상은 이해하기 쉽고 편안한 표현을 발견해서, 우아하게 자신의 뜻을 펼치며 움직여간다. 그러므로 우리는 단어나 문장의 형태를 축소시켜서는 안 되고, 사상을 풍부히 하는 데 힘써야 한다. 환자가 예전에 입던 옷이 맞지 않는다고 줄여 버린다면, 몸이 건강해진 후 그 옷을 다시 입을 수 없는 것처럼, 글도 이와 마찬가지다.

---

37 내가 이 세 언어를 나란히 세운 것은 정당하다. 그러므로 여기서는 한껏 멋 부리는 프랑스의 국가적 허영심의 최고 정점을 환기시키고자 한다. 그 허영심은 이미 수세기 전부터 전 유럽에서 웃음거리가 되었다. 여기서는 그것의 극치를 다루고자 한다. 1857년에 대학에서 사용하도록 할 목적으로 쓰인 어떤 책의 제5판이 발간되었다. 그 책에 **제3의 고전어**라는 말이 나오는데 그것은 **프랑스어**를 뜻한다. 한심하기 짝이 없는 이 로만어의 은어를 쓰고, 라틴어 단어들을 형편없이 절단한 이 언어는 보다 오래되고 훨씬 고상한 자매어인 이탈리아어를 경외감으로 우러러보게 한다. 이 프랑스어는 역겨운 비음인 앙(en), 옹(on), 엉(un)을 배타적인 소유물로 삼는다. 이 언어는 마치 딸꾹질을 하듯 마지막 음절에 강세를 주는데, 이는 말할 수 없이 귀에 거슬린다. 반면에 다른 모든 언어는 단어의 끝에서 둘째 음절을 길게 발음해서 부드럽고 진정시키는 효과를 낸다. 프랑스어는 운율(Metrum)이 없고 각운(Reim)만이 있다. 그것도 대부분 -é나 -on으로 이루어져 시의 형식을 이룬다. 이러한 빈약한 언어를 '고전어'로서 그리스어나 라틴어와 동렬에 놓다니! 나는 모든 명칭이들 중 가장 후안무치한 명칭이가 굴욕감을 느끼도록 전 유럽 사람들이 크게 비웃어 주기를 촉구하는 바이다.-원주

빈번해지는 문체의 결점

문학이 쇠퇴하고 고전어가 무시당하는 오늘날 문체의 결점이 점점 더 빈번해지고 있다. 이러한 풍조는 독일어서만 벌어지는 현상이다. 이 결점은 **주관적**인 성격을 띠고 있다. 주관적이라는 의미는 작가가 말하고 원하는 것을 스스로 아는 것으로 그에게는 충분하다는 말이다. 독자가 배후에 숨겨진 뜻을 알아내든 말든 상관없다는 식이다! 그는 독백을 읊듯 이런 점은 아랑곳하지 않고 글을 쓴다.

그렇지만 독자와 대화하듯 글을 써야 한다. 더구나 상대방의 질문이 들리지 않는 만큼 그럴수록 더욱 명료하게 표현해야 한다. 바로 이런 이유 때문에 문체는 주관적이어서는 안 되고 객관적이어야 한다. 작가가 생각하는 것과 정확히 똑같은 것을 독자가 생각하지 않을 수 없게끔 문장력을 기르는 것이 필요하다.

작가는 사상이란 중력의 법칙을 따름을 항시 명심해야만 이런 문장력이 길러진다. 머리로 생각한 사상을 종이에 옮기는 것이 종이에 쓰인 것을 머리에 옮기는 것보다 훨씬 쉽다. 따라서 이때 사상은 우리 마음대로 쓸 수 있는 모든 수단의 도움을 받아야 한다. 이렇게 만들어진 문장은 완성된 한 편의 유화油畵와 마찬가지로 순전히 객관적인 작용을 하게 된다. 반면에 주관적인 문체는 벽의 얼룩보다도 훨씬 불확실한 작용을 한다. 얼룩에서도 상상력이 풍부한 사람은 어쩌다가 형상을 볼 수 있겠지만, 다른 사람들은 얼룩만 볼 뿐이다.

이와 같은 차이는 모든 서술 방식에 적용되지만, 때로는 개별적으로도 증명 가능하다. 예컨대 나는 최근에 신간에서 이런 글을 읽은 적이 있다. "내가 이 책을 쓴 것은 현재 존재하는 책의 양을 증가시키기기 위해서가 아니다." 이것은 독자가 의도하는 것과 반대되는 말이고, 게다가 쓸데없는 말이다.

나쁜 문체는 독자에 대한 모독이다

무성의하게 글을 쓰는 자는 자신의 사상에 커다란 가치를 부여하지 않음을 고백하는 것과 마찬가지다. 자신의 사상이 진리이고 중요하단 확신이 들 때에만 감격스런 마음이 솟구치기 때문이다. 지칠 줄 모르고 끈기 있게 어디서나 사상에 대한 가장 명료하고 아름다우며 힘찬 표현을 생각하기 위해서는 그런 감격스런 마음이 필요한 것이다. 우리는 성물聖物이나 대단히 귀중한 예술품, 금이나 은으로 된 그릇을 감상할 때만 이런 감정을 느낄 수 있다.

따라서 고대인은 보통 주도면밀하게 글을 썼으며, 그들의 사상이 그들 자신의 언어로 이미 수천 년간 계속 살아 있기에 그들은 고전 작가(Klassiker)라는 명예로운 칭호를 얻고 있다. 예컨대 **플라톤**[38]은 일곱 번이나 다르게 수정해서 자신의 저서 『국가』[39]의 서문을 작성했다고 한다.

반면에 독일인은 양복을 무성의하게 입듯이 성의 없는 문체로 다른 민족에 비해 두드러진다. 두 가지의 칠칠치 못한 행동은 민족적 성격에 깃든 같은 근원에서 기인한다. 하지만 양복을 소홀히 하는 것이 자신이 속한 사회를 무시하는 행위이듯, 날림이고 무성의하며 나쁜 문체로 글을 쓰는 것은 독자를 모욕하고 무시하는 행위이다. 그럴 경우 독자는 당연히 글을 읽지 않음으로써 처벌한다.

그러나 극히 무성의한 임금貰金 작가 문체로 타인의 작품을 비판하는 비평가는 특히 재미를 선사한다. 그것은 어떤 사람이 모닝 가운에다 슬리퍼를 신고 재판을 하기라도 할 때

38　플라톤(Plato. BC 427~BC 347): 서양문화의 철학적 기초를 마련한 고대 그리스의 철학자. 논리학·인식론·형이상학 등에 걸친 광범위하고 심오한 철학 체계를 전개했으며, 특히 그의 모든 사상의 발전에는 윤리적 동기가 바탕을 이루고 있다. 선(善)의 실현이 곧 인간의 목적이며 이를 위해 철인 정치를 이상적인 정치 형태로 보았다. 소크라테스에게 배우고 아리스토텔레스에게 가르쳤으며 아테네 교외에 아카데미아를 설립했다. 저서로는 『소크라테스의 변론』, 『향연』, 『국가』 등의 대화편이 있다.

39　『국가』는 플라톤의 철학과 정치학에 관한 주저로, 기원전 380년경에 소크라테스 주도의 대화체로 쓰였다. 이 저서는 철학과 정치 이론에서 광범위한 영향력을 가지며, 플라톤의 저작 중 가장 잘 알려진 책이기도 하다. 플라톤의 허구적 대화에서 주인공 소크라테스를 비롯한 다양한 아테네인과 외국인들은 올바름(正義)의 정의(定意)에 대해서 논하고, 철인 왕과 수호자들이 다스리는 이상 사회를 그리며 정의로운 사람이 불의한 사람보다 더 행복한지 따진다. 플라톤에 의하면 철인국가가 가장 이상적인 형태이며, 계급 간의 관계가 타락함에 따라 점차 정부 형태도 타락해 간다고 보았다. 군인국가, 과두정, 민주정에 이어 최악의 정체인 참주정에 이르면 참주를 제외한 모든 피지배자는 참주에게 억압받고 참주는 다수의 피지배자에 의한 보복의 공포에 휩싸이며 사회는 무절제가 만연하게 된다.

처럼 이채를 띠는 현상이다. 반면에 영국의 평론지『에든버러 리뷰*Edinburgh*』와 프랑스의 평론지『주르날 데 사방*Journal des Savants*』은 얼마나 주도면밀하게 작성되는가! 하지만 형편없고 더러운 옷을 입은 사람과 대화를 나누는 경우 잠시 주저하게 되듯이, 나는 성의 없는 문체로 쓰인 글을 보게 될 때 즉각 그 책을 내려놓을 것이다.

약 100년 전까지만 해도 학자들, 특히 독일 학자들은 라틴어로 글을 썼다. 라틴어의 문법적 오류는 수치였을지도 모른다. 심지어 대부분의 학자들은 우아한 라틴어 글을 쓰려고 진지한 노력을 기울였다. 그리고 많은 사람들은 그렇게 하는 데 성공했다. 이러한 족쇄에서 해방되어 대단히 편리하게도 자신의 모국어로 글을 써도 되는 지금, 그들은 최소한 대단히 정확하고도 되도록 우아한 글을 쓰려고 노력해야 한다.

프랑스, 영국, 이탈리아에서는 아직 이런 노력을 계속하고 있다. 그러나 독일에서는 정반대의 일이 벌어지고 있다니! 그들은 시급을 받는 임시 고용인처럼 해야 말을 급히 휘갈겨 쓴다. 그들의 혐구에서 튀어나오는 표현에는 문체도 문법도, 그러니까 논리도 없다. 어디서나 현재완료와 과거완료 대신에 미완료 과거형이 쓰이고, 소유격 대신에 탈격[40]이 쓰이기 때문이다. 또한 온갖 불변화사 대신에 언제나 하나의 'für'만

---

40   라틴어 문법의 제6격.

을 사용함으로써, 여섯 번 중에 다섯 번은 잘못 사용되고 있다. 요컨대 앞에서 몇 번 지적했듯이 모두들 문법상으로 바보 짓을 저지르고 있는 것이다.

언어 파괴 현상

나는 'Weib' 대신 'Frau'를 사용하는 것도 언어 파괴 현상으로 손꼽는다. 그 현상은 점점 일반화하면서 왜곡되고 있다. 그로 인해 언어가 다시 빈곤화지고 있다. Frau는 'uxor 아내'를 뜻하고, Weib는 'mulier 여자'를 뜻하기 때문이다(처녀를 뜻하는 Mädchen은 아내가 아니라 앞으로 Frau가 될 여성을 말한다). 13세기에도 현재와 같은 혼동이 벌써 한 번 있었거나, 심지어 훨씬 나중에 가서야 두 가지 명칭이 구별되었다. 여자가 더 이상 여자로 불리기를 원하지 않는 것은 유대인이 이스라엘인으로 불리고 싶어 하는 것과 양복쟁이가 재단사로 불리고 싶어 하는 것과 같은 이유이다. 상인들이 '가게'를 '상회'로 부르는 것과 농담이나 재담을 유머라고 부르려고 하는 것도 같은 심리이다. 다시 말해 사물의 효용성은 단어에 의해 의미가 부여되기 때문이다. 그런데 어떤 사물을 얕잡아보는 것은 단어 때문이 아니라 반대로 사물 자체 때문이다. 그 때문에 200년 후에는 관련된 사람들이 또다시 단어를 바꾸려고 할지도 모른다.

그러나 아무튼 독일어가 여자라는 단어를 둘러싼 기우杞憂

때문에 더 빈곤해져서는 안 된다. 그러니 우리는 여자들과 그들의 재미없는 차 테이블 문사들에게 독일어의 빈곤을 허용할 것이 아니라, 오히려 여자나 숙녀라는 단어의 폐해가 유럽에 사는 우리를 결국 모르몬주의의 품으로 이끌지나 않을까 깊이 생각해 보아야 한다.

게다가 아내(Frau)라는 단어는 '**초로**初老의'와 '써서 낡은'이라는 의미를 담고 있어서, 벌써 '**늙은**'이라는 뜻으로 들린다. 그러므로 "여자들은 국가가 손해를 입지 않도록 노력해야 한다."(키케로[41] 「카틸리나 반박문」[42])

---

41   키케로(Marcus Tullius Cicero, BC 106~BC 43): 로마시대의 정치가, 웅변가, 문학가, 철학자. 로마 공화국을 파괴한 마지막 내전 때 공화정의 원칙을 지키려고 애썼지만 실패했다. 저술로는 수사법 및 웅변에 관한 책, 철학과 정치에 관한 논문 및 편지 등이 있다. 철저한 공화주의자인 키케로와 공화정에 반발을 가지고 있는 카이사르와는 정치적으로 반대의 입장이었으나 상당한 친분이 있었던 것으로 알려져 있다. 키케로는 안토니우스의 사주를 받은 부하에 의해 암살당한다. 정치가로서 키케로는 역사의 거센 흐름에 좌절되었다고 일반적으로 평가되는 반면, 문학자로서 그의 이름은 라틴어 문학사에 길이 남아 있다. 이른바 고전 라틴어는 키케로에 의해서 비로소 그 틀이 잡혔으며 그의 라틴어 문체는 곧 고전 라틴어의 표본으로 간주되고 있다. 저서로는 『투스쿨란의 대화』, 『국가론』, 『의무론』, 『최선과 최악에 관하여』 등이 있다.

42   「카틸리나 반박문(In Catilinam)」은 로마 집정관 키케로가 발표한 4개의 연설문으로, 카틸리나와 그의 동조자들에 의한 로마 정부 전복을 위한 계략을 원로원에 폭로하는 내용으로 되어 있다.

빠른 템포의 폐해

미리 설계도를 작성한 후 세부적인 부분을 완성해 가는 건축가가 드물 듯이 글을 쓰는 사람도 이와 마찬가지다. 오히려 대부분의 작가들은 도미노 게임을 하듯 글을 쓴다. 다시 말해 이 경우 때로는 의식적으로, 때로는 우연에 의해 돌을 하나씩 세우듯이, 문장의 순서와 맥락도 이와 마찬가지다. 그들은 전체의 형태가 어떻게 될지, 전체를 어떤 모습으로 만들어야 할지 잘 알지 못한다.

많은 작가들은 이런 사실을 알지 못하고, 산호충이 집을 짓듯 글을 쓴다. 복합문이 복합문에 짜 맞추어져서, 신의 뜻대로 이루어진다. 게다가 **현대의** 생활은 대단히 **빠른 템포**로 돌아가고 있다. 문학에서 **빠른 템포**는 극단적인 신속함과 불성실함으로 드러난다.

복합문의 허약한 구조

인간이 한 번에 명료하게 생각할 수 있는 것은 **한** 가지 생각뿐이다. 문장론의 이러한 으뜸 원칙을 명심해야 한다. 때문에 두서너 가지를 한꺼번에 생각하도록 독자에게 부당한 요구를 해서는 안 된다. 그런데 독자에게 이 같은 무리한 요구를 하는 작가가 있다. 그는 삽입문을 이런 목적으로 잘게 자른 주된 문장에 끼워 넣음으로써 독자를 쓸데없이 제멋대로 혼란에 **빠뜨린다.** 독일의 문필가들 중에 이런 방법을 쓰지 않는 부류는 거의 없을 정도이다.

독일어는 다른 언어들에 비해 이런 방법을 쓰기에 더 적합하다. 그렇기에 독일 문필가들이 이처럼 멋대로 글을 쓴다고 해서 사실 반박할 근거가 없기는 하다. 그렇다고 그것이 칭찬받을 일은 아니다. 프랑스어로 쓴 산문처럼 수월하고 기분 좋게 읽을 수 있는 글은 없는데, 그 이유는 프랑스어가 이 같은 잘못을 용납하지 않게 만들어졌기 때문이다. 프랑스인은 생각하고 있는 내용을 되도록 논리적이고 자연스런 질서로 병렬시켜, 독자가 편리하게 생각할 수 있게 순차적으로 제시한다. 이는 독자가 작가의 생각 하나하나에 온전히 주의를 기울일 수 있게 하기 위해서다.

독일인은 이와 반대로 생각을 짜 맞추어 가뜩이나 복잡한 문장을 자꾸만 더 난해하게 만든다. 한 개의 문제를 차례로 제시하는 대신에 여섯 개의 문제를 한꺼번에 말하려고 하기 때문이다. 여섯 개의 문제를 한꺼번에 뒤섞어서 말하지 말고, 그대들이 말하려는 내용을 차례로 말하라! 그러므로 독일의 작가는 독자의 주의를 끌고 붙잡아 두려 해야 하는 반면, 게다가 서너 가지의 상이한 생각을 동시에 하도록 하거나, 또는 그것이 불가능하므로 재빨리 번갈아가며 하도록 요구하고 있다. 이 때문에 딱딱한 독일어 문체가 생겨나게 되었으며, 극히 단순한 내용을 전달하는 데도 멋 부리고 허풍 떠는 표현과 그 밖의 이런 종류의 기교가 필요한 것이다.

독일인의 진정한 민족성은 **둔중함**이다. 이런 점은 그의 몸가짐, 행동거지, 언어와 말, 이야기하는 투, 이해하는 방식과 생각에서, 그중에서도 특히 **문체**에서 두드러지게 나타난다. 그리고 길고 둔중하며 복잡하게 얽힌 복합문을 쓰면서 흡족해하는 데서 두드러지게 나타난다. 복합문을 읽는 경우 혼자 5분 동안은 참을성 있게 기억력의 한계를 느끼다가 결국 복합문의 끝에 가서 해결의 실마리를 찾아 수수께끼가 풀리게 된다. 독일인은 이 점을 우쭐해한다. 독일 작가는 멋 부리고 과장된 문체, 허세 섞인 엄숙한 위엄을 과시하는 데 탐닉하고 있다. 그러면서 독자에게 참을성을 가지라고 한다.

그러나 보통 독일 작가는 되도록 모호하고 불확실한 표현을 하는 데 열심히 노력하고 있다. 그로 인해 모든 표현이 안개속의 형상처럼 흐릿하게 나타난다. 그 목적은 모든 문장에 뒷문을 열어놓으려는 계산인 것 같다. 또는 생각한 내용보다 말을 더 많이 하려는 것처럼 허세를 부리는 것인지도 모른다. 또는 기질이 실제로 우둔하고 굼떠서 그런지도 모른다. 외국인들이 독일 작가가 쓴 모든 글을 싫어하는 것은 바로 그 때문이다. 그들은 암중모색하며 글의 뜻을 파악하는 것을 좋아하지 않는다. 반면에 우리 독일인들은 그런 표현에 기질적으로 맞는 모양이다.[43]

독일어의 긴 복합문에는 삽입문이 차곡차곡 풍부히 들어가 있다. 마치 사과로 속을 채운 구운 거위 고기 같다. 미리 시계를 보지 않고는 복합문을 읽는 데 착수해서는 안 된다. 복합문을 제대로 이해하려면 무엇보다 기억력이 탁월해야 한다. 그러려면 오히려 지성과 판단력이 필요할 텐데 말이다. 하지만 지성과 판단력의 활동은 바로 그런 이유로 힘들어지고 약화된다. 그와 같은 복합문은 찢어진 편지의 종잇조각처럼 독자의 기억력이 면밀하게 모으고 보관해야 하는 반쯤 완성된 어구를 그에게 제공할 뿐이기 때문이다. 결국 그런 어구들은 그 뒤에 따르는 각각의 다른 절반에 의해 보충된 다음에야 하나의 의미를 획득한다. 따라서 그때까지 독자는 무언가를 생각할 겨를도 없이 한동안 읽어야 하며, 오히려 마지막에 가서 진상이 밝혀지기를 기대하면서 그냥 모든 것을 기억해야 한다. 독자는 진상이 밝혀지면 이제 생각할 거리도 받아들여야 한다. 독자는 무언가를 이해하기 전에 그토록 많은 것을 기억하고 있어야 한다. 그것은 분명 잘못된 것이고, 독자의 인내력을 악용하는 행위이다.

그러나 평범한 두뇌의 소유자들이 이런 문체를 편애하는 이유는 무엇일까? 그것은 독자가 즉각 이해할지도 모르는 문

43　우리의 언어 개량자들은 듣기 좋은 소리(Euphonie)와 불협화음 (Kakophonie)에 대해 아무 개념이 없다. 오히려 그들은 모음을 삭제하고 자음들끼리 더욱 촘촘히 이어지게 한다. 그리하여 동물의 주둥이로 발음 연습을 하는 것처럼 귀에 거슬리는 소리가 나게 만든다. '터무니없는 짓'이다! 그들은 또한 라틴어를 이해하지 못하는 자들로서 l이나 r과 같은 유음(流音)과 다른 자음들 사이의 차이를 알지 못한다.-원주

장을 어느 정도 시간을 들여 힘들게 이해하도록 하기 위해서이다. 그럼으로써 작가는 자신이 독자보다 심오한 사상과 높은 지성을 갖고 있는 것처럼 보이게 한다. 그러므로 이런 방식도 앞에서 언급한 기교의 일부이다. 평범한 작가들은 이런 기교를 통해 자기도 모르게 본능적으로 정신의 빈곤을 은폐하고 반대되는 인상을 불러일으키려고 노력한다. 이런 점에서 그들의 독창적 재능은 가히 경탄할 만하다.

그러나 어떤 생각을 나무 십자가처럼 다른 생각에 걸쳐 놓는 것은 분명 모든 건전한 상식에 반하는 일이다. 그렇지만 이런 일은 중간에 다른 말을 하기 위해 처음에 말하기 시작한 것을 중단함으로써 일어난다. 그리하여 시작한 복합문을 보충이 뒤따를 때까지 잠시 자신의 독자에게 아무 의미 없이 맡겨두는 것이다. 이것은 손님에게 빈 그릇을 내밀면서 무언가가 뒤따라 나올 거라는 희망을 주는 격이다. 사실 삽입문은 페이지 밑의 주석이나 텍스트 중간의 삽입구와 성격을 지닌다. 이 세 가지는 단지 등급만 다를 뿐이다. 데모스테네스[44]와 키케로도 가끔 그와 같은 삽입문이 포함된 복합문을 만들었는데, 차라리 그렇게 하지 않는 것이 더 나았을지도 모른다.

삽입문들이 유기적으로 연결되어 있지도 않고 복합문의 허약한 구조로 인해 쐐기가 박힌 꼴이 된다면 이러한 구문은 이루 말할 수 없이 몰취미한 것이다. 예컨대 다른 사람의 말을 끊는 것이 무례한 일이라면, 어떤 구문에서 볼 수 있듯이 자기 자신의 말을 끊는 것 역시 이에 못지않게 무례한 일이다. 몇 년 전부터 형편없고 무성의하며 성급한 자들, 빵에만 혈안이 되어 있는 모든 삼류 문사들은 한 페이지에 여섯 번이나 그런 구문을 만들어 놓고 그것에 우쭐해한다.

구문이란―이때 될 수 있는 한 규칙과 예를 동시에 제시해야 한다―다른 어구를 사이에 붙이기 위해 어떤 어구를 파괴하는 데 그 본질이 있다. 그렇지만 이들 문필가들이 그렇게 하지 않는 것은 단순히 게을러서가 아니라 우둔하기 때문이다. 그들은 자기들이 하는 일을 문장에 생기를 불어넣는 사랑스러운 경쾌함이라고 간주한다. 개별적으로 드문 경우에만 그들의 행위를 용서해 줄 수 있을 것이다.

분석적 판단의 문제점

덧붙여 언급하자면 논리학에서는 좋은 문장을 쓰기 위해

---

44   데모스테네스(Demosthenis, BC 384년~BC 322년): 고대 그리스 아테네의 저명한 정치가이자 웅변가. 웅변을 통해 당대 아테네의 우수한 지성을 표현하고 기원전 4세기 고대 그리스의 문화와 정치에 대한 통찰을 드러낸다. 정치에 관심을 갖게 되어 마케도니아 왕국의 팽창에 반대하는 데 헌신했다. 마케도니아 왕 필리포스 탄핵 연설로 불멸의 명성을 얻는다. 필리포스가 죽자 알렉산드로스 대왕에 맞서 아테네 반란을 이끌었다. 그러나 반란은 실패하고 마케도니아는 가혹하게 보복한다. 알렉산드로스가 죽은 뒤 그리스 땅을 지배한 후계자 안티파트로스에 의해 사형을 선고받자 사로잡히지 않으려고 스스로 목숨을 끊었다.

분석적 판단을 해서는 안 된다고 할 수 있을지도 모른다. 분석적 판단은 아둔한 느낌을 주기 때문이다. 이런 느낌은 종種의 속성에 속하는 것을 개체가 지니고 있다고 부연 설명할 때 가장 두드러지게 나타난다. 예컨대 뿔을 지닌 황소라든지, 환자를 치료하는 일을 하는 의사라든지 하는 설명이 그러하다. 따라서 분석적 판단은 설명이나 정의가 필요할 경우에만 사용해야 한다.

비유

비유는 미지未知의 관계를 기지既知의 관계로 환원시킬 때 큰 가치가 있는 표현법이다. 우화(寓話, Parabel)나 우의(寓意, Allegorie)로 발전하기도 하는 보다 상세한 비유 역시 어떤 관계를 가장 간단하고 구체적이며 알기 쉬운 서술로 환원시키는 표현법일 뿐이다.

심지어 모든 개념 형성은 기본적으로 비유에서 출발한다. 여러 사물의 비슷한 점을 파악하고 비슷하지 않은 점을 내버리는 것에서 개념 형성이 이루어지기 때문이다. 더구나 어떤 종류의 이해를 막론하고 이해란 결국 관계의 파악이 그 본질인 것이다.

그러나 우리는 상이한 경우나 완전히 이질적인 사물들 사이에서 같은 관계를 인식하는 경우 모든 관계를 더욱 분명하고 순수하게 파악할 것이다. 다시 말해 내가 어떤 관계를 하나하나의 경우에 존재하는 것으로만 알고 있는 한 그와 같은 관계에 대해 다만 개별적인, 그러므로 직관적인 인식만 가능하다. 하지만 내가 또한 두 가지 상이한 경우에서 같은 관계를 파악하는 즉시 그와 같은 관계의 모든 종류에 대한 개념을 갖게 되며, 그러므로 보다 깊고 완전한 인식을 하게 된다.

이처럼 비유는 인식을 위한 강력한 지렛대 역할을 한다. 그러므로 놀라우면서도 적절한 비유를 내세우는 것은 깊은 지성의 증거이다. 아리스토텔레스[45]도 일찍이 이런 말을 했다.

"비유를 찾아내는 것이 무엇보다 가장 위대한 일이다. 비유만은 다른 삶에게서 배울 수 없으며, 그것은 천재적인 천성의 징표이기 때문이다. 좋은 비유를 들기 위해서는 같은 성질을 인식하는 것이 필요하기 때문이다."

―『시학』

45   아리스토텔레스(Aristotle, BC 384~BC 322): 고대 그리스의 철학자·과학자이다. 플라톤의 제자이고 알렉산드로스 대왕의 스승이자 소요학파의 창시자이며 리세움의 창립자이다. 그가 세운 철학과 과학의 체계는 중세 그리스도교 사상과 스콜라주의를 뒷받침했다. 17세기 말까지 서양 문화는 아리스토텔레스주의였으며 수백 년에 걸친 과학혁명 뒤에도 아리스토텔레스주의는 서양사상에 여전히 뿌리 깊게 남아 있었다. 철학 외에 인문, 사회, 자연과학 전반에 큰 영향을 미쳤다. 가장 큰 업적은 형식논리학과 동물학 분야의 연구이다. 키케로는 그의 문체를 '황금이 흐르는 강'이라고 묘사했다. 저서에『오르가논』,『영혼에 관하여』,『형이상학』,『수사학』,『정치학』,『시학』등이 있다.

이 밖에 그는 다음과 같은 말로 비유에 대해 말하기도 했다.

"철학에서도 확연히 다른 사물에서조차 같은 성질을 발견하는 것은 명민함의 징표이다."

—『수사학』

문법의 창조와 언어 파괴

인류가 어디에 살았든지 불문하고, 예술 작품들의 가장 경탄할 만한 대상인 언어의 **문법**을 생각해내고 품사를 창조해낸 사람들, 명사, 명사의 성性에 따른 형용사와 대명사의 격변화, 동사의 시칭과 화법을 구별하고 확정한 인류의 원原 정신은 얼마나 위대하고 경탄할 만한 존재였던가. 그러면서 그들은 미완료 과거, 현재완료, 과거완료를 정교하고 면밀하게 구별했다. 그리스어에는 그것들 이외에 부정 과거[46]가 또 있다. 이 모든 것은 인간의 사고를 완전하고 합당하게 표현하기 위해 적절하고 충분한 실질적 수단을 가지려는 고상한 의도에서 비롯된 것이다! 그러한 수단으로 인간 사고의 모든 뉘앙스와 변화를 수용하고 올바로 재현할 수 있게 되었다.

---

46   인도 유럽어의 동사 형태로서 일회적이고 완결된 형태를 나타냄.

그럼 이제 현대의 독일어 개량자들, 이러한 멍청하고 우둔하며 미련한 엉터리 문필가들을 살펴보기로 하자. 이들은 지면을 절약하기 위해 앞서 말한 여러 과거 시칭의 면밀한 구별을 불필요한 것으로 생각해 제거하려고 한다. 따라서 그들은 모든 과거 시칭을 미완료 과거로 통합해서 순전히 미완료 과거로만 말하고 있다.

그들이 보기에 방금 칭찬한 문법 형식의 발명자들은 멍청이가 분명하다. 그들은 모든 것을 획일적으로 처리할 수 있다는 것과, 미완료 과거로 유일하고 보편적인 과거 시칭을 그럭저럭 표현할 수 있음을 파악하지 못했다는 것이다. 세 가지 과거에도 만족하지 못하고 두 가지 부정 과거를 덧붙인 그리스인은 그들에게 얼마나 어리석게 비쳤겠는가.[47]

더구나 그들은 온갖 접미사도 열심히 잘라내고 있다. 그들이 보기에 쓸데없는 혹이나 마찬가지이기 때문이다. 원래대로 남아 있는 것을 될 수 있는 한 현명하게 사용하는 것이 필요하다. 그들은 'nur 다만 …뿐인, wenn …이라면, um …때문에, zwar 과연 …이지만, und 그리고'처럼, 모든 복합문을 분명히 이해하는 데 도움을 주는 본질적인 논리적 불변화사마저 지면 절약을 위해 삭제해 버린다. 그래서 독자는 어둠

---

47 우리의 천재적인 언어 개량자들이 그리스 시대에 살지 않았다는 것이 얼마나 애석한 일인가. 그들은 그리스 문법도 파괴해버려 미개인의 문법으로 만들 것이다.-원주

속을 헤매게 된다. 그렇지만 이것은 일부 문필가들이 바라는 바다. 다시 말해 그들은 일부러 문장을 이해하기 어렵고 모호하게 만들려고 한다. 그들은 그래야 독자가 자기들을 존경할 것이라고 잘못 생각하는 것이다, 그 사기꾼들은!

요컨대 그들은 음절을 줄이기 위해 뻔뻔하게도 문법과 어휘를 망쳐 버리고 있다. 가끔씩 하나의 음절을 삭제하기 위해 그들이 이용하는 한심한 술책들은 한이 없다. 그렇게 해서 표현의 간결함을 달성하겠다는 것은 멍청한 망상에 불과하다. 표현의 간결함은 음절의 삭제와는 아무 관계가 없으며, 그들, 즉 바보들이 이해하지도 지니지도 않은 특성에 의해 달성된다. 그들은 그런 삭제에 대해 아무런 비난을 하지 않는다. 오히려 그들보다 더 많은 바보 무리가 곧장 그들을 모방하고 있다. 앞서 말한 언어 개량이 일반적인, 즉 거의 예외 없는 추종자를 발견하는 것은 무엇 때문일까? 이는 사람들이 중요성을 인식하지 못하는 음절을 삭제하려면 가장 우둔한 자가 지니고 있는 것만큼의 지성만 있으면 가능하다는 사실로 설명할 수 있다.

언어는 일종의 예술품이므로 **객관적으로** 취급해야 한다. 따라서 언어로 표현되는 모든 작품은 규칙을 따라야 하며, 자신의 의도에 부합해야 한다. 모든 문장에서 그 문장이 말해야 하는 내용은 객관적으로 그 속에 들어 있는 것으로서 실제로 증명될 수 있어야 한다. 하지만 우리는 언어를 단순히 **주관적**

으로 받아들여, 우리가 말하는 바를 다른 사람도 어쩌면 알아 맞힐지도 모른다고 기대하며 임시변통으로 표현해서는 안 된다. 격을 전혀 표시하지 않고, 과거 시청을 모두 미완료 과거로 표현하고, 접미사를 생략하는 등으로 말이다.

언젠가 동사의 시청과 화법, 명사와 형용사의 격을 생각해 내고 구별한 우리의 선조들과 이 모든 것을 창밖으로 던지고 싶어 하는 한심한 작자들의 차이는 얼마나 현격한가! 그들은 이처럼 대충 표현함으로써 자신에게 알맞은 미개인 은어를 후세에 남기려고 한다. 이들은 현재 모든 정신이 파탄한 문학 시대의 싸구려 매문업자賣文業者들이다.

신문기자들로부터 시작된 언어 파괴는 문학 비평가와 책들에서 순종하고 경탄하는 추종자를 발견했다. 그들은 적어도 그런 행위와 상반되는 예를 통해, 그러므로 훌륭하고 진정한 독일어를 수호해서 문제를 해결하려고 해야 했다. 하지만 아무도 이런 일을 하지 않으며, 현 상황에 저항하는 사람이 단 한 사람도 보이지 않는다. 단 한 사람도 더없이 저열한 문학 천민에게 학대받는 언어를 도우려 하지 않는다. 아니, 그들은 양떼처럼 바보들 뒤를 따르고 있다.

독일인의 이 같은 태도는 국민성에서 비롯한다. 독일 민족은 스스로를 판단해서 그에 따라 스스로에게 유죄 판결을 내리지 않는 경향이 있다. 그런데 어떤 민족도 독일 민족처럼 그렇게 하지는 않는다. 생활과 문학이 매 시간마다 그럴 기회를 제공하는데도 말이다.(오히려 그들은 모든 멍청한 언어 파괴를 급히 모방함으로써 다음 사실을 보여 준다고 잘못 생각하고 있다. 즉 자기들이 시대에 뒤처져 있지 않고 '시대의 첨단을 달리고' 있으며, 문필가들은 최신 유행을 따르고 있다는 것이다.) 그들은 비둘기처럼 쓸개가 없다.[48] 하지만 쓸개가 없는 자는 분별력도 없다. 분별력은 분노를 낳는다. 분노는 일상생활이나 예술과 문학에서 필연적으로 수천 가지 일에 대한 내적인 비난과 조소를 야기한다. 바로 이런 감정 때문에 우리는 그런 일들을 따라하지 않는 것이다.

---

48   셰익스피어의 『햄릿』 제2막 2장과 마태복음 10장 16절(보라 내가 너희를 보냄이 이리 가운데로 보냄과 같도다. 그러므로 너희는 뱀 같이 지혜롭고 비둘기처럼 순결하라)에 나오는 말 참조.-원주

3. 책과 글 읽기

무지한 부자는 짐승과 같다

무지가 인간의 품격을 떨어뜨리는 경우는 무지한 자가 부자가 되었을 때다. 가난한 사람은 자신의 가난과 궁핍에 얽매인다. 그의 경우에는 성과가 지식을 대신하므로 가난한 자는 성과를 내겠다는 생각에 몰두한다. 반면에 무지한 부자는 단지 자신의 욕망에 따라서만 살아가며, 그런 자는 짐승과 같다. 우리는 이런 사실을 날마다 목격할 수 있다. 거기에다가 또한 부자들은 그들에게 가장 큰 가치를 부여하는 것에 부와 여가를 이용하지 않았다는 비난을 받아도 할 수 없는 일이다.

생각하지 않는 독서

독서란 자기 스스로 생각하지 않고 다른 사람이 대신 생각해 주는 것이다. 다시 말해 우리는 그 사람의 마음에서 일어나는 과정을 좇아가는 것에 불과하다. 그것은 학생이 글쓰기를 배울 때 선생이 연필로 그어 놓은 선을 따라 펜을 움직이는 것과 같다. 그것에 따라 책을 읽으면 우리는 생각을 거의 하지 않는다. 독자적 사고를 하다가 독서를 하면 마음이 한결 홀가분해지는 것은 바로 그 때문이다.

그러나 우리의 머리는 책을 읽는 동안에는 실은 타인의 생각이 뛰어노는 놀이터에 불과하다. 그런데 결국 이런 타인의 생각이 물러가면 뭐가 남아 있겠는가? 그 때문에 매우 많이 거의 종일 책을 읽지만 그 사이에 멍하니 시간을 보내며 휴식을 취하는 자는 독자적 사고를 할 능력을 점차 상실하게 된다. 그것은 마치 늘 말을 타고 다니는 사람이 결국 걷는 법을 잊어버리는 것과 마찬가지 이치다.

그런데 매우 많은 학자들의 실상이 그러하다. 그들은 책을 많이 읽어 바보가 된 것이다. 틈만 나면 독서하는 생활을 계속하면 손작업을 계속하는 생활보다 더욱 정신이 마비되기 때문이다. 그래도 손작업을 할 때는 자신의 생각에 몰두할 수 있다. 하지만 용수철이 다른 물체로부터 계속 압력을 받으면 탄력을 잃게 되듯이, 다른 사람의 생각이 끊임없이 떠오르면 정신도 탄력을 잃고 만다.

그리고 음식을 너무 많이 섭취하면 위를 망치고, 따라서 몸 전체를 해치는 것처럼, 정신도 자양분을 너무 많이 섭취하면 영양 과잉으로 질식해 버린다. 왜냐하면 책을 많이 읽을수록 읽은 흔적이 그만큼 정신에 적어지기 때문이다. 다시 말해 정신은 글씨를 지우지 않고 겹쳐서 써놓은 흑판처럼 되고 만다. 따라서 읽은 것을 되새기지 못하게 된다.[49] 하지만 음식이란 먹는다고 우리 몸에 양분이 되는 것이 아니라 소화를 해야 그렇게 되는 것처럼, 되새겨야만 읽은 것이 자기 것으로 된다.

반면에 끊임없이 책만 읽고 나중에 그것을 계속 생각하지 않으면 읽은 것이 뿌리를 내리지 못하고 대부분 사라지고 만다. 일반적으로 정신의 양식도 육체의 양식과 마찬가지로, 섭취한 양의 50분의 1 정도만 흡수되고 그 나머지는 증발이나 호흡, 또는 그 밖의 일로 없어진다.

이러한 모든 사실 이외에도 종이에 적힌 생각은 모래 속에 남은 보행자의 발자국과 다름없다. 다시 말해 그 사람이 걸어간 길은 알 수 있지만, 그가 길을 걸으며 무엇을 보았는지 알려면 자기 자신의 눈을 사용해야 한다.

독서의 역기능

저술가에게는 예컨대 설득력, 다양한 비유 능력, 비교의 재능, 표현의 대담성이나 신랄함, 간략함이나 우아, 경쾌함,

---

49 새로 읽은 것이 자꾸 많아질수록 이전에 읽은 것이 더 빨리 잊혀버릴 뿐이다.-원주

그리고 기지, 대조의 수완, 간결한 표현과 소박함 등과 같은 특성이 있다. 그런데 이런 재능을 지닌 저술가의 책을 읽는다고 해서 우리가 그런 것을 획득할 수 있는 것은 아니다.

그러나 우리는 이미 소질로, 즉 잠재력으로 지니고 있는 경우 독서를 통해 우리 내면의 그 같은 특성을 불러일으키고, 그런 사실을 우리가 의식하게 하여 그것으로 뭐든지 할 수 있음을 알 수 있다. 또한 그런 특성을 사용해 보려는 기분, 아니 용기로 힘을 얻은 다음 실례를 통해 사용 효과를 판단해서 그런 특성의 올바른 사용법을 습득할 수 있다. 이렇게 해서야 비로소 우리는 그런 특성을 실제로 소유하기에 이른다.

그러므로 독서로 글 쓰는 법을 배우려면 그런 방법밖에 없다. 다시 말해 독서는 우리 자신이 지닌 천부적 재능의 사용법을 우리에게 가르쳐 준다. 그런데 이때 언제나 천부의 재능이 있어야 한다는 전제가 필요하다. 반면에 이런 재능이 없으면 우리는 독서를 통해 오로지 차갑고 쓸모없는 수법만을 배움으로써 진부한 모방자가 될 뿐이다.

눈과 활자의 크기

위생 경찰은 눈의 보호를 위해 활자의 크기에 최소한의 한도를 정해서 그것보다 작은 활자는 만들지 못하도록 감시하는 것이 좋겠다.(1818년 내가 베니스에 머물렀을 때는 아직 베니스 특유의 쇠사슬을 만들던 시절이었다. 가는 쇠사슬을 만드는 사람은 서른 살이 되면 실명할 것이라고 어느 금대장장이가 내게 말했다.)

도서관의 서가

지층이 지나간 세기의 생물을 차례로 보존하고 있는 것처럼 도서관의 서가도 과거의 오류와 그것이 서술된 글을 차례로 보존하고 있다. 이런 글도 지나간 세기의 생물과 마찬가지로 그 시대에는 크게 활약하고 큰 소동을 일으켰지만, 지금은 굳어서 화석으로 변해 문헌을 연구하는 고생물학자만 살펴볼 뿐이다.

두꺼운 도서목록

(헤로도토스에 의하면) 페르시아의 대왕 크세르크세스는 헤아릴 수 없이 많은 자신의 대군을 바라보며 100년 후에는 이 모든 사람들 중에 아무도 살아남지 못하리라 생각하고 눈물을 흘렸다고 한다. 두꺼운 도서 목록을 보면서 이 모든 책 중에 10년 후에는 읽힐 책이 단 한 권도 없으리라고 생각하면 누군들 눈물을 흘리고 싶지 않겠는가.

양서良書와 악서惡書

문학의 세계도 인생과 다르지 않다. 어디로 눈을 돌리든 즉각 교정 불능의 천민 무리를 만날 수 있다. 이들은 어디서든 무리 지어 살면서 여름의 파리 떼처럼 온갖 것을 가득 채우고 온갖 것을 더럽힌다. 그 때문에 무수히 많은 악서惡書, 문학에 무성한 이 잡초는 밀의 양분을 빼앗아 질식시킨다. 다시 말해 이러한 악서는 단순히 돈이나 지위를 얻으려는 의도에서 쓰인 것인데도 당연히 양서와 그것의 고상한 목적에 쓰여야 할 독자의 시간과 돈, 주의력을 빼앗아간다. 그러므로 악서는 무익할 뿐 아니라 절대적으로 해롭다. 현재 우리나라의 저작물 중 10분의 9는 독자의 호주머니에서 돈을 빼내려는 목적밖에 없다. 이런 목적을 위해 저자와 출판인, 그리고 비평가는 똘똘 뭉쳐있다.

현대의 문필가, 매문업자賣文業者, 다작가들은 시대의 좋은 취향과 참된 교양을 외면하고, 전체 **상류 세계**를 고삐로 끌어내 즉각 자신들의 글을 **읽도록** 길들이는 데 성공했다. 그런 행위는 교활하고 고약한 짓이긴 하지만 눈부신 일이라 할 수 있다. 다시 말해 그들은 사교 모임에서 대화의 재료로 삼기 위해 모두 언제나 같은 책, 즉 최신 저작을 읽지 않을 수 없는 것이다. 이러한 목적에 도움이 되는 것은 예전의 **슈핀들러, 불버, 오이겐 주에** 등과 같이 한때 문명을 날렸던 작가들이 쓴 질 낮은 소설이나 이와 비슷한 작품들이다.

그러나 이런 통속 소설을 읽는 독자들의 운명만큼 한심한 것이 어디 있겠는가! 이런 독자들은 단순히 돈 때문에 글을 쓰고 그 때문에 늘 떼로 존재하는 극히 평범한 작가의 최신 태작을 읽는 것을 언제나 의무로 생각한다. 그 대신 동서

고금에 걸쳐 희귀하고 훌륭한 작가가 쓴 작품은 이름만 들어 알고 있을 뿐이다! 특히 미적 감각을 지닌 독자는 참된 예술 작품을 읽어 그것을 자신의 교양을 높이는 데 이용해야 한다. 그런데 그런 시간을 평범한 작가들의 진부한 태작을 읽는 데에 허비하도록 교활하게 생각해낸 매체가 바로 통속 소설을 싣는 일간 신문이다.

사람들은 모든 시대를 통틀어 최고의 작품 대신에 항상 최신 작품만을 읽기 때문에 저술가는 유통되는 이념의 좁은 범위에 갇혀 있고, 시대는 언제나 그 자신의 오물 속에 점점 깊이 파묻힌다.

따라서 우리의 독서법에서 보자면 읽지 **않는** 기술이 극히 중요하다. 그 기술이란 늘 곧장 좀 더 많은 독자의 관심을 끄는 작품을 그 때문에라도 손에 쥐지 않는 데에 있다. 가령 곧바로 독서계에 물의를 일으키고 출판되는 해에 몇 판을 찍는 것으로 끝나는 정치적 팸플릿, 문학 팸플릿, 소설, 시 따위를 사서 읽지 말아야 한다. 오히려 어리석은 사람을 위해 글을 쓰는 작가에게 언제나 독자가 많다고 생각하라. 그리고 일정 시간을 독서에 할애해서, 언제나 소수긴 해도 모든 시대와 민족을 막론하고 나머지 인류보다 위대하고 탁월한 정신의 소유자이므로 그 자체로 명성이 자자한 작가의 작품만 읽도록 하라. 이런 작품만이 정말로 우리에게 교양과 가르침을 준다.

악서는 많이 읽게 되지만, 양서는 자주 읽지 못하는 법이다. 악서는 정신의 독약이기에 정신을 파멸시킨다.

양서를 읽기 위한 조건은 악서를 읽지 않는 것이다. 인생은 짧고 시간과 힘은 한정되어 있기 때문이다.

고전을 읽어라!

옛날의 이런저런 위대한 작가를 논평한 책이 나오면 독자는 그런 책을 읽지, 그 작가의 저술 자체는 읽지 않는다. 독자는 단지 새로 나온 책만을 읽으려 한다. '유유상종'이라는 말이 있듯이, 오늘날의 멍청이가 지껄이는 진부하고 김빠진 잡담이 위대한 정신의 생각보다 독자의 수준과 구미에 맞기 때문이다. 하지만 나는 이미 젊은 시절 슐레겔의 멋진 경구를 접하고, 그때부터 그것을 나의 좌우명으로 삼게 된 운명에 감사하고 있다.

"열심히 고전을 읽어라, 진정으로 참된 고전을!
최근에 나온 글은 그다지 중요하지 않으니.[50]"

—슐레겔,『고대 연구』

아, 어느 평범한 인간은 다른 평범한 인간을 어쩌면 그다지

---

50   그 다음 구절은 이러하다.
"고전을 읽어라! 참으로 가장 오래된 고전을!
현대인이 칭찬하는 글은 그다지 중요하지 않으니."-원주

도 닮았다는 말인가! 그들은 어쩌면 모두 하나의 틀에서 만들어진단 말인가! 그들은 누구나 같은 기회에 다른 생각은 하나도 떠오르지 않고 같은 생각만 떠오른단 말인가! 더욱이 그들은 자신의 저급한 개인적 의도를 지니고 있다. 그런데 명청한 독자는 새로 나온 신간이라면 그런 가련한 자의 보잘것없는 잡담을 읽으면서도, 위대한 정신의 소유자가 쓴 책은 책꽂이에 고이 모셔 둔다.

모든 시대와 모든 나라에서 배출된 온갖 종류의 더없이 고귀하고 극히 드문 정신의 소유자가 쓴 작품을 읽지 않고 방치하는 독자의 어리석음과 불합리함은 도저히 믿을 수 없을 정도이다. 그 대신 일반 독자는 단순히 갓 인쇄되고 잉크가 채 마르지 않았다는 이유로, 매일같이 나오는 평범한 졸작, 매년 파리 떼처럼 무수히 생겨나는 졸작을 읽으려 한다. 오히려 이런 작품은 몇 해만 지나면 그리고 그 다음부터는 영원히 지나간 시대와 그 시대의 허튼 생각을 비웃는 단순한 재료가 될 뿐이므로, 이미 나온 날부터 내버리고 무시하는 것이 좋다.

참된 저작물과 엉터리 저작물

어느 시대에나 상당히 낯설게 서로 나란히 존립하는 두 가지 저작물의 형태가 있다. 하나는 참된 저작물이고, 다른 하나는 겉보기만 그럴듯한 저작물이다. 참된 저작물은 영원한

저작물이 된다. 학문이나 시문학을 위해 살아가는 사람들에
의해 쓰인 참된 저작물은 진지하고 조용하지만 발걸음이 매
우 더디다. 그래서 이런 작품은 한 세기 동안 유럽에서 거의
한 다스도 나오지 않지만 영원히 존속한다. 학문이나 시문학
으로 밥벌이를 하고 사는 사람들에 의해 쓰인 겉보기만 그럴
듯한 저작물은 당사자들이 큰 소리로 야단법석을 떠는 가운
데 빠른 속도로 내달린다. 그런 작품은 매년 수천 개나 시장
에 쏟아져 나온다. 그러나 채 얼마 지나지 않아 사람들은 그
것들이 어디로 갔느냐고, 그렇게 일찍부터 떠들썩하던 그 명
성은 어디로 갔느냐고 물을 것이다. 그 때문에 이런 저작물은
일시적인 저작물이라고, 참된 저작물은 영원한 저작물이라
고 부를 수 있다.

책의 올바른 선택

책을 읽는 시간도 함께 살 수 있다면 책을 사는 것은 좋은
일일지도 모른다. 하지만 사람들은 대체로 책의 구입과 그 내
용을 자기 것으로 만드는 일을 혼동하고 있다.

어떤 사람이 자기가 지금까지 읽은 것을 모두 간직하기
를 바라는 것은 지금까지 자기가 먹은 것을 모두 체내에 담
고 있기를 바라는 것과 같다. 그는 자신이 먹은 것에 의해 육
체적으로 살고, 읽은 것에 의해 정신적으로 살아서 그로 인해
현재의 자신이 되었다. 하지만 육체는 자신과 동질적인 것을

동화시키듯이, 누구나 자신이 **흥미**를 느끼는 것, 다시 말해 자신의 사고체계나 그것의 목적에 맞는 것만을 **간직**할 것이다. 물론 누구에게나 목적은 있지만, 사고체계와 비슷한 것을 소유하는 사람은 극소수다. 그 때문에 그들은 어떤 것에도 객관적인 흥미를 느끼지 못한다. 이런 점 때문에 독서를 해도 그들에게 아무것도 남아 있지 않는다. 다시 말해 그들은 읽은 것을 하나도 간직하지 않는 것이다.

"반복은 연구의 어머니다." 중요한 책은 무엇이든 즉시 두 번 읽는 게 좋다. 그래야 사물의 맥락을 보다 잘 파악할 수 있고, 끝을 알고 있으면 처음 부분을 비로소 제대로 이해할 수 있기 때문이다. 또한 두 번째 읽을 때는 어느 대목에서도 처음과는 다른 분위기와 기분을 느끼므로, 다른 인상을 받게 된다. 그것은 어느 대상을 다른 각도로 보는 것과 같다.

작품이란 어떤 정신의 **진수**다. 때문에 작품은 아무리 위대한 정신의 소유자라 해도, 그 정신의 인간관계에 비해 항시 비교할 수 없이 풍부한 내용을 담고 있으며, 이 인간관계를 본질적으로 대체할 것이다. 따라서 작품은 정신을 훨씬 능가하고 앞지른다. 심지어 평범한 인간이 쓴 저서도 유익하고 읽을 가치가 있으며 재미있을 수 있다. 그것이 그의 정신의 **진수**이며, 그의 모든 사고와 연구의 결과이자 결실이기 때문이다. 반면에 그의 인간관계는 우리를 만족시킬 수 없다. 그 때문에 그 사람의 인간관계에는 만족하지 않더라도 그 사람의 저서는 읽을 수 있다. 따라서 정신적 교양이 높아지면 더 이상 사람이 아닌 거의 책에서만 점차 즐거움을 발견하게 될 것이다.

그렇지만 정신을 위한 청량제로는 옛 고전을 읽는 것보다 나은 것이 없다. 고작 반시간 정도라 해도 고전 작가의 작품을 읽으면 곧 생기가 나고 홀가분해지고 정화되고 고양되며 힘이 생기는 기분을 느낄 수 있다. 이것은 마치 바위틈에서 솟아나는 신선한 물을 마시고 기분이 상쾌해지는 것과 같다. 이것은 고전어와 그것의 완벽함 때문일까? 또는 몇 천 년이 지나도 작품이 훼손되지 않고 약화되지 않게 한 정신의 위대성 때문일까? 아마 이 두 가지가 함께 작용했을지도 모른다. 하지만 나는 언젠가 이 고전어 학습을 그만둘까봐 벌써부터 우려된다.(야만인이 벌써 나타났고, 반달족은 사라지지 않을 것이다.) 그렇게 되면 일찍이 없었던 야만적이고 천박하며 보잘것없는 태작으로 이루어진 새로운 저작물이 나올 것이다. 특히 고전어의 완벽성을 일부 지니고 있는 독일어가 오늘날 '당대'의 보잘것없는 엉터리 작가에 의해 체계적으로 심하게 훼손되고 망가져서, 점차 빈곤해지고 형편없어진 결과 상스러운 은어로 변질되고 있기 때문이다.

두 가지 역사, 즉 **정치**의 역사와 **문학**과 예술의 역사가 있다. 전자는 의지의 역사이고, 후자는 **지성**의 역사이다. 때문에 정치의 역사는 대개 불안과 두려움을 일으킨다. 다시 말해 정치사는 말할 수 없는 불안과 곤궁, 사기, 끔찍한 살인으로 차 있다. 이에 반해 문예사는 길을 잘못 헤매는 경우조차 고독한 지성처럼 어느 부분이나 즐겁고 명랑하다. 문예사의 주요 분야는 철학의 역사이다. 사실 철학사는 심지어 다른 역사에까지 울려 퍼져, 거기서도 밑바탕에서 견해를 이끌어가는 기본 저음이다. 다시 말해 이 철학사가 세계를 지배하는 것이다. 그 때문에 철학은 사실 잘 이해하면 가장 강력한 현세적인 권력이기도 하지만 그 영향은 매우 서서히 나타난다.

문학사에 대한 고찰

세계사에서는 계속 재료가 흘러들어와 항상 무슨 일을 일으킴으로써 반세기가 언제나 중요한 작용을 한다. 이에 반해 문학사에서는 그 동안 아무 일도 일어나지 않았으니 그 기간은 시간에 들어가지 않을 때도 가끔 있다. 문학사는 서투른 습작과는 관계없기 때문이다. 그러므로 문학사에서는 50년 전이나 지금이나 다를 바 없는 것이다.

이런 점을 해명하기 위해 인류에게서 나타난 인식의 진보를 행성의 궤도와 비교하여 생각해 보자. 인류는 대체로 눈부신 진보를 보인 후에는 곧장 프톨레마이오스[51]의 주전원周轉

---

51   프톨레마이오스(Klaudios Ptolemaios): 2세기 그리스의 천문학자이자 수학자로 천동설을 주장했음.

圓[52]으로 설명되는 미로에 빠지고 만다. 인류는 이 주전원의 어느 쪽을 달려도 결국 원래의 출발점으로 되돌아온다. 그렇지만 인류를 행성의 궤도 위에서 앞으로 나아가게 하는 위대한 인물은 그때그때의 주전원에 동참하지 않는다. 후세에 명성을 떨치는 많은 사람은 동시대인의 갈채를 받지 못하고, 반대로 오늘날 갈채를 받는 많은 사람은 후세에 무시된다는 것도 이런 점에서 설명된다.

그와 같은 주전원은 예컨대 최후에 헤겔이 희화화戱畫化하여 완성한 피히테와 셸링의 철학이다. 이러한 주전원은 마지막으로 칸트에 의해 그때까지 이어진 원주로부터 끊어졌다. 나는 나중에 칸트에서 끊긴 지점을 다시 받아들여 원주를 계속 이어가려고 했다. 그런데 그 사이에 앞에서 말한 사이비 철학자들과 그 밖의 몇 명이 주전원을 달려서, 그것이 이제 막 완성된 상태에 있다. 그런데 그들과 함께 달리던 독자는 원운동이 시작된 바로 그 지점에 다시 되돌아온 것을 깨닫게 될 것이다.

학문, 문학, 예술의 시대정신이 대략 30년마다 파산 선고를 받는 것도 이러한 과정과 관계있다. 다시 말해 그 기간에 그때마다의 오류가 차츰 늘어나서 그 불합리의 무게를 견디

---

52 140년경 프톨레마이오스가 천구 상에서 행성들의 역행과 순행을 설명하기 위해 제창한 행성의 운동 궤도.

지 못하고 무너지고 마는 것이다. 이와 동시에 이러한 오류에 반대하는 세력의 힘이 커진다. 그러므로 이제 형세가 일변한다. 그러나 때로는 반대 방향에서 오류가 일어나기도 한다. 이러한 주기적인 회귀 과정을 보여 주면 문학사의 적절한 실용적 재료가 될지도 모른다. 하지만 문학사는 이것을 그다지 중요하게 생각하지 않는다.

게다가 그러한 주기가 비교적 짧기 때문에 시대가 멀어질수록 그 같은 재료를 모으기가 쉽지 않을 때도 더러 있다. 그 때문에 자신이 살고 있는 시대에 그런 현상이 나타나는 것을 가장 쉽게 관찰할 수 있다. 이에 대한 실례를 실제 과학에서 얻으려고 한다면 베르너의 암석 수성론水成論 지질학을 들 수 있을 것이다. 하지만 나는 이미 앞서 인용한, 우리에게 가장 가까이 있는 실례에서 벗어나지 않겠다. 독일 철학에서 **칸트**의 전성시대에 곧바로 이어진 것은 칸트와는 아무런 관련이 없는 시대이다.

철학자는 설득하는 대신 감탄을 불러일으키려고 애썼다. 그는 철저하고 명확한 표현 대신에 잘 이해하기 어려운 미사여구와 과장된 표현을 썼다. 심지어는 진리를 추구하는 대신 음모를 꾸미기도 했다. 그리하여 철학이 앞으로 나아갈 수 없었다. 결국 이 학파와 방법론은 모두 파탄에 이르고 말았다. 헤겔과 그의 제자들은 한편으로 무의미한 글을 날림으로 써대는 뻔뻔함을 저질렀고, 다른 한편으로 비양심적으로 자화

자찬하는 뻔뻔함을 저질렀다. 온갖 터무니없는 짓거리를 눈에 띄게 의도적으로 저지르는 중에 뻔뻔함의 도가 너무 지나쳐서 결국 누가 보든 완전히 협잡이라는 사실이 명백해졌다. 몇 가지 일이 들통 나자 당국의 비호를 잃고 사람들의 입방아에 오르내리기 시작했다.

역사상 존재했던 모든 사이비 철학 가운데 가장 비참한 피히테와 헤겔적인 전제는 그 일로 인해 불명예의 나락으로 끌려 들어가게 되었다. 그리하여 칸트 이후의 19세기 전반에 독일 철학은 전적인 무능을 백일하에 드러내는데도, 독일인은 외국에 대해서는 자신의 철학적 재능을 뽐내고 있다. 특히 어떤 영국의 문필가가 악의적인 반어를 담아 우리를 사상가의 민족[53]이라고 부른 후로 이런 경향이 더욱 두드러졌다.

그런데 앞에서 말한 주전원이라는 일반적 도식에 대한 사례를 예술사에서 찾으려 하는 사람은 전세기에 특히 프랑스적인 평생 교육에서 꽃피어난 베르니니[54]의 조각가 유파를 살펴보기만 하면 된다. 고대의 미 대신에 보통의 자연을, 고대의 단순함과 우아함 대신 프랑스풍의 미뉴에트 춤의 단아함

---

53   1782년 발행된 자신의 전래민담의 예비 보고서에서 카를 무조이스가 한 말을 참조할 것.-원주

54   베르니니(Giovanni Lorenzo Bernini, 1598~1680): 이탈리아 바로크를 대표하는 조각가·건축가·화가·극작가.

을 나타낸 이 유파는 빙켈만[55]의 훈계에 따라 고대 예술로 돌아가라는 운동이 일어나자 끝장나고 말았다. 또한 회화에서는 19세기 초반에서 그 사례를 찾아볼 수 있다. 이 시기에 예술이란 중세적 신앙심을 표현하는 단순한 수단이자 도구에 지나지 않는다고 본 일군의 화가가 나타나, 그 때문에 종교적인 소재를 그들의 유일한 주제로 택했다.

그러나 오늘날에 와서는 그러한 주제를 다루는 화가들에게서 그와 같은 진지한 신앙심이 없어졌다. 그런데도 그들은 앞에서 말한 망상에 사로잡혀 프란체스코 프란치아, 피에트로 페루지노, 안젤리코 다 피에졸레 등을 모범으로 삼고, 이들의 뒤에 출현한 진정으로 위대한 거장들보다 높이 평가했다. 이러한 일탈과 관련하여, 그리고 시문학에서 때를 같이하여 이와 유사한 노력이 있었기 때문에 괴테는 「사제의 놀이」라는 우화를 썼다. 그런 다음 이 유파도 망상에 기초하고 있음이 드러나 소멸하였고, 그에 이어 자연으로 돌아가라는 운동이 일어났다. 때로는 정도에서 벗어나 평범해지기는 하지만, 그 운동은 각종 풍속화에 잘 나타나 있다.

문학사란 앞에서 묘사한 인류 진보의 과정에 부합하게 대

---

55 빙켈만(Johann Joachim Winckelmann, 1717~1768): 독일의 고고학자 미술사가. 그의 저작은 대중이 고전예술, 특히 고대 그리스 예술에 관심을 갖게 해주었으며 서구의 회화와 조각뿐만 아니라 문학과 철학에도 영향을 미쳤다.

부분은 실패작들의 진열장에 든 목록이다. 이것들을 가장 오랫동안 보존하게 해주는 에틸알코올 역할을 하는 것은 돼지 가죽이다. 반면에 소수의 잘된 우량품은 거기서 찾을 필요가 없다. 다시 말해 그것은 살아 있는 것이다. 우리는 불사신처럼 영원히 싱싱한 청춘의 모습으로 유유히 활보하는 그런 우량품을 세계 도처에서 만날 수 있다. 그것들만이 내가 앞 절節에서 든 **참된** 문학을 이룬다. 우리는 인물이 빈약한 문학사를 어린 시절부터 편람이 아닌 모든 교양인의 입으로 들어서 알고 있다. 오늘날에는 문학사를 읽으려는 편집 망상증이 만연하고 있다. 실은 무언가를 알지 못하면서도 모든 문제에 대해 지껄일 수 있기 위해서이다, 나는 이런 망상증의 치료제로 리히텐베르크의 저작(『잡록』 제2권 302쪽, 구판)에서 극히 읽을 만한 구절을 독자에게 추천하고 싶다.

그런데 나의 소망은 언젠가 누군가가 **비극의 문학사**를 써 주었으면 하는 것이다. 그 속에 들어가야 할 내용은 자신의 나라가 배출한 모든 위대한 작가나 예술가를 대단히 자랑스럽게 여기는 여러 국민이 그들이 살아 있을 때 그들을 어떻게 대우했는가 하는 점이다. 다시 말해 모든 시대와 모든 나라의 좋은 것과 참된 것이 그 시대를 지배하는 불합리며 열악한 것과 맞서 견뎌내야 했던 저 끝없는 싸움을 우리 눈앞에 제시해 달라는 것이다. 인류에게 참된 빛을 던져 준 거의 모든 사람과 각종 예술 분야의 거의 모든 위대한 거장이 겪었을 순교자의 고난을 묘사해야 한다. 그들은 소수를 제외하고는 세상의 인정과 관심을 받지 못하고 제자도 없이 가난과 비참 속에서 고통스럽게 살아간 반면, 자신의 전문 분야에서 형편없는 자들은 명성과 명예, 부를 얻은 경위를 우리에게 보여 주어야 한다.

그러므로 에서의 이야기가 바로 그런 경우이다. 에서가 어느 날 아버지를 위해 사냥을 나가 짐승을 잡고 있는 사이에 그의 옷을 입고 변장한 야곱이 집에서 아버지의 축복을 가로챘던 것이다. 그렇지만 인류의 위대한 교육자들이 비록 비참하게 살았다 해도, 일에 대한 사랑으로 자신을 지탱해서, 마침내 그와 같은 고투苦鬪가 끝났을 때 불멸의 월계관이 그에게 손짓하고, 최후의 순간에 다음과 같은 노랫소리도 울렸으면 한다.

"무거운 갑옷은 날개옷으로 바뀌고,
고통은 짧고, 즐거움은 영원하노라."
—실러, 『오를레앙의 처녀』 제5막 14장

소설을 읽을 때 주의할 점

실천적인 사람에게 가장 필요한 연구는 세상이란 참으로 어떻게 돌아가는지에 대한 정확하고 철저한 지식을 얻는 것이다. 하지만 이것은 또한 극히 오랜 시간이 걸리는 지루한 연구이기도 하다. 그 연구는 인생의 늘그막에 이르기까지 지속되지만 그렇다고 완전히 배울 수는 없다. 물론 청년기에 이미 여러 학문에서 가장 중요한 것을 섭렵할 수 있기는 하다. 소년과 청년은 그런 인식 면에서 처음으로 가장 어려운 과목을 배우는 초보자인 셈이다. 하지만 때로는 성숙한 사람도 부족한 인식을 많이 보충하는 것이 필요하다. 그런데 사물에 대한 인식 자체를 얻는 것도 꽤 어려운데 소설을 읽음으로써 그 어려움이 배가된다.

소설은 현실에서는 사실 일어나지 않을 것 같은 사건의 과정과 인간이 취하는 태도의 과정을 묘사한다. 그런데 쉽게 믿는 청년은 이 소설을 사실로 마음속에 받아들인다. 그리하여 이제 단순히 소극적 무지 대신 그릇된 전제로 복잡하게 얽힌 관점이 적극적 오류로 등장한다. 이런 오류는 후에 심지어 경험 자체의 학교를 혼란시키고, 그 가르침을 거짓으로 보이게 한다. 지금까지 어둠 속을 걷던 청소년이 이제 도깨비불에 미혹되는데, 흔히 소녀에게 이런 일이 더욱 심하다. 소녀는 소설을 읽고 완전히 그릇된 인생관을 가짐으로써, 결코 실현될 수 없는 기대에 젖게 된다. 이것이 대체로 평생 극히 해로운 영향을 끼친다.

이 때문에 수공업자 등과 마찬가지로 청년기에 소설을 읽을 시간이나 기회가 없었던 사람은 한결 유리한 입장에 선다. 앞의 비난에서 제외되는 몇몇 소설은 오히려 반대의 의미에서 영향을 미친다. 예컨대 **르사주**[56]의 『질 블라』[57]나 그 밖의 작품들, 나아가서 『웨이크필드의 목사』[58]나 부분적으로 월터 스콧의 소설도 그러하다. 세르반테스의 『돈키호테』는 앞서 말한 미로를 풍자적으로 서술한 작품으로 볼 수 있다.

이솝 우화

어느 어머니가 자식들의 교육과 발전을 위해 이솝 우화를 읽어 주었다. 하지만 아이들은 곧장 어머니가 읽고 있던 책을 빼앗았다. 그러면서 장남이 매우 조숙하게 이런 말을 했다. "이건 우리가 읽을 책이 아니에요. 너무 유치하고 말이 안 돼요! 물고기, 늑대, 까마귀가 말할 수 있다는 걸 우리는 도저히 믿을 수 없어요. 우린 진작 그런 유치한 이야기를 들을 나이가 지났단 말이에요!" 이 희망적인 소년에게서 생각이 트인 미래의 합리주의자 모습이 보이지 않는가?

56　르사주(Alain René Lesage, 1668~1747): 17세기 초엽 프랑스의 사회상을 정확하고 상세히 묘사한 소설가이자 극작가.

57　근대적 사실주의의 선구가 된 풍속소설. 적응력이 뛰어난 질 블라라는 젊은 하인이 여러 주인을 거치면서 겪는 모험과 배움을 다룸.

58　아일랜드 출신의 올리버 골드스미스(1728~1774)의 작품. 어떤 역경과 고난 속에서도 좌절하지 않고 꿋꿋이 이겨내는 목사의 모습을 그림.

4. 박식함과 학자에 대하여

대학생의 책 읽기

가르치고 배우기 위한 많고 다양한 학교, 수많은 학생과 교사를 보면, 인류에게 통찰과 지혜가 무척 중요하다고 생각될지도 모른다. 하지만 이 경우에도 그렇게 보일 뿐 실제로 그렇지는 않다. 교사가 가르치는 것은 돈을 벌기 위해서다. 그들은 지혜를 얻으려 열망하는 것이 아니라 지혜의 겉모습과 신용을 추구한다. 그리고 학생은 지식과 통찰을 얻으려 배우는 것이 아니라 떠벌릴 수 있기 위해, 명성을 얻기 위해 배운다. 다시 말해 30년마다 새로운 세대가 등장한다. 아무것도 아는 게 없는 풋내기면서, 인류가 수천 년에 걸쳐 모은 지식의 결과를 대충 개요만 간추려 매우 신속히 흡수한 뒤 과거의 어느 누구보다도 더 현명해지려 한다. 그는 이런 목적으로 대학에 들어가서 책을 집어 든다. 더구나 자신의 동시대인이나 동년배의 최신 서적에 한정되어 있다. 그 자신이 새롭듯이 모든 것이 짧고 새로울 뿐이다! 그러고서 그는 이것저것 마구 평가하기 시작한다. 여기서 나는 본격적으로 빵을 얻기 위한 학문은 고려조차 하지 않았다.

통찰의 중요성

나이를 불문하고 온갖 부류의 대학생과 대학 교육을 받은 자는 대체로 지식을 얻으려 하지 **통찰**을 얻으려 하지는 않는다. 그들은 온갖 암석이나 식물, 온갖 전투나 실험에 관해 그리고 예외 없이 온갖 책에 관한 갖가지 지식을 얻는 것을 명예로 삼는다. 그들은 그 지식이 통찰을 얻기 위한 단순한 수단이고, 그 자체로 그다지 또는 아무런 가치가 없다는 것에는 생각하지 않는다. 반면 이런 사고방식이야말로 철학적 두뇌의 특성이다. 많이 아는 척 하는 사람들의 인상적인 박식함을 접하면 나는 이따금씩 이렇게 중얼거린다. 저렇게도 읽은 책이 많은 데 비해 생각은 그렇게도 하지 않다니! 중년의 플리니우스는 식탁에서든 여행 중에든 욕실에서든 늘 책을 읽거나 낭독했다고 한다. 이런 이야기를 들으면 그에게 자신의 생각이 그토록 부족했는지, 소모성 질환에 시달리는 사람의 목숨을 유지하기 위해 걸쭉한 고기 수프를 주입하듯 끊임없이 남의 생각을 주입해야 했는지 의문이 든다. 판단력 없고 남의 말을 곧잘 믿는 그의 태도나 말할 수 없이 역겹고 이해하기 어려우며 종이를 절약하는 그의 짜깁기 식 문체도 그의 독자적 사고에 관해 높이 평가하기에 적합하지 않다.

훌륭한 저술가

많은 독서와 배움이 자신의 사고를 중단시키듯이 많은 글쓰기와 가르침도 지식과 이해의 명확성과 철저함의 습관을 자연히 버리게 한다. 명확성과 철저함을 얻을 시간이 없기 때문이다. 그래서 그는 강의를 할 때 명확한 인식이 부족한 것을 말과 미사여구로 채우려고 한다. 대부분의 책이 말할 수 없이 지루한 것은 주제가 무미건조해서가 아니라 바로 그 때문이다. 훌륭한 요리사란 낡은 구두 밑창을 가지고도 맛있는 요리를 만들어낼 수 있다고 하듯이 훌륭한 저술가는 무미건조한 주제를 재미있게 만들 수 있다.

학자의 본분

대부분의 학자들에게 학문은 목적이 아니라 수단이다. 따라서 그들은 결코 아무런 위대한 일도 해내지 못할 것이다. 위대한 일을 하려면 학문을 하는 것은 목적이고, 다른 모든 것, 즉 생존은 단순히 수단이 되어야 하기 때문이다. 그 자체 때문에 하지 않는 모든 것은 그냥 대충 하기 쉬운 것이다. 어떤 종류의 것이든 그 이외의 다른 목적에 대한 수단으로서가 아니라 그 자체 때문에 만들어낼 때 진정으로 탁월한 작품을 얻을 수 있다. 이와 마찬가지로 타인의 인식에 신경 쓰지 않고 연구의 직접 목적에 대한 자신의 인식을 얻는 자만이 새롭고 위대한 기본 통찰을 할 수 있을 것이다. 하지만 학자들이 대개 그렇듯이, 그들은 가르치고 책을 쓸 목적으로 연구한다. 그 때문에 그들의 머리는 음식물을 소화시키지 않고 다시 내보내는 위나 장과 같다. 하지만 바로 그 때문에 그들의 가르침과 글도 그다지 유익하지 않을 것이다. 소화시키지 않고 내보낸 배설물이 아닌 자신의 피에서 분비된 젖만 다른 사람에게 양분이 될 수 있기 때문이다.

가발과 학자

가발은 순수한 학자 그 자체를 의미하는 잘 선택된 상징이다. 그것은 자신의 머리칼이 부족할 때 남의 풍부한 머리칼로 머리를 꾸며 준다. 박식하다는 것도 남의 생각을 잔뜩 집어넣고 있는 것에 불과하다. 남의 생각은 자신에게 자연스럽게 잘 어울리지도 않을 뿐더러 모든 경우나 목적에 유용하게 적합하지도 않으며 그다지 확고하게 뿌리를 내리고 있지도 않다. 그것을 사용했을 경우는 자기 자신의 땅에서 생겨난 생각과는 달리 같은 원천에서 나온 다른 생각으로 대체할 수도 없다. 바로 그 때문에 스턴[59]은 『트리스트럼 섄디』(44장)에서 대담하게 이런 주장을 한다. "1온스의 자신의 정신은 다른 사람 정신의 한 통[60]만큼이나 가치가 있다."

사실 가장 완전한 박식과 천재의 관계는 식물 표본실과 항시 새로운 것을 만들어내고 영원히 싱싱하고 영원히 젊고 영원히 변하는 식물계의 관계와 같다. 주석자의 박식함과 노인의 아이 같은 소박함보다 더 큰 대조는 존재하지 않는다.

딜레탕트와 전문가

딜레탕트, 딜레탕트라니! 학문이나 예술을 해서 수입을 얻으려고 하는 사람들은 사랑하는 마음이나 즐거운 마음으로 그것을 하는 자들을 경멸하는 투로 딜레탕트라고 부른다. 그들은 학문이나 예술로 돈을 벌어야만 즐겁기 때문이다. 이러한 경멸은 곤궁이나 배고픔, 또는 그 밖의 탐욕의 자극을 받아야만 어떤 일을 진지하게 할 것이라는 그들의 저급한 확신에서 기인한다. 대중도 그와 같은 생각이기에 같은 견해이다. 그 때문에 대중은 '전문가'를 대개 존경하고 딜레탕트를 불신하는 것이다. 그런데 실은 딜레탕트에겐 그 일이 목적이고, 전문가 자신에겐 수단에 불과하다. 하지만 그 일을 직접 중요하게 생각하고, 사랑하기 때문에 그 일에 몰두하고, 사랑하는

---

59   니체는 『인간적인 것, 너무나 인간적인 것』에서 "스턴의 작품이 위대한 것은 완결된 멜로디를 구사한다는 점에 있는 것이 아니라 끊임없는 멜로디를 구사한다는 점에 있다"며 스턴의 작품을 칭찬한다.

60   쇼펜하우어는 영어의 'tun'을 'ton'과 혼동했으므로, '2천 파운드'가 아니라 '한 통'으로 하는 것이 옳다고 할 수 있다. -원주

마음으로 그 일을 하는 자만이 매우 진지한 자세를 가질 것이다. 항시 가장 위대한 일은 그런 자에게서 시작되지 임시 고용인에게서 시작되지는 않는다.

어리석음은 인간의 권리다

괴테도 색채론 분야에서 딜레탕트였다. 그에 관해 여기서 한 마디 하겠다!

인간은 어리석고 열등해도 괜찮다. "어리석음은 인간의 권리다." 반면에 어리석고 열등하다고 말하는 것은 범죄이고, 좋은 풍습과 온갖 예절을 깨뜨리는 불쾌한 행위다. 아니 오히려 하나의 현명한 예방책일지도 모른다! 그렇지만 나는 독일인과 독일어로 말하려면 지금 그런 점을 고려하지 않아야 한다. 나는 괴테의 색채론의 운명이란 독일 학계의 부정직 또는 완전한 판단력 결여의 엄연한 증거임을 말하지 않을 수 없기 때문이다. 어쩌면 두 가지의 고상한 특성이 이 경우 서로에게 도움을 주었을지도 모른다.

적지 않은 수의 교양 대중은 안락한 생활과 소일거리를 추구하므로, 소설, 희극이나 시가 아닌 것은 제쳐둔다. 예외적으로 교훈을 주는 글을 읽기 위해 그들은 맨 먼저 그 글에서 실제로 교훈을 얻을 수 있다는 사실에 대해 좀 더 잘 이해하는 자들의 보증을 기다린다. 그들은 좀 더 잘 이해하는 자들이 **전문가**일 거라고 생각한다. 다시 말해 교양 대중은 어떤 일로 밥벌이 하는 자들을 그 일을 위해 살아가는 사람과 혼동하고 있다. 그렇지만 그 일을 위해 살아가는 사람은 드물다.

이미 **디드로**는 『라모의 조카』[61]에서 "어떤 학문을 가르치는 자는 그 학문을 이해하고 그것에 진지하게 임하는 자가 아니기에 그와 같은 학문을 가르칠 시간이 남지 않는다"라고 말했다. 일로 밥벌이 하는 자들은 단순히 학문을 해서 살아갈 뿐이다. 다시 말해 학문은 그들에게 "버터를 공급해 주는 유용한 암소인 것이다."(실러『학문』) 괴테가 색채론을 연구했듯이, 어느 민족의 가장 위대한 정신의 소유자가 어떤 일을 자신의 필생의 주된 연구로 삼았다. 하지만 그 문제가 일반적으로 받아들여지지 않는다면, 정부가 금전을 지원하는 대학에 위임해 위원회를 개최하여 이 문제를 연구시켜야 한다. 프랑스에서는 훨씬 덜 중요한 문제에도 그렇게 하고 있다.

그렇지 않다면 그토록 많이 생겼지만, 실은 그곳에 많은 멍청이가 죽치고 앉아 뽐내고 있는 이러한 대학이 대체 무엇 때문에 존재한단 말인가? 중요한 새로운 진리가 그곳에서 나오는 경우가 드물다. 그 때문에 대학이란 중요한 업적을 판단

---

61   라모의 조카인 엉터리 악사가 카페에서 대화하는 형식으로 쓰인 작품이다. 천재론, 이탈리아 음악과 프랑스 음악의 우열론 등이 화제로 등장하나, 권력자에게 아첨하고 기생충 같은 생활을 하며 백과전서파 공격에 열중해 있는 어용 문인들의 생활 태도나 심리 분석이 주 내용이다. 괴테가 이 작품을 1805년 독일어로 번역했다.

할 능력은 있어야 하고, 직무상 말할 능력은 갖추어야 한다. 그렇지만 우선 베를린 대학 교수인 **링크** 씨가 그의 『자연과학 입문』(1836년)에서 자신의 대학이 지닌 판단력의 견본을 우리에게 제공해 주었다. 그는 자신의 대학 동료 **헤겔**은 위대한 철학자이고, **괴테**의 『색채론』은 졸작이라고 선천적으로 확신하고 두 사람을 나란히 위치시킨다.(같은 책 47쪽) "헤겔은 **뉴턴**에 관한 한 한결같이 말도 안 되는 비방을 퍼붓는다. 아마 깔보아서 그러는 것일 게다. 괴테의 『색채론』도 형편없다는 소리를 들어 마땅하다." 그러니까 링크 씨는 어떤 한심한 사기꾼이 뻔뻔스럽게도 민족의 가장 위대한 정신을 **깔보는 태도**에 대해 말하고 있는 것이다!

나는 그의 판단력과 가소로운 무모함의 본보기로 같은 책의 다음 대목을 덧붙이겠다. "심오한 뜻을 지니고 있다는 점에서 헤겔은 자신보다 앞선 모든 철학자를 능가한다. 그들의 철학은 헤겔의 철학 앞에서는 흔적도 없이 사라진다고 말할 수 있다." 링크 씨는 애처로운 헤겔식 강단 어릿광대극의 서술을 이렇게 끝마친다. "이것은 고도의 형이상학적인 명민함을 갖춘, 학문을 아는 심오하고 고상한 체계이다. '필연성의 사유는 자유이다. 자유가 다시 필연성이 되는 경우 정신은 윤리성의 세계를 창조한다'는 이 같은 말은 다가오는 정신을 외경심으로 충만하게 한다. 한번 적절하게 인식하면 그 말은 그것을 말한 사람에게 불멸을 약속해준다." 베를린 대학 교수일 뿐만 아니라 저명인사, 어쩌면 독일 학자 공화국의 명사에도 속하는 링크 씨의 이런 발언은 특히 어디서도 비난받은 적이 없으므로 **독일적 판단력과 정의의 본보기**로 간주될 수 있다. 그러므로 독자는 나의 저서가 30년 이상 동안 주목받지 못하고 무시당한 사실을 좀 더 잘 이해할 수 있을 것이다.

학자의 처세술

그런데 독일 학자는 너무 가난하기도 해서 솔직하거나 명예롭게 행동할 수 없다. 그 때문에 왜곡하고 비틀고 순응하고, 자신의 확신을 부정하고, 자신이 믿지 않는 것을 가르치고 쓰며, 굽실거리고 아첨하며 편드는 것, 그리고 장관이나 권세 있는 사람, 동료, 대학생, 서적상, 비평가와 친교를 맺는 것, 요컨대 진리나 남의 공덕보다 오히려 모든 것을 고려하는 것이 그의 처세이자 방식이다. 그로 인해 독일 학자는 대체로 사려 깊은 사기꾼이 된다. 그 결과 독일 문학 일반이나 철학에 특히 부정직이 너무 압도적이어서 누군가를 속일 능력이 없는 자는 아무 쓸데없는 사람이 될 지경이다.

학자 공화국의 실상

뿐만 아니라 다른 공화국에서와 마찬가지로 학자 공화국의 사정도 마찬가지다. 다시 말해 그곳에서는 조용히 혼자 행동하며 남보다 현명해지려고 하지 않는 소박한 사람을 사랑한다. 위험한 일을 저지를 위험이 있는 이상한 사람에 맞서 서로 단결하고, 어느 쪽이든 다수 편에 선다.

학자 공화국에서는 대체로 멕시코 공화국에서와 같은 일이 벌어진다. 멕시코 공화국에서는 각자 **자신**의 이득만 생각하고, **자신**을 위한 명성과 권력을 추구하며, 전체에는 전혀 신경 쓰지 않다가 그로 인해 망하고 만다. 이와 마찬가지로 학자 공화국에서는 각자 명성을 얻기 위해 **자신**만 인정하려고 한다. 그들 모두가 유일하게 의견 일치를 보는 경우는 정말로 탁월한 사람이 등장하지 않도록 할 때다. 그런 사람이 나타나면 그들 모두에게 위험해질 것이기 때문이다. 학문 전체의 사정이 그렇다는 것은 쉽게 간파할 수 있다.

교수와 독립적인 학자

교수와 독립적인 학자 사이에는 예로부터 가령 개와 늑대 사이에서 볼 수 있는 어떤 대립관계가 존재한다.

교수는 자신의 위치에 의해 동시대인에게 알려지는 데 큰 이점이 있다. 반면에 독립적인 학자는 자신의 위치에 의해 후세에 알려지는 데 큰 이점이 있다. 그러기 위해서는 무엇보다도 훨씬 드문 일이긴 하지만 나름대로 여유와 독립도 필요하기 때문이다.

인류가 누구에게 관심을 보여야 할지 알아내기까지 오랜 세월이 걸리므로 양자는 서로 나란히 영향을 미칠 수 있다.

대체로 보아 교수라는 사람이 취하는 축사용 사료는 반추
동물에 가장 적합하다. 반면에 자연의 손에서 자신의 먹이를
잡는 사람은 야외 생활이 더 어울린다.

전공 학자와 천재의 관계

온갖 종류의 지식 중에서 대부분은 언제나 종이 위에만,
즉 종이에 기록된 인류의 기억인 책 속에만 존재한다. 모든
특정한 시점의 사람들 머릿속에 실제로 살아 있는 것은 그
기억 중의 작은 일부에 불과하다. 그 이유는 특히 인간의 수
명이 짧고 불확실한 것 말고도 인간의 태만함과 향락욕 탓이
다. 그때그때 신속히 지나가 버리는 세대는 자신이 필요로 하
는 것을 인간의 지식으로부터 획득한다. 세대는 곧 끝나 버린
다. 대부분의 학자는 매우 피상적이다.

그런데 아무것도 모르지만 모든 것을 처음부터 배워야 하
는 희망적인 새 세대가 뒤따른다. 그리하여 새 세대는 파악할
수 있거나 자신의 짧은 여정에 사용할 수 있는 만큼 지식을
되찾지만, 마찬가지로 물러나고 만다. 그러므로 문자와 인쇄
기술이 없다면 인간의 지식이 얼마나 형편없겠는가! 그 때문
에 도서관만이 인류의 확실하고 영속적인 기억이며, 인류 개
개인은 모두 매우 한정되고 불완전한 지식을 지닐 뿐이다. 그
때문에 상인이 장부 검사를 싫어하는 것처럼 대부분의 학자
는 자신의 지식 검사를 좋아하지 않는다.

인간의 지식이 어느 정도인지 도저히 예측조차 할 수 없으며, 무릇 알아둘 가치가 있는 것에 대해 개개인은 1000분의 1도 알 수 없다.

그에 따라서 학문의 폭이 너무 넓어져서 '무언가를 연구'하려는 자는 다른 모든 것은 신경 쓰지 말고 전적으로 어떤 특수한 전문 분야만을 다루어야 한다. 그렇게 되면 연구자는 자신의 전문 분야에는 일반인의 수준보다 높아지겠지만, 다른 모든 분야에는 일반인의 수준에 머물 것이다. 그런데 오늘날 점점 흔한 현상으로 나타나고 있듯이, 고전어를 소홀히 하면 우리는 자신의 특수한 전문 분야 이외에는 완전히 문외한인 학자를 보게 될 것이다. 고전어를 어중간하게 배워서는 아무 소용이 없고, 게다가 그러다간 일반적인 인문주의 교양이 부족해진다.

일반적으로 이처럼 다른 분야를 수용하지 않는 배타적인 전공학자는 평생 동안 특정한 나사나 갈고리, 또는 특정한 도구의 손잡이나 하나의 기계만을 만드는 공장 노동자와 비슷하다. 물론 그는 한 분야만 파다 보면 믿기지 않을 정도의 완벽한 기술을 얻기는 한다. 또한 전공학자를 자신의 집에 살면서 결코 집 밖으로 나오지 않는 사람과 비교할 수 있다. 마치 빅토르 위고의 콰지모도가 노트르담 교회를 알고 있듯이, 그는 집안에 있는 모든 것, 즉 모든 계단, 모든 구석, 모든 들보를 정확히 알지만, 집 밖의 모든 것은 그에게 낯선 미지의 것이다. 이와는 달리 인문주의의 참된 교양은 다방면의 지식과 개관 능력을 요구하므로, 학자에게는 좀 더 높은 의미에서 물론 뭔가 박식함이 필요하다.

하지만 철두철미한 철학자가 되려고 하는 자는 인간 지식의 가장 동떨어진 양끝을 연관시킬 줄 알아야 한다. 안 그러면 다른 어디에서 그것들이 언젠가 함께 만날 수 있겠는가? 그런데 일급의 정신은 결코 전공 학자가 될 수 없을 것이다. 그런 사람은 생존의 전체를 문제로 삼는다. 그런 사람은 어떤 형식과 방식으로든 그 문제에 관한 새로운 해결책을 인류에게 제시할 것이다. 사물의 전체와 위대함, 본질적인 것과 일반적인 것을 자신의 업적의 주제로 삼는 자만이 천재라는 명칭을 얻을 만하기 때문이다. 하지만 평생 동안 사물 상호간의 특수한 관계를 정리하려고 애쓰는 사람은 천재라고 부를 수 없다.

라틴어의 중요성

일반적인 학문어로 라틴어를 사용하지 않고 그 대신 민족 문학의 소시민 근성이 도입된 것은 유럽의 학문에는 진정 불행한 일이었다. 무엇보다도 라틴어에 의해서만 유럽의 일반적인 학자 독자가 존재하며, 발간되는 책은 모두 그 학자 독자 전체를 직접 겨냥하기 때문이다. 그런데 실제로 사유 능력과 판단력이 있는 두뇌의 수는 전 유럽에서 얼마 되지 않는다. 그래서 그들의 공개 토론이 언어의 한계로 인해 토막 나고 엉망으로 되면 그들의 유익한 영향력은 무한히 약화되고 만다.

출판업자가 마음대로 선택한 후에 문학 직공에 의해 제작된 번역품은 일반적인 학문어의 나쁜 대용품이다. 그 때문에 칸트의 철학은 잠시 반짝하다가 독일적 판단력의 늪 속에 빠지고 말았다. 반면에 피히테, 셸링, 마지막으로는 헤겔적인 엉터리 학문의 도깨비불이 휘황찬란한 횃불을 올렸다. 따라서 괴테의 『색채론』은 정당한 평가를 받지 못했고, 나 역시 그 때문에 주목받지 못했다. 그 때문에 그토록 지적이고 판단력이 있는 영국 민족은 지금 극히 모욕적인 편협한 신앙심과 사제의 후견에 의해 격이 떨어져 버렸다. 그 때문에 프랑스의 명예로운 물리학과 동물학은 충분하고 합당한 형이상학의 지지와 통제를 받지 못하고 있다. 더 많은 문제를 제시할 필요가 있겠다.

하지만 게다가 이러한 커다란 단점에 얼마 안가 두 번째의 더 큰 단점, 다시 말해 고전어 습득을 중단하는 일이 결합될 것이다. 벌써 지금 프랑스와 심지어 독일에서도 전반적으로 고전어를 홀대하고 있는 것이다! 벌써 1830년대에 『법전』[62]

---

62 유스티니아누스의 『법전』이 오토, 쉴링, 진테니스에 의해 번역되었다.-원주

이 독일어로 번역되었다는 사실은 모든 학식, 즉 라틴어의 토대에 무지와 야만이 등장했다는 명백한 징표였다. 그리하여 이제 라틴어와 그리스어 저작들은 **독일어** 각주를 달고 발간되는 지경에 이르렀다. 이런 일은 추잡하고 비열한 행위이다. 그렇게 된 진정한 이유(그 분들이 어떤 행동을 취할지 모르지만)는 발행자가 더 이상 라틴어를 쓸 줄 모르기 때문이다.

그래서 젊은이는 그들의 손에 이끌려 게으름, 무지, 야만의 길을 기꺼이 헤매고 다닌다. 나는 문학지가 이러한 조치를 당연히 혹독하게 비판하기를 기대했다. 그러나 놀랍게도 마치 지극히 정상인 것처럼 아무도 질책을 하지 않았다. 그 이유는 비평가라는 사람들이 사실 그러한 무지한 후원자이거나 또는 발행자나 출판인의 대부이기도 했기 때문이다. 이제 각종 독일 문학에는 극히 사려 깊은 비열함이 완전히 판치고 있다.

날이면 날마다 더욱 뻔뻔스럽게 벌어지는 특수하고 천박한 행태로서 나는 학술 서적에, 그리고 식자층이 보는 잡지, 심지어 대학에서 발행되는 잡지에 그리스나 라틴 저자가 쓴 대목이 독일어로 번역되어 인용되는 것을 비난하지 않을 수 없다. 이 얼마나 수치스러운 일인가! 퉤, 빌어먹을! 너희는 구두장이나 재단사를 위해 글을 쓰는 거냐? 다만 책을 많이 '팔아먹기' 위해서이다.

그런데 감히 삼가 지적하자면 당신네들은 모든 의미에서

천박한 친구들이다.[63] 몸속에 더 많은 명예를 간직하라. 지갑 속에 더 적은 돈을 지니고 다녀라. 무식한 자가 열등감을 느끼게 하고, 그들이 몸에 차고 다니는 전대纏帶에 굽실거리지 마라. 그리스와 라틴 저자들에게는 독일어 번역이 커피 대신에 쓰이는 치커리 같은 대용품이나 다름없다. 게다가 그 번역이 올바로 되었는지 도저히 신뢰할 수 없다.

그러므로 그 정도가 되면 인문주의나 취향, 고상한 감각은 이제 모두 안녕이다! 철도가 건설되고 전선電線이 만들어지고 기구氣球가 생긴다 해도 다시 야만 시대가 도래하는 것이다. 결국 우리는 그로 인해 우리의 선조가 누렸던 어떤 이점을 상실하고 만다. 다시 말해 로마 고대가 라틴 고대뿐만 아니라 직접 모든 유럽 국가의 중세 전체와 지난 세기 중반에 이르기까지의 근대를 열었던 것이다. 그 때문에 수백 명의 다른 사람과 함께, 예컨대 9세기의 스코투스 에리게나, 12세기의 요하네스 폰 샐리스버리, 13세기의 라이문트 룰루스는 학문적 주제가 떠오르자마자 그들에게 자연스럽고 고유한 언어로 내게 말한다. 그 때문에 그들은 지금도 내 곁으로 바짝 다가온다.

다시 말해 나는 그들과 직접 접촉하며 그들을 진정으로 알

---

63 이 판의 발행인은 고전어 인용에 독일어 번역을 첨가하는 것을 막지 않았다.-원주

게 된다. 그들 각자가 자신이 살았던 시대의 자기 나라 언어로 글을 썼더라면 어떻게 될 뻔했는가?! 나는 그것의 절반도 이해하지 못하고, 그들과의 참된 정신적인 접촉은 불가능할지도 모른다. 다시 말해 나는 그들을 멀리 지평선에 걸린 실루엣처럼 보거나 번역이라는 망원경을 통해 볼지도 모른다. 이런 일을 피하기 위해 베이컨은 자신이 분명히 말했듯이 자신의 『수상록』을 『세르모네스 피델레스』라는 이름으로 후에 직접 라틴어로 번역했다. 그렇지만 이때 홉스가 그의 번역 작업을 도왔다.

말이 나온 김에 여기서 언급하자면 애국심은 학문의 영역에서 세력을 얻으려고 한다면 내던져버려야 하는 지저분한 녀석이다. 순수하고 일반적인 것을 추구하고, 진리, 명확성, 아름다움만 통용되어야 하는 경우 자신이 가치 있는 일원으로 소속되는 민족에 대한 편애보다 뻔뻔스러운 것이 뭐가 있겠는가. 그리하여 자신을 중요하게 생각하려는 나머지 그런 점을 고려하여 때로는 진리에 폭력을 가하고, 때로는 자기 민족의 좀 더 못한 자를 부각시키기 위해 타민족의 위대한 정신을 부당하게 평가하기도 한다. 하지만 우리는 유럽의 모든 민족의 문필가들에게서 이런 천박성의 실례를 매일 접할 수 있다. 그 때문에 트리아르테는 이미 그의 매우 인기 있는 『문학적 우화』의 33번째 우화에서 그런 사람들을 조소하기도 했다.

대학생 숫자를 줄이고 자질을 향상시켜라!

이미 충분히 남아도는 대학생의 숫자를 줄이고 그들의 자질을 향상시키기 위해 다음과 같은 법칙을 정해야 한다. 첫째, 만 스무 살이 되기 전에 대학교에 들어가서는 안 되고, 학생 명부에 오르기 위해서는 먼저 두 가지 고전어의 구술시험에 합격해야 한다. 그렇지만 대학생이 되면 군복무를 면제받아야 한다. 그로써 대학에 다니면서 학자라는 명성에 수여된 최초의 훈장을 받는 셈이 된다. 대학생은 일 년 또는 그 이상 동안 자신의 직업과는 이질적인 군인 신분이 되어 망가지는 대신 아무 걱정 없이 학업에 매진할 수 있어야 한다. 교육을 못 받은 자는 누구든 수준 여하를 막론하고 박식한 자를 존경해야 하는 것이다.

그렇다고 나는 박식한 자가 군사 훈련을 받는다고 존경을 받지 말아야 한다고는 생각하지 않는다. 라우파흐는 『백 년 전』이라는 희극에서 바로 이런 야만성을 묘사하고 있는데, 거기에서 늙은 데사우 사람은 어느 대학 졸업 예정자를 교활하고 잔인하게 다루고 있다. 대학생의 군복무를 면제시켜 준다고 해서 군대가 해체되지는 않을 것이다. 하지만 아마도 그로 인해 나쁜 의사, 나쁜 변호사와 판사, 무식한 교사와 온갖 종류의 사기꾼의 수는 줄어들 것이다. 모든 면에서 군인 생활이 미래의 학자를 타락시키는 작용을 하리란 사실은 그만큼 확실하다고 할 수 있다. 둘째, 모든 대학생은 1학년 때 오로지 철학 강의를 들어야 한다는 법칙을 정해야 한다. 2학년이 되어서야 전공에 들어가 신학은 2년, 법학은 3년, 의학은 4년간 공부해야 한다. 반면에 김나지움 수업은 고전어, 역사, 수학, 독일 문체에 한정해도 되며, 특히 고전어는 그럴수록 더욱 철저히 가르쳐야 한다.

그렇지만 수학적 소질은 다른 능력과 평행하지 않고, 그것과 아무 공통점이 없는[64] 특수하고 고유한 소질이기에 수학 수업을 할 때는 학생들을 능력별로 분류해 가르쳐야 한다. 그러므로 영재 학급에 속하는 학생이라도 수학 과목에서는 그의 명예와는 상관없이 김나지움 4, 5학년에 앉아 있을 수 있으며, 그 반대의 경우도 마찬가지다. 이렇게 해서만이 누구나 자신의 이러한 특별한 종류의 능력에 따라 무언가를 배울 수 있다.

교수는 물론 학생의 질보다는 수에 관심이 있으므로 앞의 제안을 지지하지 않을 것이고, 또한 다음의 제안도 지지하지 않을 것이다. 이득을 탐하는 교수의 마음 때문에 신용이 실추된 박사 학위가 다시 세상에 널리 인정받기 위해서는 학위

---

64   이 점에 대해서는 1836년 1월 『에딘버러 리뷰』에 휴얼(Whewell)의 어떤 책의 비평 형식으로 쓰인 윌리엄 해밀턴의 멋진 논문을 참조하기 바란다. 또한 나중에 그의 이름으로 다른 몇몇 논문과 함께 발간되었다. 『수학의 가치와 무가치에 대하여』라는 제목으로 독일어로 번역되기도 했다.(1836)-원주

취득은 전적으로 무료로 받을 수 있게 해야 한다. 그 대신 박사 학위를 취득할 때 그 후의 국가시험은 폐지하는 것이 좋다.

제2부 | 니체의 책 읽기와 글쓰기

니체 저작집
(Nietzsche Werke)

1. 『인간적인 것, 너무나 인간적인 것』

1) 정신과 사상가

정신을 드러내기

자신의 정신을 드러내려는 자는 누구든 그 반대의 것도 충분히 지니고 있음을 노출시킨다. 최상의 착상에 약간의 경멸(dédain)을 덧붙이는 재기 있는 프랑스인의 저 무례함은 자신을 실제보다 풍부하게 보이려는 의도에서 유래한다. 그들은 너무 가득 채운 보고寶庫에서 끊임없이 베풀어 주는 일에 마치 싫증난 듯 아무렇게나 선사하려고 한다.

세 종류의 사상가

광천鑛泉에는 콸콸 쏟아져 나오는 것, 막힘없이 흘러나오는 것, 뚝뚝 떨어지는 세 가지 종류가 있다. 사상가도 이와 마찬가지다. 문외한은 광천을 물의 양으로 평가하고, 전문가는 물에 함유된 성분, 즉 광천 속의 물이 아닌 것에 따라 평가한다.

선택된 사상

중요한 시대의 선택된 문체는 말뿐만 아니라 사상도 면밀히 선택한다. 더구나 말과 사상 양쪽 모두 **통례적인 것과 주도적인 것**에서 선택한다. 과감하고 너무나 신선한 냄새가 나는 사상은 보다 성숙한 취향의 소유자에게 새롭고 무모한 비유나 표현 못지않게 거슬린다. 그리하여 나중에는 선택된 말과 선택된 사상 양쪽 모두에서 평범한 냄새가 나기 쉽다. 선택된 것의 냄새가 금방 휘발해버려, 통례적이고 일상적인 것의 맛만 남기 때문이다.

시인의 사상

진정한 작가의 경우 진정한 사상은 모두 이집트 여인네들처럼 베일을 쓰고 돌아다닌다. 사상의 심오한 눈만이 자유롭게 베일 밖으로 내다본다.

작가의 사상은 평균해서 볼 때 실제로 대접받는 것만큼 가치 있지 않다. 독자는 사실 베일과 자신의 호기심에 대한 대가를 함께 치르기 때문이다.

시 속의 사상

시인은 자신의 사상을 리듬의 수레에 실어 장중하게 끌고 온다. 이런 사상은 보통 발로 걸을 수 없기 때문이다.

열쇠

탁월한 사람이 하찮은 사람들의 웃음거리가 되고 조롱을 받으면서도 크게 중시하는 한 가지 사상은 그에게는 숨겨진 보고寶庫를 여는 열쇠지만, 그들에게는 한낱 고철에 불과하다.

자유로이 떠도는 정신

우리 중 누가 자신을 감히 자유정신이라 부르겠는가? 그가 이런 모욕적인 명칭을 얻게 된 사람들에게 나름대로 경의를 표하고 싶지 않다면 말이다. 그렇게 함으로써 그는 세상의 눈총이나 모욕이라는 짐의 일부를 어깨에 짊어지게 된다.

하지만 어쩌면 우리는 자신을 '자유로이 떠도는 정신'이라고 매우 진지하게(그런데 이 정신과 같은 거만하거나 고매한 반항심 없이) 불러도 되지 않을까. 이는 우리가 자유에 대한 성향을 우리 정신의 가장 강력한 본능으로 느끼고, 속박되고 확고하게 뿌리박힌 지성과는 달리 우리의 이상을 정신적인 유목 생활에서 발견하기 때문이다. 겸손하고 거의 경멸적인 표현을 사용하자면.

완성되지 않은 사상

장년기뿐만 아니라 청년기나 유년기도 그 자체의 가치가 있으므로, 결코 통로나 다리로서만 평가되어선 안 된다. 이와 마찬가지로 완성되지 않은 사상 역시 나름의 가치가 있다. 따라서 작가를 지엽적인 해석으로 괴롭히지 말고, 여러 가지 사상에 이르는 길이 아직 열려 있다고 보아 그의 지평이 확립되어 있지 않아도 만족해야 한다.

우리는 문지방에 서 있다. 우리는 보물을 캐낼 때처럼 기다리고 있다. 깊은 뜻을 운 좋게 발견할 수 있을 것 같은 기분이다. 작가는 주된 사상을 발견할 때 느끼는 사상가의 쾌감을 선취하여 그로써 우리를 갈망하게 만듦으로 우리는 그 사상을 붙잡으려 애쓴다. 하지만 그 사상은 우리의 머리를 지나 어지러이 날아다니며, 더없이 아름다운 나비 날개를 보여 준다. 그렇지만 그 사상은 우리에게서 살그머니 달아난다.

저속한 것의 발견자

저속한 것과는 거리가 먼 섬세한 정신의 소유자들은 종종 온갖 우회로나 산중의 오솔길을 지나 그런 통속성을 발견하고 크게 기뻐함으로써 섬세하지 못한 사람들을 놀라게 한다.

불임의 이유

극히 뛰어난 재능의 소유자면서도 언제나 불임인 자들이

있다. 그것은 기질이 너무 약하거나 너무 조급한 나머지 참을성 있게 임신을 기다리지 못하기 때문이다.

여행자와 그 등급

여행자에게는 다섯 가지의 등급이 있다. 가장 낮은 등급은 여행하면서 관찰의 대상이 되는 자들이다. 그들은 본래 여행의 대상이며 흡사 장님과 같다. 다음 등급은 실제로 세상을 구경하는 자들이다. 세 번째 등급의 여행자는 관찰한 결과로 무언가를 체험하는 자이다. 네 번째 등급의 여행자는 체험한 것을 체득해서 몸에 지니고 다닌다.

마지막으로 최고의 능력을 지닌 몇몇 사람들이 있다. 그들은 관찰한 것을 모두 체험하고 체득한 뒤 집에 돌아온 즉시, 또한 체험하고 체득한 것을 행동이나 일에서 반드시 발휘해나가야 한다.

인생의 여로旅路를 걷는 모든 인간은 이 다섯 종류의 여행자와 같다. 가장 낮은 등급의 인간은 전적으로 수동적으로 살아가고, 가장 높은 등급의 인간은 내면적으로 체득한 것을 남김없이 발휘하며 행동하는 자로 살아간다.

생각이 깊은 사람들

생각이 깊은 사람들은 다른 사람들과 교제할 때 자신이 희극인 같다는 생각이 든다. 그들은 남에게 이해받기 위해 속이

깊지 않은 척 해야 하기 때문이다.

가축 무리 같은 인간을 경멸하는 자들을 위해

인간들을 가축 무리라 간주하고 그들로부터 될 수 있는 한 빨리 도망치려는 자는 반드시 그들에게 따라잡혀 뿔에 받히고 말 것이다.

깊이와 탁함

대중은 탁한 곳에서 낚아 올리는 자와 깊은 곳에서 길어 올리는 자를 곧잘 혼동한다.

가장 위험할 때

인생의 고갯길을 힘들여 올라갈 때 다리를 부러뜨리는 경우는 드물다. 편하게 살아가며 안락한 길을 선택할 때가 가장 위험하다.

뮤즈의 은총!

호메로스가 다음과 같이 한 말은 심금을 울릴 정도로 진실하고 끔찍하다. "뮤즈는 그를 진심으로 사랑하고 그에게 행복과 재앙을 주었다. 뮤즈는 그에게서 눈을 앗아갔지만 감미로운 노래를 주었기 때문이다."

이것은 사색하는 자에게는 한없이 의미심장한 글귀이다.

행복과 아울러 재앙을 주는 것이 **뮤즈 나름**의 진실한 사랑인 것이다! 그리고 우리들 사상가나 시인이 눈을 잃어버려야 하는 이유에 대해 각자 저마다 나름대로 해석을 내릴 것이다.

존재의 사후 승인

일부 사상은 오류나 환상으로 세상에 나왔지만, 사람들이 추후에 현실적 토대를 몰래 밀어 넣어 주었기에 진리가 되어 버렸다.

어떤 예언자가 맞이한 최악의 운명

그는 20년 동안 동시대인에게 자신의 견해가 옳다는 것을 납득시키려 노력했다. 마침내 그는 그 일에 성공했다. 하지만 그 사이에 그의 적수들도 그 일에 성공을 거두었다. 즉 그는 더 이상 자신에 확신을 갖지 못했다.

거미 같은 세 명의 사상가

모든 철학 학파에는 다음과 같은 세 명의 사상가가 잇달아 나타난다. 다시 말해 첫 번째 사람은 자신의 몸에서 체액과 정액을 만들어내고, 두 번째 사람은 그것에서 실을 뽑아 정교한 그물을 만든다. 세 번째 사람은 이 그물 속에 숨어 자기에게 걸려드는 제물을 노린다. 그리고 철학으로 생계를 이어가려고 한다.

저자와의 교제

저자를 대할 때 코를 잡는 것은 마치 그의 뿔을 잡는 것[1]처럼 무례한 행위이다. 저자마다 나름대로 뿔이 있는 것이다.

예술가의 진리감각

예술가는 진리의 인식과 관련해서 사상가보다 도덕성이 약하다. 예술가는 삶에 대한 찬란하고 심오한 해석을 결코 포기하려 하지 않으며, 냉정하고 단순한 방법이나 결과에 저항한다. 겉보기에 그는 인간의 보다 고귀한 존엄이나 의의를 위해 투쟁한다.

사실 예술가는 자신의 예술에 **가장 효과적인** 전제들, 즉 환상적인 것, 신화적인 것, 불확실한 것, 극단적인 것, 상징적인 것에 대한 감각, 개인의 과대평가, 천재에게 있는 뭔가 기적 같은 것에 대한 믿음을 포기하려 하지 않는다. 그러므로 예술가는 어떤 형태를 하고 있든, 이 형태가 아무리 단순하다 해도 참된 것에 대한 학문적 헌신보다 자신의 창작 방식의 존속을 더 중요하다고 간주한다.

---

1   '코를 잡는 것'은 '상대에게 참견한다'는 뜻이다. '뿔을 잡는 것'은 '상대와 서슴없이 싸운다, 상대를 비판한다'는 뜻이다.

사수射手와 사상가

표적은 맞히지 못해도 탄알이 아무튼 먼 거리(물론 표적을 넘어서)를 날아갔다든가, 또는 표적은 맞히지 못해도 뭔가 다른 것을 맞혔다는 것에 은밀한 긍지를 갖고 사격장을 물러나는 기묘한 사수들이 있다. 그런데 사상가 중에도 이와 같은 자들이 있다.

독창적인

진정으로 독창적인 두뇌를 특징짓는 것은 무엇일까? 이는 뭔가 새로운 것을 먼저 보는 것이 아니라 낡은 것, 익히 알려진 것, 누구나 보았지만 간과해온 것을 **새로운 것인 양** 보는 것을 말한다. 그것을 최초로 발견한 자는 일반적으로 극히 평범하고 재기 없는 공상가, 즉 우연인 것이다.

광기의 숭배

어떤 종류의 흥분은 빈번히 두뇌를 더욱 명석하게 만들고, 적절한 착상을 야기한다는 것을 알게 되었으므로, 사람들은 최고의 흥분으로 가장 적절한 착상이나 영감을 얻을 수 있으리라 생각했다. 그리하여 광기 있는 자들은 현자나 신탁 고지자로 숭배 받았다. 이 경우 잘못된 추론을 기초로 하고 있다.

덕은 독일인의 발명품이 아니다

괴테의 고상함과 시기심 없음, 베토벤의 은자隱者 같은 고상한 체념, 모차르트의 우아함과 심정의 우미함, 헨델의 불굴의 남성다움과 법 아래서의 자유, 영광과 성공을 포기할 필요 없는 바흐의 자신 있고 성스러운 내면생활, 이것들이 과연 **독일적인 특성**이란 말인가?

하지만 그렇지 않다면 그것들은 적어도 독일인이 도달할 수 있고, 얻으려고 노력해야 할 목표인 것이다.

멈추어 설 필요가 있을 때

대중이 광분하기 시작해서 이성이 흐려지면 사람들은 자신의 영혼의 건강을 자신하지 못하는 한 성문 밑의 길로 들어가 형세를 살피는 것이 좋다.

철학자들의 착오

철학자는 자기 철학의 가치가 전체적인 것, 즉 구조에 있다고 생각한다. 하지만 후세 사람은 그가 사용한 석재石材에서 그 가치를 발견해서, 그때부터 그 석재로 때로는 더 훌륭하게 건축한다. 그러므로 후세 사람은 건축물이 파괴되지 않는다는 데서, **그러면서도** 재료로서 가치를 잃지 않는 데서 그 철학의 가치를 발견한다.

기지

기지는 어떤 감정의 죽음에 대한 경구警句[2]이다.

해결되기 직전의 순간

학문의 세계에서 매일 매순간 벌어지는 현상이지만, 문제가 해결되기 직전 자신의 노력이 완전히 허사였다고 확신하고 일을 멈추는 자가 있다. 이것은 나비매듭을 풀면서 풀리기 직전 머뭇거리는 자와 같다. 바로 그때 매듭이 가장 단단히 매어졌다고 생각해서다.

몽상가들과 어울리기

자기의 분별력을 확신하는 사려 깊은 인간은 10년 동안 몽상가들과 어울려 이 뜨거운 지대에서 겸손한 광기에 몸을 내맡기면 매우 유익할 것이다. 이로써 그는 "정신적인 것치고 내게 낯선 것은 없다"[3]라고 겸손하게 말할 수 있는 정신의 세계주의에 도달하기 위한 상당한 진전을 한 셈이다.

참기 어려운 냉기

---

2   감정이 대상에 집착하는 한 기지는 생기지 않으며, 그 감정이 죽고 정신이 대상을 초월해 자유롭게 되었을 때 기지나 경구가 생긴다는 뜻.

3   로마의 시인 테렌티우스 말 "인간에 관한 것치고 내게 낯선 것은 없다"를 인용한 것.

산중에서뿐만 아니라 학문에서도 가장 유익하고 건강한 것은 그 속에서 뿜어져 나오는 참기 어려운 냉기이다. (예술가들처럼) 정신적이고 연약한 자들은 이러한 냉기 때문에 학문을 기피하고 비방한다.

왜 학자는 예술가보다 고상한가?

학문은 시학보다 고상한 천성을 필요로 한다. 학자들은 보다 단순하고, 야심이 더 적고, 보다 절제하고, 보다 조용해야 하고, 사후의 명성에 조바심 내지 않아야 한다. 그리고 많은 사람들의 눈에 자신을 희생할 가치가 없어 보이는 일에 몰두해서는 안 된다.

게다가 그들이 자각하고 있는 또 한 가지 손실이 있다. 그들이 하는 일의 성질상 최고의 냉정함이 요구되므로 그들의 의지가 약화되고, 시적인 본성을 지닌 사람들과는 달리 열정이 강렬하게 타오르지 않는다. 때문에 그들은 시인보다 이른 나이에 최고의 힘을 발휘하거나 전성기를 맛보지 못하는 일이 많다.

앞서 말했듯이 그들은 이러한 위험을 알고 있다. 상황을 막론하고 그들은 그다지 찬란하게 빛나지 않으므로 재능이 더 없어 보인다. 그래서 실제 보다 못한 대접을 받게 된다.

파우스트의 이념

한 어린 여자 재봉사가 유혹을 받아 불행에 빠진다. 네 가지 학부, 즉 법학, 철학, 신학, 의학을 두루 섭렵한 대학자가 범인으로 밝혀진다. 하지만 그것은 정상적인 일이라 할 수 없지 않은가? 그렇다, 확실히 정상적인 일은 아니다! 만약 악마의 화신이 돕지 않았더라면 대학자는 그런 일을 저지르지 않았으리라.

흔히 독일인끼리 말하듯이, 이것이 정말 독일의 가장 위대한 '비극적 사상'이란 말인가? 그러나 괴테에게는 이 사상 역시 아직 너무나 끔찍했다. 그래서 부드러운 그의 마음은 이 어린 재봉사, '딱 한 번 자신의 존재를 망각한 착한 영혼의 소유자'가 자유 의지가 아닌 죽음을 맞은 후 그녀를 성자들 곁에 옮겨 놓지 않을 수 없었다. 뿐만 아니라 괴테는 결정적인 순간 악마도 감쪽같이 속임으로써 대학자마저 제때에 천국으로 데려다 주었다. '어두운 충동'을 지녔지만 '선량한 인간'[4]인 그를.

그곳 천국에서 사랑하는 두 사람은 다시 서로 만난다. 괴테는 언젠가 "참으로 비극적인 것을 꾸미기에는 자신의 본성이 너무 유화적이었다"고 말했다.

---

4 『파우스트』의 '천상의 서곡'에 나오는 말임.

너무 가까이 하지 말 것

좋은 사상이라도 너무 급히 잇달아 떠오르면 오히려 해가 된다. 좋은 사상은 서로의 전망을 은폐하는 것이다. 그 때문에 가장 위대한 예술가와 문필가들은 평범한 것을 충분히 사용했다.

조악함과 약점

시대를 막론하고 예술가들은 **조악함**에 어떤 힘이 있으며, 그러고 싶다 해서 모든 예술가가 조악할 수 없다는 것을 발견했다. 이와 마찬가지로 종류에 따라서는 약점도 감정에 강한 영향을 미칠 수 있다는 것을 발견했다. 이리하여 예술 수단의 대용물이 적지 않게 생겨났는데, 가장 위대하고 양심적인 예술가들도 그것을 완전히 단념하기 어려웠다.

좋은 기억력

기억력이 좋아서 사상가가 되지 못하는 사람들이 제법 있다.

고전적인 것과 낭만적인 것

고전적인 성향의 정신뿐만 아니라 낭만적인 성향의 정신들은—이런 두 가지 유형의 사람이 항상 존재한다—미래에 대한 한 가지 비전을 지니고 있다. 그런데 전자의 사람들은 시대의 **강함**에서, 후자의 사람들은 시대의 **약함**에서 비전을 만들어낸다.

정신의 눈을 감기

행동을 곰곰 생각하는 데 숙달되어 있고 익숙해진 자는 어떤 행동을 할 때(단순히 편지를 쓰거나 먹고 마실 때라도) 내부의 눈을 감고 있어야 한다. 정말이지, 사람들은 평범한 사람과 대화를 나눌 때는 눈을 감은 사상가의 눈으로 **생각하는** 법을 터득해야 한다. 다시 말해 평범한 사람의 생각에 도달해서 그것을 이해하기 위해서이다. 이처럼 눈을 감는 행위는 느낄 수 있고, 의지로 실행할 수 있는 행위이다.

정신의 위계를 위해

그대가 예외를 확인하려고 하는 반면, 다른 사람은 법칙을 탐구한다는 점에서 볼 때 그대는 이 사람의 훨씬 아래에 위치한다.

거지 신세와 가까운

대단히 풍부한 정신의 소유자라도 가끔 자신이 축적한 보화가 든 방 열쇠를 잃어버리기도 한다. 그럴 경우 그는 다만 살기 위해 구걸해야 하는 극빈자와 같아진다.

경험의 술자리에서

타고난 절제 때문에 어떤 술잔도 절반만 마시고 놓아두는 사람은 세상의 어떤 사물에도 찌꺼기나 침전물이 있다는 사실을 인정하려 하지 않는다.

고운 소리로 지저귀는 새

세력가에게 빌붙는 사람들은 더 나은 소리로 찬사를 지저귀기 위해 자신을 현혹시키곤 한다.

고상한 영혼의 표시

고상한 영혼이란 최고의 비상飛翔 능력이 있는 자가 아니라 상승과 하강은 그다지 하지 않지만 언제나 보다 자유롭고 빛으로 가득 찬 공기와 높이에서 사는 자이다.

성숙하지 않은

좋은 것이라도 우리가 감당하지 못하면 우리 마음에 들지 않는다.

만족한다는 것

분별력이 성숙했다는 증거는 진기한 꽃들이 핀 인식의 뾰족뾰족한 가시덤불 밑을 더 이상 가지 않고, 진기한 것이나 이례적인 것을 위해 살기에는 인생이 너무 짧다는 것을 감안해서, 정원과 숲, 초원과 밭에서 만족하는 것이다.

산정山頂의 따스함

산정에 사는 사람들은 골짜기에 사는 사람들이 생각하기보다 따뜻하게 살아간다. 특히 겨울에는. 사상가는 이 모든 비유가 말하는 뜻을 알고 있다.

"자기自己를 의욕하라"

활동적이고 효율적인 천성을 지닌 사람들은 "너 자신을 알라"라는 격언에 따라 행동하지 않고, "자기를 의욕하라, 그러면 자기가 될 것이다"라는 명령이 눈앞에 아른거리는 것처럼 행동한다.

운명은 여전히 그들에게 선택을 맡긴 것 같다. 반면에 비활동적이고 관조적인 사람들은 인생에 발을 내디딜 때 딱 한 번 어떤 선택을 했는지 곱씹는다.

부富가 지닌 위험

정신을 지닌 자만이 소유물을 지니는 게 좋다. 그렇지 않으면 소유물은 공공의 위험이 된다. 다시 말해 소유물 덕택으로 누리게 될 자유로운 시간을 사용할 줄 모르는 소유자는 끊임없이 소유욕에 사로잡힐 것이다. 즉 이런 노력이 그의 즐거움이 되고, 무료함과의 싸움에서 그의 전략이 될 것이다. 그리하여 결국 정신적인 사람이 만족할 만한 적당한 소유물에서 본격적인 부富가 생겨난다. 더구나 정신적인 의존과 가난의 빛나는 결과로서.

하지만 이제 부는 교양과 예술의 가면을 쓸 수 있기에 부라는 보잘것없는 본질이 기대하는 것과는 전혀 다른 모습으로 나타난다. 부는 가면을 살 수 있는 것이다.

그로 인해 부는 보다 가난하고 교양이 없는 사람들에게 시샘을 불러일으킨다. 이들은 기본적으로 항상 교양을 부러워하고 가면을 가면으로 보지 못한다. 그리하여 점차 사회의 전복을 준비한다. 소위 '문화의 향수'라는 말 속에 미화된 조야함과 과시적인 거만함이 그들에게 '중요한 건 돈밖에 없다'는 생각을 주입하기 때문이다. 물론 돈이 어느 정도 중요한 게 사실이긴 하지만 정신이 훨씬 중요하다.

여성의 정신에 관해

여성의 정신력이 가장 잘 증명되는 경우는 그녀가 한 남성과 그의 정신을 사랑해서 자신의 정신을 희생시킬 때다. 그럼에도 억지로 남성의 성향에 이끌려 그녀의 본성에 원래 생소한 새로운 영역에서 그녀에게 즉각 제2의 정신이 다시 생길 때이다.

진리에 대한 구토증

여성은 본성상 모든 진리(남성, 사랑, 어린이, 사회, 삶의 목적과 관련해서)에 구토증을 느낀다. 그리고 자신의 눈을 뜨게 해주는 자에겐 누구를 막론하고 복수하려 한다.

위대한 사랑의 원천

남성의 여성에 대한 갑작스런 정열, 깊고 내적인 정열은 어디서 생기는 걸까? 관능적 이유 때문만은 결코 아니다. 남성은 여성에게서 나약함이나 도움의 필요성과 동시에 오만함을 함께 발견하면 자신의 영혼이 내면에서 끓어오르는 것과 같은 심정이 된다. 즉 그는 같은 순간 감동과 모욕을 느낀다. 이런 점이 위대한 사랑의 원천인 것이다.

둔중한 자들의 요령

둔중한 사상가는 보통 요설이나 장엄함을 맹우盟友로 선택한다. 요설에 의해 그는 기민함과 경쾌한 흐름을 습득했다고 생각한다. 장엄함에 의해 그는 자신의 특성이, 느린 움직임을 요구하는 위엄을 나타내기 위한 자유 의지나 예술적 의도의 결과인 것처럼 허세를 부린다.

사상가는 대화를 어떻게 이용하는가?

귀 기울여 듣지 않고도 많은 것을 들을 수 있으려면 잘 보면서도, 자기 자신이 잠시 시야에서 사라지는 법을 터득하면 된다. 하지만 사람들은 대화를 이용할 줄 모른다. 그들은 자기가 말하고 응수하는 것에 훨씬 주의를 기울이기 때문이다. 반면에 참다운 **경청자**는 종종 간단히 대답하고, 그냥 예의 삼아 **말하는** 것으로 만족한다. 반면에 자신의 교활한 기억력을 발휘하여 상대방이 말할 때의 어조, 몸짓과 더불어 그가 말한 모든 것을 가져가 버린다.

평범한 사람의 대화에서는 각자 자신이 대화를 주도하는 자라고 생각한다. 이는 가끔 살짝살짝 부딪치며 나란히 달리는 두 척의 배가 각기 상대방의 배가 자기를 따라오거나 자기에게 끌려오고 있다고 확고하게 믿는 것과 같다.

정신의 피곤함

우리는 가끔 사람들에게 무관심하거나 냉담할 때가 있다. 그런 태도는 냉혹함이나 성격 결함으로 해석되기도 하지만, 실은 단지 정신이 피곤해서 그런 경우가 빈번하다. 정신이 피곤할 경우 우리에게 타인은, 우리가 우리 자신에게 그런 것처럼, 아무래도 상관없거나 성가신 존재이다.

자기 자신을 잃기

비로소 자기 자신을 발견했을 때는 때때로 자신을 잃었다가 다시 발견하는 법을 터득해야 한다. 그자가 사상가라는 것을 전제할 때는 그러하다. 다시 말해 사상가에게는 언제나 한 사람에게만 얽매여 있는 것이 해가 된다.

'진리'를 위해 죽는다는 것

우리는 우리의 견해를 위해 화형 당하려 하지는 않을 것이다. 우리의 견해를 그만큼 확신하지 않기 때문이다. 하지만 우리의 견해를 가져도 되거나 바꾸어도 된다면 혹시 그럴지도 모른다.

사상가를 방해하는 것

사상가는 자신의 사색을 중단시키는(흔히 말하듯이 방해하는) 모든 것을 평화로운 눈으로 바라보아야 한다. 예술가에게 자신의 몸을 제공하기 위해 문 안으로 들어서는 새로운 모델을 바라볼 때처럼. 사색의 중단은 고독한 자에게 음식을 날라 주는 까마귀와 같은 역할을 한다.

풍부한 정신을 갖는다는 것

풍부한 정신을 가지면 젊음이 유지된다. 하지만 이때 실제보다 더 늙어 보이는 것을 감수해야 한다. 사람들은 정신의 필적筆跡을 인생 경험, 즉 많이 고약하게 살아온 인생, 고뇌, 방황, 회한의 흔적으로 보기 때문이다. 그러므로 사람들은 풍부한 정신을 가지고 보여 주는 사람들을 실제보다 더 늙게 볼 뿐만 아니라 더 **나쁘게** 보기도 한다.

천재의 불공정

천재는 다른 천재들이 자신의 동시대인인 경우 그들에게 가장 불공정하다. 천재는 그들을 불필요하다고 생각하기 때문에 쓸데없는 존재라고 간주한다. 천재는 다른 천재들이 없어야 천재일 수 있기 때문이다. 또한 그들의 영향은 **그**의 전류 효과를 방해하기 때문에 심지어 그들을 **해롭다**고 일컫기까지 한다.

두 가지 종류의 냉정함

정신의 고갈에서 생기는 냉정함과 절제에서 생기는 냉정함을 혼동하지 않으려면 전자는 기분이 언짢고, 후자는 쾌활하다는 사실에 주의해야 한다.

체념한 자들의 위험

자기의 생활을 욕망의 너무 협소한 토대 위에 세우지 않도록 조심해야 한다. 지위, 명예, 동료들과의 교제, 육욕, 안락함, 예술이 가져다주는 여러 기쁨을 체념하면 이런 포기에 의해 **지혜** 대신에 이웃에 대한 **염증**을 느끼게 되었음을 깨닫는 날이 올지도 모른다.

벌레

몇 마리의 벌레[5]를 지니고 있다고 해서 정신의 성숙을 반대하는 것은 아니다.

사상가의 민족 (또는 형편없는 사고의) 민족에 관하여

불명료함, 불확실, 예감에 차 있음, 원소적인 것, 직관적인 것—불명확한 사항에 대해 역시 불명확한 명칭을 붙이자면—독일적 본질을 일컫는 이러한 말은, 만약 그런 본질이 실제로 아직 존재한다면, 독일 문화가 많이 뒤쳐져 있으며, 여전히 중세의 주술呪術과 분위기에 휩싸여 있다는 증거이리라.

물론 그처럼 뒤쳐져 있는 것에는 몇 가지 이점도 있다. 독일인은 이런 특성으로—거듭 말하자면 그들이 이런 특성을 아직도 지니고 있다면—몇 가지 사항에 대한, 다시 말해 몇 가지 사항을 이해할 능력이 부여된 것이리라. 다른 민족은 그런 사항의 이해 능력을 잃어버렸다.

그리고 확실히 **이성의 결핍**, 즉 앞서 말한 여러 특질들에 공통되는 요소가 사라지면 많은 것이 사라진다. 하지만 이 경우에도 손실이 있으면 최고의 이득도 있다. 그러므로 어린이나 식도락가처럼 사철 과일을 동시에 맛보려 하지 않는다면 굳

---

5 흔히 벌레를 갖는다는 말은 '양심의 가책'이나 '병의 씨'를 갖는다는 뜻이다.

이 탄식할 아무런 이유가 없는 것이다.

2) 글쓰기와 문체

잘 쓰는 법을 배우기

말을 잘 하는 것을 중시하던 시대는 지나갔다. 도시 문화의 시대가 지나갔기 때문이다. 아리스토텔레스가 대도시에 허용한 마지막 한계—그때만 해도 전령이 전 도시민이 모인 자리에서 자신의 목소리를 전달할 수 있어야 한다고 했다—이 한계에 우리는 그다지 신경 쓰지 않는다. 이는 민족의 범위를 넘어서 이해되기를 바라는 우리 자신에게 도시의 구區가 신경 쓰지 않는 것과 마찬가지다. 때문에 지금 유럽의 정신을 지닌 사람이라면 **잘 그리고 점점 더 잘** 쓰는 법을 배워야 한다. 잘 쓰지 못하는 것을 민족의 특권처럼 여기는 독일에서 태어났다 해도 어쩔 도리가 없다.

하지만 더 잘 쓴다는 것은 더 잘 사고한다는 것을 뜻하기도 한다. 이 말은 전달할 가치가 더욱 큰 것을 생각해내고, 그것을 실제로 전달할 수 있다는 것을 뜻한다. 또 이웃 나라의 언어로 옮길 수 있다는 것을 뜻한다. 우리 언어를 배우는 외국인에게 이해하기 쉽게 해주고, 일체의 좋은 것이 공유 재산이 되도록 해서, 모든 것을 자유민이 마음대로 얻게 해주는 것을 뜻한다. 결국 지금은 아직 요원한 상태를 준비하는 것을 뜻한다. 그것은 지구상의 전체 문화의 지도와 감시라는 위대한 임무가 훌륭한 유럽인의 수중에 들어오게 되는 상태다.

잘 쓰는 법과 잘 읽는 법에—이 두 가지 덕목은 함께 커지기도 함께 줄어들기도 한다—신경 쓰지 말라며 그 반대를 설교하는 자는 사실 더욱 **민족적** 성향을 띨 가능성이 있는 여러 민족에게 하나의 길을 보여 주는 것이다. 그 길은 이 세기의 질병을 증대시키고, 훌륭한 유럽인의 적이며, 자유로운 정신의 적이다.

글을 쓰거나 가르칠 때의 주의 사항

처음 글을 써보았거나 마음속에서 글쓰기의 열정을 느끼는 자는 자기가 행하고 체험하는 거의 모든 일에서 문필가에 의해 전달 가능한 것만 가려서 배운다. 그는 이제 더 이상 자기 자신이 아닌 문필가나 대중을 생각한다. 그는 통찰을 원하지만, 그것을 자신이 사용하려는 것은 아니다.

교사라는 자는 대체로 자신의 일도 자신을 위해 할 수 없다. 그는 항상 제자의 이익을 생각한다. 어떤 인식도 그가 가르칠 수 있는 한에서만 그를 기쁘게 한다. 그는 결국 자신을 지식의 통로로, 흔히 수단으로 간주하는 바람에 자신에 대한 진지성을 잃어버리고 만다.

가장 좋은 문체에 대한 가르침

문체에 대한 가르침은 독자나 청자에게 **온갖** 기분을 전달해 주는 표현을 얻게 하는 가르침일 수 있다. 그러고 나서 한 인간의 가장 바람직한 기분에 대한 표현을 얻게 하는 가르침이다. 그러므로 그 기분을 전달하고 옮기는 것 역시 가장 바람직하다고 할 수 있는 표현을 얻게 하는 가르침이다. 다시 말해 문체에 대한 가르침은 열정을 극복한 인간, 진심으로 감동하고, 정신적으로 즐겁고 밝으며 솔직한 인간의 기분에 대한 표현을 얻게 해주는 가르침이다. 이것이 가장 좋은 문체에 대한 가르침일 것이다. 좋은 문체는 좋은 인간에서 나온다.

사라진 예술 준비

김나지움에서 행한 모든 것 중에서 가장 가치 있는 것은 라틴어 문체의 연습이었다. 이것은 그야말로 **예술** 연습이었다. 반면에 다른 모든 일은 단지 지식만을 목적으로 했다. 독일어 작문을 앞세우는 것은 야만 행위이다. 우리에게는 모범이 될 만한, 대중적인 웅변술에서 생겨난 독일어 문체가 없기 때문이다.

하지만 우리는 독일어 작문에 의해 사고 연습을 촉진시키려 한다. 이때 당분간 문체 연습은 제쳐두는 것, 즉 문체 연습과 서술 연습을 구별하는 것이 확실히 더 낫다. 서술 연습을 할 때는 주어진 내용의 다양한 어법을 배워야지, 어떤 내용을 독자적으로 고안해내려고 해서는 안 된다. 라틴어 문체의 과제는 주어진 내용을 단순히 서술하는 것이었다. 옛 교사들은 라틴어 문체에 대해 오래 전에 잃어버린 예민한 청각을 지니고 있었다.

이전에 근대어로 잘 쓰는 법을 배웠던 자는 이런 연습의 혜택을 입었다.(지금은 부득이하게 나이가 지긋한 프랑스 인에게 사사私事해야 한다.) 하지만 그뿐만이 아니었다. 그는 형식의 고귀함과 어려움을 이해하고 있었고, 예술 일반에 대해 유일하게 올바른 방식으로 실습을 통해 준비되어 있었다.

걸음걸이를 주의하기

문장의 걸음걸이는 저자가 지쳐 있는지 어떤지를 보여 준다. 하나하나의 표현은 그와 무관하게 여전히 힘차고 좋을 수 있다. 그 표현을 이전에 그와 별개로, 저자에게 생각이 처음으로 번쩍 떠올랐을 때 발견했기 때문이다. 그래서 괴테는 피곤한 경우에는 자주 구술하곤 했다.

벌써와 아직

A: "독일 산문은 아직 젊다. 괴테는 빌란트가 독일 산문의 아버지라고 말한다."

B: 그렇게 젊으면서 벌써 그렇게 추하단 말인가!

C: "하지만, 내가 알기로는 울필라 주교[6]가 벌써 산문을 썼다네. 그러므로 독일 산문의 역사는 대략 500년쯤 되지."

B: 그렇게 오래되었으면서 아직 그렇게 추하단 말인가!

독창적으로 독일적인

독일 산문은 실제로 어떤 견본에 따라 형성되지 않았고, 어쩌면 독일적 취향의 독창적인 산물로 간주해야 할지도 모른다. 독일 산문은 미래의 독창적인 독일 문화의 열성적인 옹호자들에게 하나의 암시를 줄지도 모른다. 가령 견본을 모방하지 않으면 정말로 독일적인 복장, 독일적인 사교, 독일적인 실내 설비, 독일적인 점심이 어떻게 보일까 하는 암시 말이다.

비교적 오랫동안 이런 전망을 곰곰 생각했던 어떤 사람은 마침내 깜짝 놀라 이렇게 외쳤다. "하지만 대관절, 우리는 혹시 이런 독창적인 문화를 벌써 지니고 있을지도 모른다. 다만 그것에 대해 말하기를 꺼려할 뿐이다."

금서禁書

논리적 역설이라는 극히 역겹고 무례한 태도를 지니는 오만하고 박식한 척하는 자, 정신이 혼란스런 자들이 쓴 글을

---

6 고트 족 출신의 동로마 제국 주교로 선교사이자 성경 번역가임.

절대 읽지 말라. 그들은 모든 것이 기본적으로 뻔뻔스럽게도 즉흥적으로 쓰이고 공중누각으로 지어진 곳에 **논리적** 형식을 적용한다.('그러므로'란 말은 그들에게는 "어리석은 독자여, 이 '그러므로'란 말은 그대를 위해 있는 것이 아니라, 어쩌면 나를 위해 있는지도 모른다"는 뜻이다. 이에 대한 우리의 대답은 이렇다. "어리석은 저자여, 그대는 대체 무엇 때문에 글을 쓰는가?")

독일 문학과 프랑스 문학

지난 100년간 독일문학과 프랑스 문학의 불행은 무엇인가? 그것은 독일인은 너무 일찍 프랑스인의 학교에서 **빠져나왔**고, 프랑스인은 뒤이어 너무 늦게 독일인의 학교에 들어왔다는 데에 있다.

우리의 산문

현재의 문화 민족 중에 독일 민족만큼 산문이 조악한 민족은 없다. 재기 있고 취향이 까다로운 프랑스인이 독일 산문이란 **존재하지 않는**다고 말해도 사실 화를 내서는 안 될 것이다. 그것은 우리가 실제로 받아야 하는 대접 이상으로 정중한 말이기 때문이다. 그 근거를 찾아보면 결국 **독일인은 즉흥적인 산문밖에 알지 못하**고 다른 종류의 산문은 전혀 알지 못한다는 이상한 결론에 도달한다.

어떤 이탈리아인이 산문이 시보다 훨씬 어렵다고 말한다

면 독일인은 무슨 말인지 도통 알아듣지 못한다. 이는 조각가가 벌거벗은 몸의 아름다움을 표현하기가 옷을 입은 몸의 아름다움을 표현하기보다 쉬운 것과 마찬가지다. 훌륭한 산문을 쓰기 위해서는 시구, 이미지, 리듬, 운을 얻기 위해 성실하게 노력해야 한다는 것, 이 말은 독일인도 이해할 수 있다. 독일인은 즉흥시를 높이 평가하지 않는 경향이 있다. 그러나 산문 한 페이지를 쓰면서 하나의 조각상을 제작할 때처럼 심혈을 기울이다니? 이런 경우 독일인은 마치 동화의 나라 이야기를 듣는 기분이 든다.

위대한 문체

위대한 문체는 아름다운 것이 괴물에 승리를 거둘 때 생겨난다.

피하기

우리는 탁월한 정신의 소유자의 경우 표현과 어법의 정치精緻함이 어디에 깃들어 있는지 오히려 알지 못한다. 평범한 문필가가 같은 사물을 표현하는 경우 불가피하게 어떤 단어를 선택하게 되는지 말할 수 없다면 말이다. 모든 위대한 예술가는 차량을 운전할 때 피하거나 차로를 벗어나려는 경향을 보인다. 그렇지만 전복되는 것은 원하지 않는다.

뭔가 빵 같은 것

빵은 다른 음식의 맛을 중화시켜, 그 맛을 없애 버린다. 따라서 비교적 오랫동안 식사할 때는 언제나 빵이 꼭 필요하다.

모든 예술 작품에도 그 안에서 상이한 효과를 낼 수 있도록 뭔가 빵과 같은 것이 있어야 한다. 예술 작품이 가끔 충분한 휴식이나 중간 휴식 없이 잇달아 계속되어, 사람들을 금방 지치게 하고 염증을 일으킨다면 비교적 오랫동안 예술을 식사하는 것은 불가능할 것이다.

장 파울[7]

장 파울은 아는 것은 무척 많았지만, 학식은 없었다. 갖가지 예술적 기교는 통달하고 있었지만 예술을 갖지는 않았다. 거의 모든 것을 즐길 수 있다고 여겼지만, 정작 취미는 없었다. 감정과 진지함은 지녔지만, 그것을 남에게 맛보일 때 그 위에 역겨운 눈물의 소스를 쳤다.

---

7   장 파울(Johann Paul Friedrich Richter, 1763~1825): 독일의 소설가로 19세기의 처음 20년 동안 대단한 인기를 모은 작품들을 발표했다. 프랑스의 저술가 장 자크 루소에 대한 존경심에서 장 파울이라는 필명을 썼다. 그의 작품은 바이마르 고전주의의 형식적 이상으로부터 초기 낭만주의의 직관적 초월주의로 넘어가는 교량역할을 함으로써 독일의 프리드리히 헤벨과 영국의 토머스 칼라일 같은 19세기 후반의 작가들에게까지 영향을 끼쳤다. 그의 목가적인 소설은 언제나 유머가 돋보이며 그가 처한 곤경을 희극적인 문체로 다루고 있다. 작품으로 『티탄』 등이 있다.

다시 말해 그에게 기지는 있었다. 하지만 아쉽게도 자신이 갈망하는 것에 비해서는 기지가 턱없이 적었다. 따라서 그는 바로 기지가 없기 때문에 독자를 절망으로 몰아넣는다. 전체적으로 그는 실러와 괴테라는 부드럽고 비옥한 토지에 하룻밤 새 쑥쑥 자라는 냄새 독한 알록달록한 잡초에 불과했다. 다시 말해 그는 편안하고 좋은 사람이긴 했지만, 하나의 재앙, 모닝 가운을 입은 재앙이었다.

반대되는 것도 맛보기

과거의 작품을 그것의 동시대인이 느꼈던 것처럼 즐기기 위해서는 그 작품과 두드러진 대조를 보였던 당시의 지배적인 취향을 맛보지 않으면 안 된다.

중개자 역할을 하는 감각

진정한 중개자 역할을 하는 감각인 미감味感은 사물에 대해 자신과 같은 견해를 갖도록 다른 감각들을 설득시켜, 그것들에게 자신의 법칙과 습관을 주입했다. 우리는 식사할 때 여러 예술이 지닌 극히 미묘한 비밀을 깨달을 수 있다. 다시 말해 무엇이 맛을 내는지, 언제 맛을 내는지, 무슨 맛을 얼마나 오랫동안 내는지 주의해야 한다.

레싱[8]

레싱은 참으로 프랑스적인 미덕을 지니고 있고, 문필가로서 프랑스인에게 가장 열심히 사사師事했다. 즉 그는 자신의 물건을 진열장에 멋지게 정돈하고 배열하는 법을 알고 있다. 이런 실제적인 **기술**이 없었다면 그의 사상이나 그 사상의 대상은 상당히 아리송한 상태에 있었을 것이다. 그렇지만 일반적인 손실은 크다고 할 수 없으리라. 하지만 많은 이들이 그의 **기술**을 습득했고(특히 지난 수 세대의 독일 학자들이), 무수한 사람들이 이를 즐겨 왔다.

물론 이처럼 배우는 자들은 싸움질과 우직함이 섞인 그의 곤혹스러운 어투와 작풍까지 배울 필요는 없었을 텐데. 하지만 사람들은 흔히 그렇게 했다. '서정 시인' 레싱에 대해서는 오늘날 사람들의 견해가 일치하고 있다. '극작가' 레싱에 대해서도 그렇게 될 것이다.

8 　레싱(Gotthold Ephraim Lessing, 1729~1781): 독일 극작가 겸 평론가. 독일극이 고전주의극과 프랑스극의 영향에서 벗어나는 데 이바지했으며 지금까지도 중요한 가치를 지닌 첫 독일 희곡을 썼다. 그의 비평은 독일문단에 큰 자극을 주었고 보수적 독단론에 반대해서 종교적·지적 관용과 편견 없는 진실 추구를 주장했다. 희곡의 근본 원칙에 대해 쓴 그의 『함부르크 연극론』이 유명하다. 작품으로는 『사라 삼프손 양』, 『미나 폰 바른헬름』, 『현자 나탄』 등이 있다.

단순하고도 유익하게 쓰라

정동情動의 변화, 실행, 색채 변화. 이 모든 것을 우리는 저자에게 선사한다. 저자 자신이 우리에게 뭔가 좋은 일을 하는 경우, 우리 독자는 이런 것을 가지고 그의 저서에 도움이 되게 하기 때문이다.

빌란트[9]

빌란트는 어느 누구보다도 독일어를 잘 썼다. 그러면서 그는 대가답게 진정으로 만족한 동시에 불만족하기도 했다.(키케로의 편지와 루키아누스의 편지 번역[10]은 그의 가장 잘 된 독일어 번역이다.)

하지만 그의 사상은 우리에게 생각할 점을 아무것도 마련해 주지 않는다. 우리는 그의 명랑한 부도덕성을 견딜 수 없듯이 그의 명랑한 도덕성도 견디지 못한다. 이 두 가지는 서로 떼어낼 수 없는 관계에 있다. 그런 점을 즐겁게 생각했던

---

9 빌란트(Christoph Martin Wieland, 1733~1813): 독일의 시인 겸 작가. 그의 작품은 합리주의와 계몽주의에서부터 고전주의와 낭만주의 전파(前派)에 이르기까지 그 당시 유행했던 주요 예술 운동 양식을 모두 포괄하고 있다. 1762년과 1766년 사이에 22편에 이르는 셰익스피어의 희곡들을 최초로 독일어로 번역해 출판했는데, 이들은 질풍노도운동 계열의 극작가에게 큰 영향을 주었다. 작품으로 교양 소설『아가톤의 이야기』와 서사시『오베론』등이 있다.

10 빌란트는 키케로의 편지를 전 18권으로 출판했고, 루키아누스의 편지는 전6권으로 출판했다.

사람들은 어쩌면 기본적으로 우리보다 더 나은 사람들이었을지도 모른다. 하지만 그들은 그런 작가를 **필요로 한다**는 점에서 볼 때 상당히 둔중한 자들이다.

괴테는 독일인을 필요로 하지 않는다. 그 때문에 독일인 역시 그를 사용할 줄 몰랐다. 우리의 으뜸가는 정치가나 예술가도 그런 점에서 살펴봐야 한다. 그들은 모두 괴테를 교육자로 삼지 않았고, 삼을 수 없었던 것이다.

드문 축제

내용이 담긴 간결함, 안정감과 성숙함, 이런 특성을 어떤 작가에게서 발견한다면 그대는 발걸음을 멈추고 사막 한가운데서 오랜 축제를 벌여라. 이런 행복을 조만간 두 번 다시 맛보지 못할 것이니까.

문체와 화술

글 쓰는 기술은 말하는 자만이 갖는 표현 방식, 즉 몸짓, 강세, 어조, 눈길 등의 대체 수단이 되어야 한다. 그 때문에 문체는 화술과는 뭔가 완전히 다른 것이고, 뭔가 훨씬 까다로운 것이다.

문체는 훨씬 적은 수단으로 화술과 같은 만큼 자신의 생각을 남에게 전달하려고 한다. 데모스테네스는 오늘날 우리가 읽는 그의 글과는 전혀 다르게 연설했다. 그는 자기의 연설을 남에게 읽히도록 다시 손질했던 것이다.

키케로[11]의 연설도 읽히도록 하기 위해 데모스테네스[12] 풍으로 개작해야 했다. 지금 보면 그의 연설에는 독자가 견딜 수 있는 훨씬 이상으로 로마의 광장이 들어 있다.

인용할 때의 주의 사항

좋은 표현, 좋은 사상이란 같은 부류의 것 사이에서만 뛰어나 보인다. 훌륭한 인용구를 섞은 글은 전체 페이지, 그러니까 책 전체를 망쳐 버릴 수 있다. 젊은 작가들은 이런 사실을 알지 못한다.

인용구는 독자에게 경고해서, 이렇게 소리치는 것 같기 때문이다. "주의하라, 나는 보석이다. 그리고 내 주위에는 납, 색 바랜 창피스러운 납이 있다."

어떤 말이나 사상도 **자신의 사회**에서만 살고 싶어 한다. 즉

11　키케로(Marcus Tullius Cicero, BC 106~BC 43): 로마의 정치가·법률가학자·작가. 로마 공화국을 파괴한 마지막 내전 때 공화정의 원칙을 지키려고애썼지만 실패했다. 저술로는 수사법 및 웅변에 관한 책, 철학과 정치에 관한논문 및 편지 등이 있다. 오늘날 그는 가장 위대한 로마의 웅변가이자 수사학의 혁신자로 알려져 있다.

12　데모스테네스(Demosthenes, BC 384~BC 322): 고대 아테네의 정치가이자 웅변가. 아테네 시민을 선동해 마케도니아 왕 필리포스와 그의 아들 알렉산드로스 대왕에 대항하도록 만들었다. 그의 연설문은 BC 4세기 아테네의정치·사회·경제생활에 관한 귀중한 자료이다.

그것이 세련된 문체의 도덕이다.

오류를 어떻게 말해야 하는가?

오류를 조악하게 말하는 경우와 최고의 진리처럼 말하는 경우 중 어느 것이 더 해로운지에 대해서는 논란이 있을 수 있다.

그렇지만 전자의 경우에는 오류가 이중의 방법으로 두뇌에 손해를 끼치며, 두뇌에서 그 오류를 제거하기 어렵다는 것은 확실하다. 하지만 물론 그것은 후자의 경우에서만큼 확실한 효과를 내지는 않는다. 즉 전염력이 더 약한 것이다.

제한과 확장

호메로스는 소재의 범위는 제한하고 축소시켰지만, 하나하나의 장면은 자체적으로 키우고 확장했다. 훗날 비극 작가들은 언제나 새로이 같은 일을 한다. 누구나 선배들보다 더 작은 범위에서 소재를 취하지만, 이 제한된 정원 울타리 내에서 더 풍부한 꽃이 만발하기를 목표로 한다.

낭독

낭독할 수 있다는 것은 **연설할 수도 있다**는 것을 전제로 한다. 낭독에는 어디서나 엷은 색조를 써야 한다. 그러나 엷음의 정도는 늘 눈앞에 어른거리며 지도하는, 완전하고 짙게 채색된 바탕 그림과 정확히 비례해서, 즉 같은 부분의 연설에 따라 결정해야 한다. 그러므로 낭독자는 연설에 숙달되어 있어야 한다.

연극적 감각

예술의 보다 섬세한 네 가지 감각을 지니지 않은 자는 모든 것을 가장 조야한 다섯 번째 감각으로 이해하려 한다. 연극적 감각이 그것이다.

단어의 냄새

단어마다 고유한 냄새가 있다. 냄새끼리의 조화와 부조화가 있듯이, 단어끼리의 조화와 부조화도 있다.

찾아낸 문체

우연히 발견한 문체는 애써 찾아낸 문체를 좋아하는 자에게는 하나의 모욕이다.

예술가의 관례

호메로스가 쓴 것의 4분의 3은 관례이다. 근대의 독창성 열기에 뛰어들 필요가 없었던 그리스의 모든 예술가의 경우에도 이와 비슷하다. 그들은 관례에 대한 아무런 두려움이 없었다. 이런 관례를 통해 그들은 일반 대중과 연결되어 있었다. 다시 말해 관례란 청중의 이해를 얻기 위한 예술 수단이고, 힘겹게 습득한 공통 언어이다. 예술가는 그런 공통 언어로 자신의 뜻을 실제로 **전달**할 수 있다. 특히 예술가가 그리스의 작가나 음악가처럼 자신의 예술 작품 하나하나로 **즉각** 승리를 거두고 싶어 한다면—그는 한 사람이나 두 사람의 경쟁자와 공개적으로 맞붙어 싸우는 데 익숙해 있으므로—**즉각** 대중의 이해를 얻는 일이 그 첫째 조건이다.

하지만 그 일은 관례를 통해서만 가능하다. 예술가는 자신이 관례의 굴레를 넘어 창안하는 것을 자발적으로 내놓으면서 스스로 모험을 감행하는 것이다. 최고로 잘 되어 성공을 거두는 경우 그는 새로운 관례를 만들어내게 된다.

대개의 경우 독창성은 경탄의 대상이 되고, 때때로 심지어 숭배되기까지 한다. 하지만 대중에게 이해되는 경우는 드물다. 관례를 완강하게 무시하는 것은 이해받지 않겠다는 뜻이다. 그렇다면 근대의 독창성 열기는 무엇을 나타내는 것일까?

흥미롭지만 아름답지는 않다

이 지역은 자신의 의미를 숨기고 있다. 하지만 그 지역은 사람들이 알아맞히고 싶어 하는 의미를 지니고 있다. 내가 눈길을 보내는 곳에서 나는 말과 말에 대한 암시를 읽는다. 하지만 나는 이 모든 암시의 수수께끼를 풀어 주는 문장이 어디서 시작되는지 알지 못한다. 그러다가 나는 여기서부터 읽어야 할지 또는 저기서부터 읽어야 할지 조사하기 위해 개미잡이[13]가 되어 버린다.

언어 개혁자에 반대해서

언어를 개혁하거나 언어에 의고擬古 취미를 발휘하는 일, 진기한 언어나 외국풍의 언어를 선호하는 일, 어휘를 제한하는 대신 풍부하게 하려고 하는 일, 이런 것은 취향이 미숙하거나 변질했다는 표시이다.

고귀한 청빈, 하지만 소유한 것은 보잘것없지만 대가다운 자유를 발휘하는 것이 그리스 예술가들의 특징이다. 그들은 민중이 가지고 있는 것보다 더 적게 소유하려고 한다. 왜냐하면 민중이 낡은 것과 새로운 것을 가장 풍부하게 소유하고 있기 때문이다. 하지만 예술가들은 얼마 안 되는 소유물을 더 잘 소유하려고 한다.

그들이 쓰는 의고적 표현이나 외국풍의 언어는 금방 헤아릴 수 있을 정도로 적다. 그러나 일상적이고, 오래 전에 써서 낡아 버린 듯한 언어와 어법을 경쾌하고도 섬세하게 다루는 그들의 뛰어난 재주를 볼 줄 아는 자는 경탄을 금할 수 없을

13　개미잡이는 딱따구리 과의 소형 조류를 말한다. 주로 잡아먹는 곤충이 개미여서 개미잡이라고 한다.

것이다.

취향의 건강

아무튼, 그리고 특히 취향에서 건강이 질병과 달리 전염성
이 없는 것은 어찌된 까닭인가? 또는 건강의 유행병이라는
것이 있는가?

결심

태어난 동시에 (잉크로) 세례 받은 책은 더 이상 읽지 말아
야 한다.

생각을 개선하기

문체를 개선하는 일은 생각을 개선하는 일을 뜻하며, 그
이상 아무것도 아니다! 이런 사실을 즉각 인정하지 않는 자
에게는 어떤 방법으로도 그것을 납득시킬 수 없다.

감각이 있는 상태

대중은 그림에 대해 생각할 때 시인이 된다. 그리고 시에
대해 생각할 때는 연구자가 된다. 예술가가 대중에게 호소하
는 순간 예술가에게는 언제나 올바른 감각이 결여된다. 그러
므로 정신이 아닌 감각이 결여된 상태인 것이다.

문체를 망치는 주된 요인

어떤 사물에 대해 실제로 갖고 있는 것보다 더 많은 느낌을 나타나려고 할 때 언어나 모든 예술에서 양식을 망친다. 오히려 모든 위대한 예술은 그 반대의 경향을 보인다.

위대한 예술은 윤리적으로 훌륭한 인간과 마찬가지로 감정을 억제하고 끝까지 발산하지 않는 것을 좋아한다.

감정을 반쯤 드러내는 이런 조심성은 예컨대 소포클레스[14]에게서 가장 아름답게 관찰할 수 있다. 감정이 자기 자신을 실제보다 냉정하게 드러낼 때 감정의 표정은 아름답게 변용하는 것 같다.

둔중한 문장가를 변명하기 위해

가볍게 말한 것이 실제의 무게대로 귀에 들어오는 일은 드물다. 하지만 그것은 귀가 제대로 훈련이 안 되었기 때문이다. 이러한 귀는 지금까지 음악이라 불렸던 것으로 훈련해서 더 높은 음 예술의 학교, 즉 연설 학교에서 교육을 받아야 한다.

---

14   소포클레스(Sophokles, BC 496경~BC 406): 아이스킬로스, 에우리피데스와 더불어 고대 그리스의 3대 비극작가 가운데 한 사람이다. 가장 널리 알려진 작품은 『오이디푸스 왕』이다. 그는 희곡을 통하여 긴 생애 동안 최고의 존경을 받았을 뿐 아니라, 고전문명의 본질적인 요소를 영원히 사람들의 관심을 끄는 연극으로 바꾸었다.

조감鳥瞰

여기서는 여러 방면에서 흘러드는 급류들이 하나의 깊은 구멍을 향해 돌진한다. 급류의 움직임이 너무 격렬해서 정신을 못 차릴 지경이다. 그래서 주위의 헐벗고 숲으로 덮인 산비탈은 가라앉는 것이 아니라 **밑으로 도망치는** 것 같다.

이런 광경을 지켜보노라면 우리는 겁에 질려 긴장하게 된다. 이 모든 것 뒤에 숨어 있는 적대적인 그 무엇으로부터 도망을 쳐서, 심연의 보호를 받아야 할 것처럼 말이다. 이런 지역은 도저히 그림으로 그릴 수 없다. 새처럼 공중을 떠돌며 내려다보고 있다면 몰라도.

이렇게 볼 때 이른바 조감은 예술적인 자유재량이 아니라 유일한 가능성인 것이다.

과감한 비유

과감한 비유가 문필가의 경솔함의 증거가 아니라면 그것은 그의 상상력이 피곤에 지쳤다는 증거이다. 하지만 어떤 경우이든 그런 비유는 그의 취향이 조악하다는 증거이다.

쇠사슬을 달고 춤추기

그리스의 모든 예술가, 작가, 문필가에게 이런 질문을 던져볼 수 있다. 그가 자신에게 부과하고, 그가 동시대인에게 매력적으로 만든(그래서 모방자를 낳은) 새로운 **구속**은 무엇인가? 왜냐하면 '발명'(예컨대 운율상의)이라고 불리는 것은 언제나 자신을 얽매는 그런 족쇄이기 때문이다.

'쇠사슬을 달고 춤추기', 즉 자신을 힘들게 만든 다음 경쾌함의 착각을 불러일으키는 일, 그것이 우리에게 보여 주려고 하는 그들의 곡예이다.

사람들은 호메로스에게서 벌써 전승된 형식과 서사적 서술 법칙이 풍부함을 알아챌 수 있다. 그런 형식과 법칙의 테두리 내에서 그는 춤춰야 했다. 거기에다가 그 자신은 후세인을 위해 새로운 관례를 창조했다.

이것이 그리스 작가들을 양성하는 학교였다. 그러므로 맨먼저 이전의 작가들에 의한 다양한 구속을 자신에게 부과한다. 그 다음에 새로운 구속을 발명해서, 그것을 자신에게 부과하고, 그것을 품위 있게 정복한다. 그리하여 사람들은 구속과 승리를 알아채고 경탄하는 것이다.

반半 장님[15]

반 장님은 태만한 모든 예술가들의 불구대천의 원수이다. 이런 예술가는 반 장님의 분노를 알아야 한다. 반 장님은 책의 저자가 다섯 개의 사상을 전달하기 위해 50페이지나 사용한 것을 알고 책을 휙 덮어 버린다. 그가 분노하는 것은 남은

---

15 반 장님은 눈의 통증으로 시력이 약해진 니체 자신을 빗댄 것을 보인다.

시력을 거의 아무 보상 없이 위험에 방치했기 때문이다.

어느 반 장님은 모든 저자가 태만하다고 말했다. "성령도 그렇다는 말인가?" 성령 역시 그렇다. 하지만 성령은 그걸 허락받았다. 성령은 완전 장님을 위해 썼던 것이다.

불멸의 문제

투키디데스[16]나 타키투스[17] 모두 그들 작품을 완성하면서 불멸의 작품이 될 것으로 생각했다. 다른 데서는 알 수 없더라도 이미 그들의 문체에서 그런 사실을 짐작할 수 있다.

한 사람은 자신의 사상을 소금에 절여서, 다른 한 사람은 바짝 졸여서 영속성을 얻을 수 있다고 생각했다. 두 사람 모두 잘못 생각하지는 않은 것 같다.

이미지와 비유에 반대해서

이미지와 비유로는 설득할 수는 있어도 증명할 수는 없다.

---

16   투키디데스(Thucydides): BC 5세기 후반에 활동한 고대 그리스의 가장 위대한 역사가. BC 5세기에 일어난 아테네와 스파르타의 전쟁을 다룬 『펠로폰네소스 전쟁사』의 저자이다. 이 책은 한 국가의 전쟁 수행 정책을 정치적 도덕적으로 분석한 최초의 기록이었다.

17   타키투스(Publius Cornelius Tacitus. 56년경~120년경): 로마의 웅변가 겸 공직자로 라틴어로 글을 쓴 사람 가운데 가장 뛰어난 산문 작가이자 역사가이다. 저서로는 게르만족에 관한 『게르마니아』, 69~96년의 로마 제국을 서술한 『역사』, 14~68년의 로마 역사를 다룬 『연대기』가 있다.

때문에 과학의 영역에서는 이미지와 비유를 꺼리는 것이다. 여기서는 설득하거나 믿게 만들려 하지 않고, 오히려 표현방식과 장식 없는 벽을 통해 차디찬 불신을 도발한다. 불신은 확실한 황금을 증명하기 위한 시금석이기 때문이다.

주의 사항

철저한 지식이 부족한 자는 독일에서 글을 쓰지 않도록 주의해야 한다. 그럴 경우 선량한 독일인은 '그는 지식이 없다'고 하지 않고 '그는 미심쩍은 사람이다'라고 하기 때문이다.

그런데 이런 성급한 추론이 독일인에게는 무척 영예로운 일이다.

채색된 해골

채색된 해골이란 살이 떨어져 나간 부분을 교묘하게 색칠해서 보충하려는 저자들을 일컫는 말이다.

거창한 문체와 보다 높은 것

인간은 쉽고 소박하게 쓰는 법보다 거창하게 쓰는 법을 더 빨리 배운다.

소박하게 살기

소박한 생활방식은 오늘날 쉽지 않다. 그러기 위해서는 매우 똑똑한 사람들이 지니고 있는 것보다 훨씬 더 많은 사색과 독창력이 필요하다. 그들 중에 가장 정직한 이는 아마 이렇게 말할 것이다. "나는 그 일에 대해 그리 오랫동안 깊이 생각할 시간이 없어. 소박한 생활방식은 내게는 너무 고상한 목표다. 나는 내보다 더 현명한 자가 그런 방식을 발견할 때까지 기다리려 한다."

너무 많고 너무 적다

오늘날의 인간은 경험은 너무 많이 하는 반면 사색은 너무 적게 한다. 그들은 강렬한 대식증大食症과 산통疝痛을 앓기에 아무리 많이 먹어도 점점 야위어간다. "나는 아무것도 체험하지 못했다"라고 말하는 자는 멍청이다.

우월함을 과시하는 문체

대학생 독일어, 즉 독일 대학생의 말투는 공부하지 않는 대학생들 사이에서 유래한다. 이들은 교양이나 예의, 박식, 질서, 절도에서 온갖 가면적인 요소를 벗어던짐으로써, 그리고 그런 영역의 말을 보다 나은 자, 학식이 더 많은 자들처럼 사실 지속적으로 입에 올리지만, 눈에 악의를 지니고 얼굴을 찡그림으로써 보다 진지한 동료들에 대해 우월성을 획득할 수 있다.

이젠 자기도 모르게 정치가나 신문 비평가들 역시 우월성을 과시하는—이것은 독일에 유일한 독특한 현상이다—이러한 언어를 사용한다. 그들은 계속 비꼬아 인용하고, 불안하고 적의에 찬 시선으로 좌우를 곁눈질하는, 따옴표 독일어이자 찡그린 독일어이다.

글을 쓴다는 것과 승리하려고 하는 것

글을 쓴다는 것은 언제나 승리를 알리는 것이어야 한다. 더구나 타인의 이익이 되도록 전달하며 자기 자신의 극복을 알리는 것이어야 한다. 하지만 소화 불량증의 저자가 있다. 이들은 무언가를 소화할 수 없을 때만, 그러니까 그것이 이미 그들의 이에 걸려 있을 때만 글을 쓴다. 그들은 무의식중에 화를 내서 독자도 짜증나게 하거나 그렇게 해서 독자에게 권력을 행사하려 한다. 즉 그들 역시 승리하려고, 하지만 타인에 대해 승리하려고 한다.

3) 독자와 저자

바람직하지 않은 독자

고집 세고 미숙한 영혼을 지닌 솔직한 독자들은 작가를 얼마나 괴롭히는가? 그들은 무언가에 부딪칠 때마다 넘어지기도 해서 매번 고통스러워한다.

애처로운 저자와 진지한 저자

자기가 고민하는 문제를 쓰는 저자는 애처로운 저자가 된다. 그러나 자기가 고민했던 문제, 그리고 지금은 어째서 기뻐하며 편히 살고 있는지를 우리에게 말하는 작가는 진지한 저자가 된다.

시인과 현실

현실과 사랑에 빠지지 않은 시인의 뮤즈가 곧 현실이 될 수는 없을 것이며, 그는 시인에게 눈이 퀭하고 뼈가 너무 약한 아이를 낳아 줄 것이다.

저자들의 충만함

훌륭한 저자가 마지막으로 얻어야 하는 것이 충만함이다. 충만함을 지니고 다니는 자는 결코 훌륭한 저자가 되지 못할 것이다. 가장 좋은 경주마는 승리를 거둔 후 휴식을 취할 수 있을 때까지 여윈 상태로 있는 것이다.

숨을 헐떡이는 주인공

감정의 천식을 앓는 작가와 예술가는 작품의 주인공이 가장 많이 숨을 헐떡이게 만든다. 그들은 가벼운 숨쉬기를 이해하지 못하고 있다.

병약病弱의 효용

자주 앓는 사람은 그 만큼 자주 건강을 회복하는 까닭에 건강한 상태를 훨씬 크게 향유한다. 뿐만 아니라 자신이나 타인의 일과 행위 속의 건강함과 병약함에 대해 극도로 예민한 감각을 지니게 된다. 그리하여 예컨대 병약한 문필가들(그런데 위대한 문필가들은 거의 모두 병약하다)의 저작은 건강에 대한 훨씬 확실하고도 균형 잡힌 색조를 띠곤 한다. 그들은 신체가 튼튼한 사람들보다 정신적 건강과 쾌유의 철학 및 그 스승, 즉 오전, 햇빛, 숲과 샘물에 통달해 있기 때문이다.

예술 수단으로서의 무절제

예술가들은 풍부한 인상을 일으키기 위해 예술 수단으로서 무절제를 이용하는 깊은 뜻을 잘 이해하고 있다. 그것은 영혼을 유혹하기 위한 악의 없는 간계의 한 가지이다. 예술가들은 그런 유혹술을 터득하고 있어야 한다. 허상을 목표로 하는 예술 세계에는 허상의 수단 역시 반드시 진정한 것일 필요는 없기 때문이다.

현대 예술에서의 감성

현대 예술가들은 자기 예술 작품의 감각적 효과를 추구하는 경우 자주 오산을 하고 있다. 그들의 관객이나 청중은 더 이상 충만한 감각을 지니고 있지 않으며, 예술가의 의도와는 정반대로 그의 예술 작품에 의해 무료함과 거의 유사한 감각의 '신성함'에 빠져들기 때문이다.

관객이나 청중의 감성은 예술가의 감성이 끝나는 곳에서 시작된다. 그러므로 양자는 기껏해야 한 점에서만 서로 만나게 된다.

예술에 관해 바라는 것

어떤 이는 예술에 의해 자신의 본질을 즐기려 하고, 다른 이는 예술의 도움을 빌려 때때로 자신의 본질을 넘어, 그것에서 벗어나려고 한다. 두 가지 필요에 의해 두 가지 유형의 예술과 예술가가 존재한다.

독창적인 인물에 반대하는

예술이 가장 낡은 소재로 몸을 감싸고 있을 때 사람들은 그것이 예술이라는 것을 가장 잘 간파한다.

천재와 졸작

예술가들 중 자신에게서 퍼내는 독창적인 두뇌의 소유자들은 사정에 따라 완전히 공허하고 진부한 것을 만들어낼지도 모른다. 반면에 보다 종속적인 천성, 소위 재사들은 온갖 좋은 것에 대한 기억으로 가득 차 있어 체력이 떨어진 상태에서도 그럭저럭 괜찮은 것을 만들어낸다. 하지만 독창적인 사람들은 자기 자신의 버림을 받은 상태일 때는 기억이 그들에게 아무런 도움도 주지 못한다. 즉 그들은 공허해진다.

집합정신

좋은 문필가는 자신의 정신은 물론이고 친구들의 정신도 지니고 있다.

두 가지 종류의 오해

총명하고 명석한 문필가들의 불운은 사람들이 그들을 천박하다고 간주해 그들에게 아무런 노력도 기울이지 않는다는 점이다. 그리고 명석하지 못한 문필가들의 행운은 독자가 그들을 이해하려고 노력한다는 점과, 열성을 보이는 데서 얻는 기쁨을 그들 덕분으로 생각한다는 점에 있다.

학문에 대한 관계

자기 자신이 학문에서 무언가를 발견했을 때야 비로소 학문에 열중하는 사람들은 모두 어떤 학문에 진정한 관심을 갖고 있지 않다.

저자의 역설

독자의 감정을 상하게 하는 이른바 저자의 역설은 저자의 책에 있는 것이 아니라 독자의 머릿속에 있는 경우가 허다하다.

기지

가장 기지에 넘치는 저자는 거의 눈치 채지 못하게 미소를 자아내게 한다.

반대 명제

반대 명제는 좁은 문이다. 오류는 그 좁은 문을 통해 진리로 살금살금 다가가는 것을 가장 좋아한다.

문장가로서의 사상가

사상가는 대부분 글쓰기에 서툴다. 그들은 자기의 사상뿐만 아니라 그 사상을 어떻게 생각하는지도 전달하기 때문이다.

독자의 정신을 거스르는 죄

저자가 단지 독자와 어깨를 나란히 하기 위한 목적으로만 자신의 재능을 부정하면, 그는 독자가 결코 용서하지 않는 유일한 죽을죄를 저지르는 것이다. 다시 말해 독자가 그런 사실을 눈치 채는 경우에. 그 외에는 저자는 인간에게 온갖 험담을 해도 된다. 하지만 그렇게 말할 때는 인간의 허영심을 다시 세워 줄 줄 알아야 한다.

정직의 한계

아무리 정직한 문필가라도 복합문을 완성하려고 할 때는 어떤 말이 쓸데없이 튀어나온다.

최상의 저자

문필가가 되기를 부끄러워하는 자가 최고의 저자가 될 것이다.

문필가에 반대하는 드라콘[18]적 법률

문필가는 극히 드문 경우에만 무죄 석방 또는 사면의 은총을 받을 자격이 있는 범죄인으로 간주되어야 한다. 그것이 서적의 급증을 막는 수단이리라.

뛰어난 소설가는 서툰 설명자

뛰어난 소설가의 경우 종종 경탄할 만한 심리학적 확실성과 수미일관성은, 이러한 요소가 소설 인물들의 행동에서 나타날 수 있는 한, 그의 심리학적 사고의 미숙함과 우스꽝스러

18 　드라콘(Drakon): 기원전 7세기 말경의 아테네의 성문법 공포자로 가혹한 처벌로 유명하다.

울 정도로 대조를 이룬다. 그래서 그의 교양이 어느 순간에는 굉장히 높아 보이고, 다음 순간에는 가련할 정도로 낮아 보이기도 한다.

뛰어난 소설가가 자기 소설 주인공과 그 행위를 눈에 띄게 **잘못** 설명하는 일도 너무나 빈번히 일어난다. 결코 그럴 리 없을 것 같지만 그것은 의심할 여지가 없다. 아마 최고의 피아니스트도 자기 손가락의 기술적 조건, 특수한 장점과 결점, 효용과 훈련 가능성(손가락의 윤리학)에 대해 깊이 생각하는 일이 거의 없을 것이다. 그가 그런 일에 대해 말을 하면 형편없는 실수를 할지도 모른다.

서툰 문필가들의 필요성

언제나 서툰 문필가들이 있어야 할 것이다. 그들은 덜 발달하고 미성숙한 연배의 취향에 맞기 때문이다. 이들도 성숙한 자들처럼 자신의 욕구가 있는 것이다.

만약 인간의 수명이 좀 더 길다면 성숙한 개인의 수가 압도적이거나 또는 미성숙한 자들의 수와 적어도 비슷해질 것이다. 하지만 대부분의 사람은 젊은 나이에 죽는다. 즉 조악한 취향을 가진 덜 발달한 지성이 훨씬 많은 것이다. 게다가 이들은 젊은이답게 보다 격렬하게 자신들의 욕구 충족을 갈망한다. 그리고 이들은 서툰 저자들을 **억지로 빼앗아간다.**

너무 가깝고도 너무 먼

독자와 저자는 서로를 잘 이해하지 못하는 경우가 있다. 그것은 저자가 자신의 주제를 너무 잘 알고 있기에 그것을 거의 지루하다고 여겨, 자신이 수없이 많이 알고 있는 사례를 생략하기 때문이다. 하지만 독자는 그 문제에 낯설기에, 사례가 주어져 있지 않으면 주장의 근거가 곧잘 부족하다고 여긴다.

어둠과 지나친 밝음을 나란히 병행하여

전반적으로 자기 사상을 명확히 제시하는 법을 터득하지 못한 문필가는 개별 부분에서 극히 강렬하고도 과장된 표현과 최상급을 즐겨 선택할 것이다. 그로 인해 복잡한 숲속 길에서 횃불을 비추는 것과 같은 빛의 효과가 생긴다.

운율을 희생하는 저자

훌륭한 문필가는 단지 평범한 독자가 자신의 초고草稿에서 사용한 박자를 파악할 능력이 없다고 생각해서 몇몇 복합문의 운율을 바꾸어 버리기도 한다. 때문에 훌륭한 문필가는 더 잘 알려진 운율이 더 낫다고 생각함으로써 독자의 이해를 수월하게 해준다.

현대의 독자에게 운율을 파악하는 능력이 없다고 생각하는 이런 태도는 이미 적지 않은 한숨을 자아내게 했다. 벌써 많은 저자가 그런 배려의 희생물이 되었기 때문이다. 뛰어난 음악가에게도 비슷한 일이 일어나지 않을까?

모방

나쁜 것은 모방으로 명성을 얻고, 좋은 것은 모방으로 명성을 잃는다. 다시 말해 예술의 영역에서는.

거짓말쟁이로서의 뮤즈들

"우리는 거짓말을 많이 하는 데 능숙하다."[19] 옛날 뮤즈들은 헤시오도스 앞에 모습을 드러냈을 때 그렇게 노래했다. 예술가를 일단 사기꾼으로 이해하면 본질적인 발견을 할 수 있다.

격언의 독자

격언에 대한 가장 나쁜 독자는 격언 창작자의 친구들이다. 그들은 격언을 생겨나게 한 일반적인 경우를 무시하고 특수한 경우를 캐내는 데 골몰하기 쉽다. 이들은 항아리 속을 들여다보는 식으로 작가의 모든 노고를 망쳐 버린다. 그리하여 마땅히 철학적 분위기나 교훈을 얻는 대신 최상의 경우든 최악의 경우든 천박한 호기심의 만족밖에 얻지 못한다.

19　『신통기』에 의하면 헤시오도스가 하루는 양을 지키고 있을 때 뮤즈들이 나타나 이렇게 말했다고 한다. "우리는 흔히 진실처럼 생각되는 거짓을 말하는 데 능숙하다. 그러나 원한다면 진리를 이야기하는 데도 능숙하다."

격언의 성공

미숙한 사람들은 격언에 담긴 소박한 진리 때문에 그것의 의미를 즉각 깨닫게 되면 언제나 그것을 누구나 아는 낡은 것이라고 생각한다. 그러면서 원작자를 시기의 눈빛으로 바라본다. 그가 만인의 공유재산을 훔치려고 한 것처럼. 반면에 그들은 흥을 돋우는 어설픈 진리에서 기쁨을 얻고는, 저자에게 그것을 암시한다. 저자는 그런 암시의 진가를 인정할 줄 알며, 어떤 점에서 자기가 성공하고 실패했는지 쉽게 알아맞힌다.

무례한 독자

독자가 저자에게 이중의 무례를 저지르는 일이 있다. 그것은 처녀작을 희생시키며 두 번째 저서를 칭찬하는 것이다. 또는 그 반대의 일을 하기도 한다. 그러면서 독자는 저자가 자기에게 고마워하기를 요구한다.

격언에 대한 찬사

훌륭한 격언은 시대의 이빨에 씹히기는 너무 단단하다. 그리고 모든 시대에 영양분을 제공하지만 수천 년의 세월에 의해서도 다 먹어 치워지지 않는다.

최악의 독자

최악의 독자는 약탈 병사처럼 행동하는 자들이다. 그들은 자기가 사용할 수 있는 몇 가지를 끄집어내고, 그 나머지는 더럽히고 흐트러뜨림으로써 전체를 모독한다.

좋은 문필가의 특징

좋은 문필가들은 두 가지 공통점을 지니고 있다. 그들은 경탄받기보다는 오히려 이해되기를 선호한다. 또한 그들은 신랄하고 너무 예리한 독자를 위해 쓰지 않는다.

주정酒精 역할을 하는 작가

정신(Geist)도 포도주(Wein)도 아니면서 주정(酒精, Weingeist) 역할을 하는 문필가가 더러 있다. 그들은 불타올라서 남을 따뜻하게 해줄 수 있다.

입을 다물기

저자는 자기 작품이 사람들 입에 오를 때는 입을 다물어야 한다.

등급의 표시

최상급을 애용하는 작가나 문필가는 모두 자신의 능력 이상의 일을 하려고 한다.

선택된 현실

훌륭한 산문 작가는 일상용어에 속하는 말만을 취하지만, 그렇다고 그 일상 용어의 모든 말을 그대로 받아들이는 것은 아니다. 바로 이 때문에 선택된 문체가 생긴다. 이처럼 미래의 훌륭한 시인도 **현실적인 것**만 묘사하고, 이전의 시인들이 힘을 발휘했던 모든 환상적인 것, 미신적인 것, 반쯤 솔직한 것, 퇴색한 대상은 완전히 무시해 버린다. 현실만을 취하지만, 모든 현실을 취하는 것이 아니라 선택된 현실만 취하는 것이다!

예술은 무엇으로 자기편을 만드는가?

하나하나의 아름다운 대목, 자극적인 전체 진행, 매력적이고 충격적인 결말의 분위기, 이 **정도면** 대부분의 문외한도 예술 작품에 다가갈 수 있을 것이다. 그리고 일반 대중을 예술가의 편으로 **끌어들이려고** 하는, 즉 예술의 보호를 위해 자기편을 만들려고 하는 예술 시대에 창작자는, 아무도 그에게 감사할 줄 모르는 분야에서 자신의 힘을 낭비하지 않으려면, 또한 그 이상은 주려고 하지 않는 것이 좋을 것이다. 다시 말해 **그 밖의 쓸데없는 일을** 하는 것은—자연의 유기적인 형성과 성장을 모방하는 것은—이 경우 물 위에 씨를 뿌리는 격이다.

승리하려는 마음

어떤 일을 하든 자신의 역량 이상을 하려는 예술가는 엄청난 분투 정신을 보임으로써 결국 대중을 매혹할 것이다. 왜냐하면 성공이란 반드시 승리에만 있는 것이 아니라 때로는 승리하려는 마음에도 있기 때문이다.

자기 자신을 위한 글쓰기

분별 있는 저자는 어떤 다른 후세를 위해 쓰는 것이 아니라 자신의 후세, 즉 자신의 만년晩年을 위해 쓴다. 그때 가서도 자신에게서 기쁨을 얻을 수 있기 위해서.

'독일 고전 작가'란 존재하는가?

생트 뵈브[20]는 언젠가 어떤 종류의 문학에는 '고전 작가'라는 말이 전혀 어울리지 않을 것 같다고 지적했다. 예컨대 '독일 고전 작가'라는 말을 누가 쉽사리 할 수 있겠는가!

우리가 이미 그 존재를 인정해야 하는 50명의 독일 고전 작가에 50명을 더 추가하려는 우리 독일의 출판업자는 이에 대해 뭐라고 말할까? 사후 30년만 지나면 공공연히 허락된

---

20   생트 브뢰브(Charles-Augustin Sainte-Beuve, 1804~69): 프랑스의 문학사가·비평가. 역사적 자료를 당대의 저술에 적용한 것으로 유명하다. 르네상스 시대부터 19세기에 이르는 프랑스 문학에 대한 연구는 자세한 정보를 집대성해 놓은 위대한 해설서이다.

노획물로 그냥 누워 있다가 뜻하지 않게 갑자기 부활의 나팔이 울리며 고전 작가가 되는 것 같다!

그런데 이런 일은 여섯 명의 위대한 문학 시조始祖 중에서조차 다섯 명은 분명히 낡아지고 있거나 또는 낡은 시대와 민족에게 벌어지고 있다. 이 시대와 이 민족이 바로 **그런 일**을 부끄러워하지 않다니! 그 시조들은 이 시대의 **보다 강한 자**에 의해 뒤로 밀려났기 때문이다. 이것은 매우 공정하게 생각해 봐야 할 문제이리라!

앞서 암시한 것처럼 괴테는 다른 경우이다. 그는 '민족 문학'보다 더 높은 문학 장르에 속한다. 그 때문에 그는 자신의 **민족**에 대해 삶이니 새로움이니 낡음이니 하는 관계에 있지도 않다. 그는 소수의 사람을 위해서만 살았을 뿐이고 지금도 그렇게 살아 있다. 대부분의 사람에게 그는 가끔 독일 국경을 넘어 울려 퍼지는 허영의 팡파르에 지나지 않는다.

괴테는 훌륭하고 위대한 인간일 뿐만 아니라 하나의 **문화**이다. 괴테는 독일인의 역사에서 다음 이야기가 없는 하나의 에피소드이다. 지난 70년 동안의 독일 정치에서 예컨대 괴테와 같은 인물이 누가 있단 말인가!(그 동안 아무튼 그나마 실러와 같은 인물, 어쩌면 레싱 정도의 인물이 있기는 하다.) 그러나 다른 다섯 명은 어떻게 되었는가!

클롭슈토크는 이미 생전에 매우 존경스러운 방식으로 낡아졌다. 그는 너무 철저히 낡아졌다. 그래서 만년의 사려 깊은 저서 『학자 공화국』[21]은 오늘날에 이르기까지 아무도 거들떠보지도 않는다. 헤르더의 저서는 불행히도 언제나 새롭거나 낡았다는 평판을 받았다. (리히텐베르크 같은) 비교적 섬세하고 우수한 두뇌의 소유자가 보기에는 예컨대 헤르더의 주저인 『인류사의 철학에 대한 이념』조차도 발간된 직후에 뭔가 낡은 것이 되고 말았다. 충분히 살았다고 볼 수 있는 빌란트는 현명한 사람이라 영향력이 사라지기 전에 앞질러 죽음을 맞이했다.

레싱은 어쩌면 오늘날에도 살아 있는지도 모른다. 하지만 젊은 학자, 점점 젊어지는 학자들 사이에서 살아 있을 뿐이다! 그리고 실러는 이제 청년의 손에서 소년, 독일의 모든 소년들의 손에 들어가 있다! 책이 점점 미숙한 연령의 수중으로 내려가는 것은 낡아진다는 징표로 볼 수 있다.

그러면 이들 다섯 명이 무슨 연유로 뒤로 밀려 교육을 잘 받고 근면한 사람들이 이들을 더 이상 읽지 않게 되었는가? 그것은 더 나은 취향, 더 나은 지식, 진실과 현실에 대한 더 나은 존경 때문이다. 그러므로 순전히 이들 다섯 명(그리고 그다지 유명하지 않은 열 명, 스무 명)이 독일에 다시 **심어놓은** 미덕 때문이다. 그리고 이 미덕은 이제 높은 숲이 되어 그들의 묘

21　클롭슈토크의 저서 『독일 학자 공화국』을 말한다. 그는 이 책에서 정치적으로 무능력한 영주 대신에 학자가 권력을 잡아야 하며, 민중의 자주성을 인정하지 않고 지식인이 천민 위에 군림해야 한다고 생각한다.

지 위로 경외심의 그림자 옆에 망각의 그림자를 넓히고 있다.

하지만 **고전 작가**란 지적이고 문학적인 미덕을 **심는** 자가 아니라 그것의 완성자이자 가장 높은 데서 **빛을 발하는 자**들이다. 이들은 민중이 파멸할 때에도 그들 위에서 살아남는다. 고전 작가는 민중보다 경쾌하고 자유로우며 순수하기 때문이다. 인류의 높은 상태가 가능해지려면 여러 민족으로 이루어진 유럽이 어두운 망각이 되어야 하고, 유럽이 대단히 오래되었지만, 결코 낡아지지 않은 서른 개의 책 속에서, 즉 고전 작가 속에서 살아 있어야 한다.

저승 행

나도 오디세우스처럼 저승에 다녀왔다. 그리고 앞으로 더 자주 내려갈 것이다. 나는 몇 사람의 망자와 이야기하기 위해 수양을 제물로 바쳤을 뿐 아니라 자신의 피도 아끼지 않았다. 나의 제물을 받아 준 것은 네 쌍의 사람들, 즉 에피쿠로스와 몽테뉴, 괴테와 스피노자, 플라톤과 루소, 파스칼과 쇼펜하우어였다.

나는 오랫동안 홀로 방랑하면서 이들과 씨름해야 했다. 나는 이들로부터 내 생각의 옳고 그름에 대한 가르침을 받으려 했다. 그들이 서로 상대방 견해의 옳고 그름을 토론할 때 나는 그들의 말에 귀 기울이려 했다. 내가 무슨 말을 하고 무엇을 결심하고, 나를 위해 그리고 타인을 위해 무엇을 생각해내든 나는 언제나 저 여섯 명의 눈을 주시하며, 그들의 눈이 나를 주시하고 있음을 본다.

살아 있는 사람들에게는 미안한 말이지만, 그 살아 있는 사람들이 내게는 가끔 그림자처럼 보일 때도 있다. 그처럼 창백하고 언짢은 모습으로, 그토록 불안하게, 아아! 반면에 저 여덟 사람들은 이제 사후에는 삶에 권태를 느낄 수 없다는 듯 너무나 생기 있는 모습이다. **영원한 생동감**이야말로 무엇보다 중요하다. '영생'이니 삶이니 하는 따위가 대체 무슨 소용이란 말인가!

4) 책과 글 읽기

'양서는 때를 기다린다'

모든 양서는 세상에 나왔을 때 떫은맛을 낸다. 양서는 신기함이란 결점을 지니고 있다. 게다가 살아 있는 저자가 유명하고, 그에 관한 많은 일이 알려져 있을 때는 책에 해가 된다. 세상 사람들은 모두 저자와 그의 책을 혼동하곤 하기 때문이다. 이 양서에 담긴 정신, 감미로움, 찬란한 금빛은 세월이 흐름에 따라 자라나는 세대, 그 뒤에는 옛 세대, 이윽고는 후대에 전승된 세대의 숭배를 받으면서 비로소 분명히 드러난다.

그러기 위해서는 많은 세월이 흘러야 하고, 많은 거미가 책에 많은 거미줄을 쳐두어야 한다. 좋은 독자는 책을 점점 좋게 만들어 주고, 좋은 적수는 책을 정화시켜 준다.

맹세

나는 책을 만들려는 의도가 엿보이는 작가의 책은 더 이상 읽지 않을 생각이다. 그렇지 않고 사상이 부지불식간에 책으로 된 작가의 책만 읽을 생각이다.

번역하기 어려운 대목

어느 책에서 번역하기 어려운 대목은 그 책의 가장 좋은 대목도 가장 나쁜 대목도 아니다.

춤추는 것을 가르치는 책

불가능한 것을 가능하다고 서술하고, 윤리적인 것과 독창적인 것에 관해 마치 양자가 하나의 변덕이나 취향에 불과하다고 말함으로써, 인간이 발끝으로 서서 내부의 흥 때문에 춤추지 않을 수 없을 때처럼, 생기발랄한 자유의 감정을 불러일으키는 문필가들이 있다.

위험한 책들

이런 말을 하는 자가 있다. "나는 내 자신의 경험으로 이 책이 유해하다는 것을 알아본다." 하지만 그는 단지 기다릴 뿐이라고 한다. 그러다가 그는 어느 날 바로 그 책이 숨겨진 마음의 병을 들추어내서 분명히 드러나게 해줌으로써 자신에게 큰 도움이 되었다고 고백할지도 모른다.

견해가 바뀌었다고 인간의 성격이 바뀌는 것은 아니다.(바뀐다 해도 극히 미미하다.) 하지만 바뀐 견해는 그의 인격이라는 별자리의 하나하나의 측면을 비추어 줄지도 모른다. 그런데 지금까지 그 견해들이 다른 별자리에 있을 때는 애매하고 알아채기 어려웠다.

추가로 행해지는 임신

자기도 어찌 되었는지 알지 못하는 사이에 어떤 작품을 쓰거나 업적을 이룬 자들은 보통 나중에 더 많은 작품이나 업적을 잉태해 간다. 그것이 그들의 자식이지, 우연의 자식이 아니라는 것을 추가로 증명하기 위한 것처럼.

하나의 소재로부터

어떤 서적이나 예술 작품이 하나의 소재로 이루어져 있으면 사람들은 속으로 그것이 걸작일 거라고 생각한다. 그리고 다른 사람들이 그게 보기 흉하고 군더더기가 많다거나 허세를 부린다고 말하면 모욕을 느낀다.

말문을 여는 자

많은 사람들이나 책들의 가치는 누구든 가슴속 깊이 숨겨 둔 것을 말하지 않고는 못 배기게 하는 성질에 있다. 이런 사람과 책은 말문을 여는 자이고 굳게 다문 이빨을 열게 만드는 쇠지레이다. 단지 인류를 저주하는 듯이 보이는 많은 사건과 악행도 나름대로 가치와 효용이 있다.

4분의 3의 힘

작품이 건전한 인상을 주려면 작가는 기껏해야 자신이 지닌 역량의 4분의 3만 발휘하면 된다. 반면에 그가 자신의 극단적인 한계까지 갔을 때는 작품은 그것을 대하는 사람을 흥분시키고 긴장에 의해 그의 마음을 불안하게 한다. 우수한 작품은 모두 뭔가 꾸밈없는 자연스러움이 있고, 초원의 암소처럼 누워 있다.

허기진 손님을 물리치기

허기진 사람에겐 아주 훌륭한 음식도 가장 형편없는 음식과 다르지 않으며 조금도 더 낫지 않다. 따라서 취향이 좀 더 까다로운 예술가는 허기진 사람을 식사에 초대하려고 하지 않을 것이다.

차가운 서적

좋은 사상가는 좋은 사고에 담겨 있는 행복에 동감하는 독자를 고려한다. 그래서 차갑고 냉정해 보이는 책도 올바른 안목으로 보면 정신의 청명한 햇살이 감돌고 있으며, 영혼의 참다운 위안처럼 보이는 것이다.

고전古典

모든 고전의 최대 약점은 그것이 그 저자의 모국어로 씌어져 있다는 점이다.

좋지 않은 책

책이 펜과 잉크, 책상을 갈망해야 한다. 그러나 대개는 펜과 잉크, 책상이 책을 갈망한다. 그 때문에 지금 책다운 책이 별로 없는 것이다.

당의 문필가

당을 위해 봉사하는 젊은 문필가가 두드리는 팀파니 소리는 그 당에 소속하지 않는 자에게는 냄비가 딸랑거리는 소리로 들리고, 경탄보다는 오히려 동정심을 일으킨다.

위대한 작품과 위대한 신앙

저 사람은 위대한 작품을 갖고 있었다. 하지만 그의 동료는 이 작품에 대한 위대한 신앙을 가졌다. 이 두 가지는 떼려야 뗄 수 없는 관계였다. 하지만 저 사람이 그의 동료에 전적으로 의존하는 것은 분명했다.

서적 시대의 교사들

독학이나 친구끼리의 공동 학습이 보다 일반화됨으로써 지금과 같은 평범한 교사는 거의 없어도 무방한 존재가 되었다. 함께 지식을 습득하려는 향학열에 불타는 왕성한 친구들은 현재와 같은 서적의 시대에 '학교'나 '교사'보다 짧고 자연스러운 길을 발견한다.

유럽의 서적

몽테뉴, 라 로슈푸코, 라브뤼예르, 퐁트넬, 보브나르그(특히 『망자亡者의 대화』), 샹포르의 글은 독일의 여섯 명의 작가에 비해 고대에 가깝다. 앞의 여섯 명에 의해 기원전 마지막 수세기의 정신이 되살아났다. 그들은 아직도 계속 이어지는 르네상스라는 큰 사슬의 중요한 일원을 형성한다. 그들의 서적은 민족적 취향이나 철학적 색조의 변화를 넘어 우뚝 솟아 있다. 오늘날 모든 서적은 유명해지기 위해 으레 그런 빛깔을 띠고 있으며, 띠고 있어야 한다.

그들의 서적은 독일 철학자들의 모든 책을 합친 것보다 더 많은 현실적인 사상을 내포하고 있다. 그것은 사상을 만드는 종류의 사상이다. 나는 어떻게 최종 정의를 내려야 할지 당황스럽다. 아무튼 내가 보기에 이들은 어린이를 위해서도 몽상가를 위해서도, 처녀들을 위해서도 그리스도 교인을 위해서도, 독일인을 위해서도 쓰지 않은 작가들인 것 같다. 이 목록을 어떻게 다시 마무리 지어야 할지 당황스럽다.

하지만 분명한 찬사를 한 가지 말하자면, 그들은 그리스어로 글을 썼고, 그리스인에게도 이해되었을 것이다. 반면에 플라톤 같은 철학자조차 괴테나 쇼펜하우어 같은 가장 뛰어난 독일 사상가의 저작을 대체 어느 정도 이해할 수 있을까? 하물며 그들의 문체에 플라톤이 느꼈을 반감은 굳이 말할 필요도 없겠다. 다시 말해 그들의 문체는 모호하고 과장되며, 경우에 따라서는 말라 비틀어져 있다. 위의 두 사람은 독일 사상가들 중 그나마 가장 결점이 적은 사람이면서 아직 그런 결점에 너무 많이 시달리는 자들이다.(사상가로서 괴테는 필요 이상으로 구름을 즐겨 껴안으며, 쇼펜하우어는 거의 끊임없이 사물들 자체가 아닌 비유들 사이를 걸음으로써 상응한 벌을 받고 있다.)

반면에 프랑스인은 얼마나 밝음과 우아한 명확성이 있는가! 이런 예술이라면 더없이 섬세한 귀를 가진 그리스인도 인정하지 않을 수 없었을 것이다. 그들은 심지어 한 가지 일, 즉 표현의 기지에 경탄하며 숭배했을 것이다. 그리스인은 그런 것에 특히 강점이 있는 것은 아니었지만 그런 표현의 기지를 무척 **사랑했던** 것이다.

정직한 책의 가치

정직한 책은 독자를 정직하게 만든다. 적어도 교활한 영리함에 의해 보통 가장 잘 감추고 있는 독자의 증오나 반감을 꾀어냄으로써. 하지만 사람들은 인간에 대해서는 삼가는 태도를 보이면서도 책은 제멋대로 대하는 버릇이 있다.

가장 날카로운 비평

어떤 인간이나 책에 대한 가장 날카로운 비평은 그 인간이나 책이 지닌 이상理想을 적시하는 일이다.

젊은이와 비평

책을 비평한다는 것. 이것은 젊은이에게는 그 책의 유일한 생산적인 사상을 받아들이지 않고, 손발을 버둥거리며 필사적으로 저항하는 것을 뜻할 뿐이다. 젊은이는 일괄하여 사랑할 수 없는 모든 새로운 것에 정당방어의 입장에서 저항하며 살아간다. 그러면서 그때마다 번번이 쓸데없는 범죄를 저지른다.

비평가를 위해서

곤충이 찌르는 것은 악의 때문이 아니라 살려고 하기 위해서다. 비평가도 이와 마찬가지다. 그가 원하는 것은 우리의 피지 고통이 아니다.

적에게 이익이 되는 책

정신으로 충만한 책은 그 책의 적에게도 정신을 전달해 준다.

독일 산문의 보배

괴테의 저서, 특히 에커만의 『괴테와의 대화』는 지금까지 존재하는 가장 훌륭한 독일 책이다. 이런 괴테의 작품을 제외한다면 독일 산문 문학 중에 거듭해서 읽을 가치가 있는 것으로 뭐가 남을까?

리히텐베르크의 『아포리즘』, 융 슈틸링[22]의 『자서전』 중 제1권, 아달버트 슈티프터[23]의 『늦여름』, 그리고 고트프리트

---

22   융 슈틸링(Johann Heinrich Jung-Stilling, 1740~1817): 독일의 작가. 자서전 『하인리히 슈틸링의 생애』로 잘 알려져 있다. 이 자서전의 첫 2권은 18세기 한 경건한 가정의 시골 생활을 사실적으로 생생하게 그린 것이다. 그는 자서전과 경제학 교과서 외에도 신비주의적·경건주의적 작품과 소설을 썼는데, 그중에서 우화 소설 『향수(鄕愁)』가 가장 잘 알려져 있다.

23   슈티프터(Adalbert Stifter, 1805~68): 오스트리아의 설화 작가. 고전적인 순수함을 갖춘 그의 소설은 소박한 생활의 작은 미덕을 높이 찬양하는 내용으로 되어 있다. 리넨 직조업자이자 아마 상인인 아버지를 둔 그는 어린 시절 시골에서 농부와 장인(匠人)들을 보며 자랐기 때문에 후에 이것들이 작품의 배경이 되었다. 작품으로 『알록달록한 돌』, 『늦여름』, 서사시 『비티코』 등이 있다.

켈러[24]의 『젤트빌라 사람들』, 이 정도로 당분간 바닥나 버릴
것이다.

24   켈러(Gottfried Keller, 1819~90): 스위스의 소설가. 19세기 후반 사실주
의 문학의 가장 위대한 작가이다. 한 젊은이의 발전 과정을 그린 자전적 교양
소설 『녹색의 하인리히』가 유명하다. 단편으로 『젤트빌라의 사람들』, 『일곱
가지 전설』 등이 있다. 마지막 장편소설 『마르틴 잘란더』는 당대 스위스의 정
치 상황을 다루고 있다.

2. 『아침놀』

경험의 바로 곁에서!

위대한 정신들도 다섯 손가락 너비의 **경험**밖에 하지 못한다. 경험의 바로 옆에서 그들의 생각은 멈춘다. 그런 뒤에는 그들의 무한한 텅 빈 공간과 어리석음이 시작된다.

사랑과 진실성

우리는 사랑 때문에 진리에 대한 고약한 범죄자, 상습적인 장물아비, 도둑이 되었다. 그래서 우리는 우리에게 진실하게 생각되는 이상으로 진실하게 보이게 한다. 따라서 사상가는 때때로 자신이 사랑하는 인물들(그렇다고 그들이 반드시 그를 사랑하는 자들은 아닐 것이다)을 달아나게 하지 않을 수 없다. 그들이 자기들의 독침과 악의를 보이며 그를 **유혹**하지 못하게 하려고. 따라서 사상가의 호의는 달처럼 커졌다 작아졌다

할 것이다.

과장된 문체

자신의 고조된 감정을 작품에 발산해서 홀가분해 하지 않고, 오히려 팽창된 감정을 타인에게 전달하려는 예술가는 지나치게 허식을 부리는 자이다. 따라서 그의 문체는 과장된 문체이다.

칭찬 속의 복수

여기에 칭찬으로 가득 찬 글이 있다. 그대들은 그것을 천박하다고 말한다. 하지만 칭찬 속에 복수가 숨겨져 있다는 것을 알게 되면 그대들은 그것을 극히 정교하다고 여기고, 조그만 대담한 장난과 문체의 풍부함에 즐거워할 것이다. 그토록 정교하고 상상력이 풍부하며 독창적인 것은 그라는 인간이 아니라 그의 복수이다. 그 자신은 그런 사실을 거의 깨닫지 못한다.

소위 말하는 고전 교육

우리는 모든 그리스 철학자들의 실용적인 금욕 생활에 대해 어떤 것이라도 배웠는가? 우리는 단 하나의 고대인의 덕이라도 그들이 익힌 방식으로 익힌 적이 있는가? 우리 교육에는 도덕에 대한 전체적인 성찰이 결여되지 않았던가? 그런

만큼 그 성찰에 대한 유일하게 가능한 비판을 하고, 이런 저런 도덕으로 살아가겠다는 저 엄격하면서도 용기 있는 시도가 더욱 결여되지 않았던가? 근대인보다 고대인이 더 높이 평가한 어떤 감정을 우리 내부에 일깨워준 적이 있었던가? 고대의 정신으로 우리에게 하루와 삶의 구분, 삶에 대한 목표를 보여 준 적이 있었던가?

고독한 사람들의 질투

사교적인 사람과 고독한 사람 사이에는 다음과 같은 차이가 있다.(양자에게 모두 정신이 있다고 전제한다면!) 전자는 어떤 사물이든 그것에 대해 그들의 정신 속에서 전달 가능한 적절한 표현을 발견하는 순간부터 만족하거나 거의 만족하게 된다. 그러면 그는 악마와도 화해한다!

그러나 고독한 사람들은 어떤 사물에 대해 잔잔한 감격과 잔잔한 고통을 느낀다. 그들은 자신의 가장 내적인 문제를 재기 발랄하고 찬란하게 전시하는 것을 싫어한다. 그들이 그들 애인의 너무 화려한 의상을 싫어하는 것처럼. 그럴 때 이들은 우울하게 애인을 바라본다. 마치 애인이 다른 사람의 마음에 들려한다는 의심이 그들 마음속에 일어나는 것처럼! 이것은 모든 고독한 사상가들과 열정적인 몽상가들이 에스프리에 대해 갖는 질투심이다.

사상가의 우회로

일부 사상가들의 경우 그들의 전체 사고 과정은 엄격히고 가차 없이 대담하며, 즉 때로는 자신에게 잔인하다. 그러나 세부적인 면에서 그들은 부드럽고 유연하다. 그들은 호의적으로 망설이며 어떤 문제 주위를 열 번이나 돌지만, 결국 자신의 엄격한 길을 계속 간다. 그 길은 많은 굽이진 곳과 외딴 은둔처가 있는 강이다. 강에는 흘러가면서 자기 자신과 숨바꼭질을 하고 섬과 나무, 동굴과 폭포로 짧은 목가를 짓는 장소들이 있다. 그러고서 강은 바위를 지나고 더없이 단단한 암석도 뚫고 다시 계속 흘러간다.

사상가는 얼마만큼 자기의 적을 사랑하는가

그대의 사상에 반대하여 생각할 수 있는 어떤 것을 제지하거나 그대에게 숨기지 마라! 그것을 서약하라! 그것은 사고의 으뜸가는 솔직성에 속한다. 그대는 매일 그대 자신을 상대로 원정에도 나서야 한다. 승리와 정복한 성채는 그대의 더이상 그대의 문제가 아니라 진리의 문제이다. 하지만 그대의 패배 역시 더 이상 그대의 문제가 아니다!

보다 강한 자들에게

그대들 좀 더 강하고 오만한 자들이여, 한 가지 부탁하겠다. 우리들 다른 자들에게 새로운 짐을 얹지 말고 우리 짐을

덜어다오. 그대들은 보다 강한 자들이니까! 하지만 그대들은 그 반대의 일을 즐겨 한다. **그대들은 날고 싶기 때문이다.** 그 때문에 우리는 그대들의 짐도 떠맡아야 한다. 다시 말해 우리는 기어가야 하는 것이다!

순수하게 만드는 눈

플라톤, 스피노자, 괴테의 경우처럼 정신이 성격이나 기질과 단지 **느슨하게 연결되어** 있는 것으로 보이는 사람만 '천재'라 부를 수 있으리라. 이들의 경우 정신은 날개 달린 존재로서 성격이나 기질로부터 쉽게 분리될 수 있고, 그러면 성격과 기질의 훨씬 위에 우뚝 올라설 수 있다.

반면에 자신의 기질에서 **벗어나지 못하고,** 그 기질에 가장 정신적이고 가장 위대하며, 가장 보편적인, 그러니까 경우에 따라서는 우주적인 표현을 할 줄 알았던 그런 사람들은 자신의 '천재성'에 대해 대단히 생생히 말했다.(예컨대 쇼펜하우어 같은 사람들) 이런 천재들은 자신의 위로 날아오를 수 없었지만, 자기들이 어디로 날아갈지라도 **자신**을 발견하고, 찾아낼 수 있다고 생각했다. 그 점이 **그들의** '위대성'이고, 또 위대성일 수 있다.

천재라는 이름이 더 실제로 어울리는 다른 사람들은 **순수**하고, 순수하게 만드는 눈을 지니고 있다. 이 눈은 그들의 성격과 기질에서 자란 것 같지 않고, 그것들과 무관하게 그리고 대체로 그것들을 부드럽게 반박하면서 신을 바라보듯 세계를 바라보며 이 신을 사랑한다. 하지만 그들에게도 이런 눈이 단번에 선사되지는 않았다. 보는 훈련과 예비 교육이 필요하다. 그리고 정말 운이 좋은 사람은 때맞추어 순수하게 보는 법을 가르치는 스승도 얻는다.

우리, 정신의 비행사와 항해자들

멀리, 가장 멀리 날아가는 이 모든 대담한 새들—분명 그 새들은 더 이상 날아가지 못해 돛이나 어느 보잘것없는 벼랑에 웅크리고 있을 것이다!—게다가 이 형편없는 거처에도 너무 고마워하면서! 하지만 그렇다고 그들 앞에 탁 트인 엄청난 길이 존재하지 않으며, 그들이 날 수 있는 만큼 멀리 날지 못했다고 추론할 수 있겠는가? 우리의 모든 위대한 스승과 선구자들은 결국 멈춰 서버리고 말았다. 그것이 더없이 고귀하고 품위 있는 거동은 아니었다. 그들은 피곤한 표정으로 멈춰선 것이다. 나도 그대도 그렇게 될 것이다! 그런데 그것이 나와 그대에게 무슨 상관이란 말인가! 다른 새들은 더 멀리 날 것이다! 이 새들은 우리가 날아가려 했던 곳으로 날아갈 것이다. 아직 온통 바다, 바다, 바다인 그곳으로! 그러면 우리는 대체 어디로 날아가려 하는가? 우리는 대체 바다를 넘어 날아가려 하는가? 어떤 욕망보다 더 중요하게 생각되는 이 강렬한 욕망은 우리를 어디로 낚아채 가려고 하는가? 그런데 하필이면 왜 이 방향으로, 지금까지 인류의 모든 태양이 졌던 그곳으로? 아마도 언젠가 사람들은 이렇게 말하지 않을까? 우리 역시 서쪽으로 향하면서, 인도에 도달하기를 희망했다고. 그러나 무한성에 좌초하는 것이 우리의 운명이었다고. 그렇지 않은가, 나의 형제들이여? 그렇지 않은가?

3. 『즐거운 학문』

사상. 사상은 우리 감각의 그림자이다. 사상은 항상 감각보다 모호하고 공허하며 단순하다.

번역

한 시대가 지닌 역사 감각의 수준은 이 시대가 **번역**을 어떻게 하고, 지나간 시대와 책을 어떻게 자기 것으로 만들려고 하느냐로 평가할 수 있다. 코르네유 시대의 프랑스인과 혁명 시대의 프랑스인 역시 우리의 드높아진 역사 감각 덕분에 고대 로마를 자기 것으로 만들었다. 우리는 이제 그런 식의 용기를 갖지 못한다.

고대 로마 자신도 마찬가지였다. 고대 로마는 고대 그리스의 모든 훌륭하고 고귀한 문화에 얼마나 폭력적인 동시에 소박하게 손을 댔던가! 그것을 어떻게 로마의 현실로 옮겨 놓았던가! 얼마나 고의적으로 또 함부로 나비의 날개에서 순간이라는 가루를 털어냈던가!

호라티우스는 이런 식으로 알카이오스와 아르킬로쿠스를 번역했고, 프로페르티우스는 칼리마코스와 펠레타스(우리가 평가해도 된다면 테오크리토스와 동급의 시인)를 번역했다. 원래의 창작자가 이런저런 체험을 하여 그 표시를 그의 시에 써넣었다는 것이 그들에게 무슨 소용이란 말인가! 시인인 그들은 역사 감각에 선행하는 골동품 같은 예민한 정신에 반감을 품었다. 시인인 그들은 이처럼 전적으로 개인적인 사물과 이름들, 의복이나 가면처럼 어느 도시나 해안, 어느 세기에 고유한 모든 것을 인정하지 않고, 즉각 현재의 것, 로마적인 것으로 대체했다. 그들은 우리에게 이렇게 묻는 것 같다. "과거의 것을 우리를 위해 새롭게 만들고 **우리를** 그 속에 바르게 넣으면 안 된다는 말인가? 우리는 이런 죽은 몸에 우리의 영혼을 불어넣으면 안 된다는 말인가? 몸은 이제 죽었기 때문이다. 죽은 것은 모두 얼마나 추한가!"

그들은 역사 감각을 즐길 줄 몰랐다. 과거의 것과 낯선 것은 그들을 곤혹스럽게 했으며, 로마인으로서 로마적인 정복욕을 자극했다. 실제로 당시의 번역은 정복이었다. 그래서 그들은 역사적인 것을 생략했을 뿐만 아니라 현재의 것에 대한 암시를 덧붙였으며, 심지어 시인의 이름을 삭제하고 대신 자신의 이름을 써넣기도 했다. 이들은 도둑질한다는 느낌이 아니라 전혀 거리낌 없는 로마 제국의 양심으로 그렇게 했다.

지금과 예전

보다 고귀한 예술, 축제의 예술이 우리에게서 사라진다면 우리의 모든 예술 작품이 무슨 소용이란 말인가! 예전에 모든 예술 작품은 고귀하고 환희에 넘치는 순간을 기리는 추억의 표시이자 기념비로서 인류의 위대한 축제의 길에 내놓아져 있었다.

지금은 육욕의 순간을 위해 예술 작품으로 불쌍하게도 기진맥진한 자와 병든 자들을 인류의 위대한 고뇌의 길로부터 옆으로 비켜나도록 유혹하려고 한다. 이로써 그들에게 보잘 것없는 도취와 광기를 제공하는 것이다.

빛과 그림자

책과 글은 다양한 사상가들에게서 다양한 모습으로 나타난다. 어떤 사상가는 빛들을 책에 모았는데, 그는 자신에게 번쩍이는 인식의 광선에서 빛을 재빨리 훔쳐내어 가져올 줄 알았던 것이다. 다른 사상가는 낮 동안 그의 영혼에 형성된 것으로부터 회색과 검은색의 잔상殘像인 그림자만을 재현할 뿐이다.

산문과 시

산문의 위대한 대가들은 공공연히 그랬든 또는 다만 비밀리에 그랬든, '침실'을 위해서든 항상 시인이기도 했다는 사실을 주목하라! 정말이지 우리는 **시**와 대면할 때만 좋은 산문을 쓸 수 있다! 산문은 시와 끊임없이 점잖은 전쟁을 벌이기 때문이다. 산문의 온갖 매력은 부단히 시에서 벗어나고 시와 모순된다는 데 있다.

모든 추상적 표현은 시에 대한 짓궂은 장난으로서, 조소어린 목소리로 낭독되어야 한다. 모든 무미건조함과 냉정함은 사랑스런 여신을 사랑스런 절망에 빠뜨려야 한다. 때로는 순간적인 접근과 화해가 있고, 그 다음에는 갑작스런 되 튕김과 비웃음이 있다. 여신이 어스름함과 흐릿한 색조를 즐기는 동안, 때로는 장막이 걷히고 밝은 빛이 들어오기도 한다. 때로는 여신의 말을 가로막고, 여신이 섬세한 손을 섬세한 귀에 대야 할 정도의 멜로디에 따라 단조롭게 노래하기도 한다.

이처럼 패배를 고려한다면 전쟁의 무수한 즐거움이 존재한다. 시적이지 못한 자, 이른바 산문적인 자들인 그런 사실에 대해 아무것도 알지 못한다. 이런 자들은 형편없는 산문을 쓰고 말할 따름이다. **전쟁은 모든 좋은 것의 아버지**이고, 좋은 산문의 아버지이기도 하다.

금세기에 산문에서 대가의 경지에 오른 매우 희귀하고 진실로 시적인 인물이 네 명 있다. 앞에 암시한 것처럼 금세기는 일반적으로 시가 결핍된 탓에 산문의 세기도 아니다. 괴테는 그 세기가 낳은 인물로 당연히 그런 대가에 포함된다. 괴테를 제외하면 나는 자코모 레오파르디, 프로스페르 메리메, 랠프 월도 에머슨, 월터 새비지 랜더 네 명만이 산문의 거장이란 이름을 들을 자격이 있다고 생각한다.

그대는 대체 왜 글을 쓰는가?

A: 나는 펜을 잉크에 적시고 **생각하는** 사람에 속하지 않는다. 잉크병을 열고 의자에 앉아 종이를 응시하며 열정에 잠기는 사람은 더더욱 아니다. 나는 모든 글쓰기에 화가 나거나 창피를 느낀다. 글쓰기는 내게 필수불가결한 일이다. 그것에 대해 비유적으로 말하는 것조차 내게는 거슬린다.

B: 그러면 그대는 왜 글을 쓰는가? 그렇다, 그대를 믿고 말하자면, 지금까지 내 생각에서 **벗어나게 하는** 다른 수단을 아직 발견하지 못했기 때문이다.

A: 그러면 왜 그 생각에서 벗어나려 하는가?

B: 왜 벗어나려 하느냐고? 내가 벗어나려 한다고? 그래야 하기 때문에.

A: 됐어! 됐다고!

에머슨

어떤 책에서도 나는 에머슨의 책에서만큼 내 집처럼 편안히 느낀 적이 없었다. 나는 그것을 칭찬해서는 안 된다. 그것은 나와 너무 비슷하니까.

저술가의 다변多辯에 관해

분노에서 나온 다변이 있다. 루터에서 자주 발견되는데, 이런 현상은 쇼펜하우어에게서도 볼 수 있다. 칸트의 경우는 개념 형식을 많이 비축하고 있는 데서 생기는 다변이다. 같은 문제를 늘 새롭게 다루는 것을 즐기는 데서 오는 다변은 몽테뉴에게서 발견된다. 고약한 천성에서 비롯하는 다변이 있다. 이 시대의 글을 읽는 자는 이 경우 두 종류의 저술가를 떠올릴 것이다. 훌륭한 말과 언어 형식을 즐기는 데서 나오는 다변은 괴테의 산문에서 드물지 않게 찾아볼 수 있다. 감정의 소란과 혼란에서 내적 만족을 느끼는 다변이 있는데, 예컨대 칼라일에게서 그런 경우를 볼 수 있다.

예술가로서의 독일인

독일인은 일단 진정으로 열정에 빠져들면(흔히 그렇듯이 선의의 열정에 대해서뿐만 아니라!) 사실 그럴 수밖에 없긴 하지만 열정적인 태도를 취하고, 자신의 태도에 대해서는 더 이상 생각하지 않는다. 하지만 진실은 그가 박자와 멜로디를 잃은 것처럼 극히 미숙하고 추한 태도를 취하는 것이다. 그래서 이를 보는 사람은 그의 고통이나 감동만 느낄 뿐 그 이상은 아니다. 그가 몇몇 열정의 힘으로 숭고하고 감격적인 상태로 고양되는 경우가 아니라면.

그럴 때면 심지어 독일인도 아름다워진다! 어느 정도의 높이에서 비로소 아름다움이 독일인에 대해서조차 매력을 발산하는지에 대한 예감은 독일 예술가들을 높이, 아주 높이, 방종한 열정으로 몰고 간다. 그러므로 추함과 미숙함을 넘어서려는, 적어도 그 너머를 바라보려는 실제적인 강렬한 갈망, 보다 낫고 경쾌하고 남국적이며 태양이 내리쬐는 세계에 대해 갈망하게 된 것이다. 그래서 그들의 경련은 단지 **춤추고 싶**다는 표시에 불과할 경우가 많다. 이 불쌍한 곰의 내면에는 은폐된 요정과 숲의 신들이 활개치고 있다. 때로는 보다 높은 신들이!

낭만주의란 무엇인가?

낭만주의란 무엇인가? 모든 예술과 철학은 성장하고 투쟁하는 삶에 봉사하는 치료제이자 보조 수단으로 볼 수 있다. 예술과 철학은 언제나 고뇌와 고뇌하는 자를 전제로 한다. 하지만 고뇌하는 자에는 두 가지 유형이 있다. 하나는 삶의 **충만함**으로 고뇌하는 자들로, 이들은 디오니소스적 예술을 원하고, 또한 삶에 대한 비극적 견해와 통찰을 원한다. 다른 하나는 삶의 **빈곤함**으로 고뇌하는 자들로, 이들은 휴식, 고요함, 잔잔한 바다, 예술과 인식에 의한 자기 자신으로부터의 구원을 추구하거나 도취, 경련, 마비, 광기를 추구한다. 예술과 인식에서의 모든 낭만주의는 후자의 이중적 요구에 부합한다. 가장 유명하고 두드러진 낭만주의자를 일컫자면 예나 지금이나 쇼펜하우어와 바그너라고 할 수 있다.

이해의 문제에 대하여

글을 쓸 때 사람들은 이해되기를 원할 뿐만 아니라 분명 이해되지 않기를 원하기도 한다. 누가 어떤 책을 이해하지 못한다고 해서 반드시 그 책에 문제가 있다고는 볼 수 없다. 바로 이해되지 않는 것이 저자의 의도일 수도 있기 때문이다. 저자는 '어느 누구나' 자기 책을 이해하기를 원하지 않은 것이다. 보다 고귀한 정신과 취향을 지닌 사람은 모두 자신의 뜻을 전달하려 할 때 청중도 선택한다. 그는 청중을 선택하면서 '다른 사람들'에게는 차단기를 내린다. 문체의 보다 정교한 법칙은 모두 여기에 기원을 두고 있다. 이 법칙에 의해 멀리 거리를 두고, '출입', 즉 이해를 금하는 것이다. 반면에 우리의 귀와 유사한 자들에게는 귀를 열어 준다. 그런데 우리끼리 하는 말이지만 나의 경우는 나의 무지에 의해서든 나의 쾌활한 기질에 의해서든 그대들에게 이해되는 것을 방해받고 싶지 않다.

적어도 갑작스럽게 얻을 수밖에 없는 특별히 수줍어하거나 민감한 진리, 불시에 붙잡거나 놓아줘야 하는 진리가 있다.

나의 간결한 문체는 다른 가치도 지니고 있다. 내가 몰두하는
그런 문제 내에서 나는 보다 간결하게 들리도록 많은 것을
간결하게 말해야 한다.

4. 『차라투스트라는 이렇게 말했다』

창조하는 자에 대하여

차라투스트라는 오랫동안 잠을 잤다. 아침놀뿐만 아니라 오전 햇살도 그의 얼굴을 스치고 지나갔다. 그런데 마침내 그는 눈을 떴다. 차라투스트라는 놀라서 숲과 정적을 들여다보았고, 놀라서 자신의 마음속을 들여다보았다. 그러고 나서 그는 갑자기 육지를 발견한 뱃사람처럼 재빨리 일어나 환성을 질렀다. 그는 하나의 새로운 진리를 보았기 때문이었다. 그런 다음 그는 마음속으로 이렇게 말했다.

'한 줄기 빛이 나에게 떠올랐어. 나에겐 가고자 하는 곳으로, 어깨에 메고 다녀야 하는 죽은 길벗, 시체가 아닌, 살아 있는 길벗이 필요해.

스스로 방향을 틀며, 내가 가고자 하는 곳으로 따라오는 살아 있는 길벗이 필요해.

한 줄기 빛이 나에게 떠올랐어. 차라투스트라는 군중이 아니라 길벗에게 말하노라! 차라투스트라는 가축 무리를 돌보는 목자나 개가 되어서는 안 된다!

내가 온 것은 무리에서 많은 이들을 끌어내기 위해서가 아니던가. 군중과 무리는 나에게 화를 내겠지. 목자들은 차라투스트라를 약탈자라고 부르겠지.

나는 목자라고 말하지만, 그들은 스스로를 선하고 의로운 자라고 부르지. 나는 목자라고 말하지만, 그들은 스스로를 올바른 신앙을 가진 신자라고 부르지.

선하고 의로운 그 자들을 보라! 그들은 누구를 가장 미워하는가? 그들의 가치 석판을 부수는 자, 파괴자, 범죄자를 가장 미워하지. 하지만 이 자는 창조하는 자이다.

온갖 신앙의 신자들을 보라! 그들은 누구를 가장 미워하는가? 그들의 가치 석판[25]을 부수는 자, 파괴자, 범죄자를 가장 미워한다. 하지만 이 자는 창조하는 자이다.

창조하는 자가 찾는 것은 길벗이지, 시체나 가축 무리나 신자들이 아니다. 창조하는 자는 함께 창조하는 자들을, 새로운 석판에 새로운 가치를 적을 자[26]들을 찾는다.

---

25 하나님께서 모세에게 십계명을 기록하여 준 석판을 말함.

26 니체에게 이러한 친구이자 진정한 선구자는 스피노자였다. 그는 『에티카』에서 세계에 대한 목적론적 해석이 세계의 도덕화를 초해한다고 지적함.

창조하는 자는 길벗들을, 그리고 함께 수확할 자들을 찾는다. 그에게는 모든 것이 수확을 기다리며 익어 가기 때문이다. 하지만 그에게는 백 개의 낫이 없어서, 그는 이삭을 훑으며 화가 나 있다.

창조하는 자는 자신의 낫을 갈 줄 아는 길벗들을 찾는다. 이들은 선과 악을 파괴하는 자이자, 경멸하는 자라고 불릴 것이다. 하지만 이들은 수확하고, 축제를 벌이는 자들이다.

차라투스트라는 함께 창조하고, 수확하며, 축제를 벌이는 자들을 찾는다. 차라투스트라가 가축 무리나 목자들, 시체들과 무엇을 창조하겠는가!

그리고 그대, 나의 최초의 길벗이여, 잘 있게나! 난 속이 빈 나무에 그대를 잘 묻어 두었고, 늑대들로부터 잘 숨겨 놓았어.

하지만 그대와 헤어질 때가 되었어. 아침놀과 아침놀 사이에 새로운 진리를 얻었어.

나는 목자나 무덤 파는 자가 되지는 않을 거야. 다시는 군중과 이야기하지 않을 거야. 죽은 자에게 말하는 것도 이번이 마지막이야.

나는 창조하는 자, 수확하는 자, 축제를 벌이는 자와 한 패가 될 거야. 나는 이들에게 무지개를 보여 주고, 초인이 딛는 모든 계단을 보여 줄 거야.

나는 혼자 있는 은둔자와 둘이 있는 은둔자에게 나의 노래를 불러 줄 것이다. 그리고 일찍이 들어보지 못한 것에 귀 기울이는 자에게, 나의 행복으로 그의 가슴을 무겁게 만들어 줄 것이다.

나의 길을 가고, 나의 목표를 향해 가련다. 나는 머뭇거리고 게으른 자들을 훌쩍 뛰어 넘을 것이다. 그러므로 내가 가는 길이 그들에게는 몰락의 길이 되리라!'

읽기와 쓰기에 대하여

나는 모든 글 중에서 자신의 피로 쓴 것만 사랑한다. 피로 써라. 그러면 그대는 피가 정신임을 알게 될 것이다.

남의 피를 이해하기란 쉬운 일이 아니다. 그래서 나는 글을 읽는 게으름뱅이들을 미워한다.

독자를 아는 자는 독자를 위해 더 이상 아무 일도 하지 않는다. 100년이나 된 독자라면, 그 정신 자체는 악취를 풍길 것이다.

누구나 읽는 것을 배우게 되면 결국에는 쓰는 것뿐만 아니라 생각마저 썩고 말 것이다.

한때 정신은 신이었고, 그 다음에는 인간이 되었다가, 이젠 천민으로 된다.

피와 잠언으로 글을 쓰는 자는 읽히기를 바라는 것이 아니라 암송되기를 바란다.

산에서 산으로 갈 때 가장 가까운 길은 봉우리에서 봉우리로 가는 것이다. 하지만 그러려면 다리가 길어야 한다. 잠언은 봉우리가 되어야 한다. 그리고 몸집이 크고 키가 껑충 큰 자라야 잠언을 알아들을 수 있다.

희박하고 순수한 공기, 임박한 위험, 흥겨운 심술궂음으로 가득 찬 정신, 이런 것들이 서로 잘 어울린다.

나는 용기가 있기 때문에 내 주위에 요마妖魔가 있으면 좋겠다. 유령들을 쫓아버리는 용기는 스스로 요마를 만들어낸다. 용기는 너털웃음을 짓고자 한다.

나는 더는 그대들과 같이 느끼지 않는다. 발 아래로 보이는 이 구름들, 내가 비웃는 저 검고 묵직한 구름, 바로 이것이 그대들의 뇌우雷雨 구름이다.

그대들은 높은 곳에 오르려고 할 때 위를 쳐다본다. 나는 이미 높은 곳에 있으므로 아래를 내려다본다.

그대들 중에 누가 웃을 수 있으며 동시에 높은 곳에 있다고 할 수 있겠는가?

가장 높은 산에 올라가는 자는 모든 비극적 유희와 비극적 심각함을 비웃는다.

지혜는 우리에게 개의치 말고, 조롱하고, 난폭하게 행동하기를 원한다. 즉 지혜는 여인이라서 언제나 용사만을 사랑한다.

그대들은 나에게 말한다. "삶은 감당하기 어렵다." 그런데 그대들은 무엇 때문에 오전에는 자부심을 지녔다가, 저녁에는 체념하고 마는가?

삶이란 감당하기 어렵다. 하지만 내 앞에서 그렇게 나약하게 굴지 말라! 우리는 모두 짐을 지고 가는 귀여운 나귀들이 아닌가!

우리는 한 방울의 이슬만 떨어져도 파르르 떠는 장미 꽃봉오리와 어떤 공통점이 있는가?

참으로 우리가 삶을 사랑하는 것은 삶에 익숙해져서가 아니라, 사랑에 익숙해졌기 때문이다.

사랑에는 언제나 약간의 망상이 담겨 있다. 그러나 망상 속에는 언제나 이성도 약간 들어 있다.

그런데 삶에 호의적인 내가 보기에도 나비와 비눗방울이, 그리고 인간들 중에서 그런 부류의 사람들이 행복에 대해 가장 많이 아는 것 같다.

이러한 가볍고 어리석고 우아하고 활동적인 조그만 영혼들이 파닥거리며 나는 것을 보노라면, 차라투스트라는 이에 유혹되어 눈물을 흘리고 노래를 부르게 된다.

나는 춤출 줄 아는 하나의 신만 믿을 것이다.

그리고 나는 나의 악마를 보고 진지하고 철저하고 심오하고 엄숙하다고 생각했다. 그것은 중력의 영靈[27]이었고, 이를 통해 모든 사물이 떨어지는 것이다.

사람들은 분노로 죽이는 것이 아니라 웃음으로 죽인다. 자, 우리 중력의 영을 죽이도록 하자꾸나!

나는 걷는 법을 배웠고, 그런 이후로 자신을 내달리게 한다. 나는 날아다니는 법을 배웠고, 그런 이후로 누구에게 떠밀리지 않아도 솔선해서 움직이게 되었다.

이제 나는 가벼워서, 이제 날아다니고, 이제 나는 자신을 내려다보고, 이제 어떤 신이 나로 인해 춤을 춘다.

차라투스트라는 이렇게 말했다.

학자들에 대하여

내가 누워 잠들어 있을 때, 한 마리 양이 내 머리에 두른 담쟁이덩굴 화환을 먹어 치웠다. 먹고 나서 이렇게 말했다. "차라투스트라는 더 이상 학자가 아니다."

양은 이렇게 말하고 도도하고도 의기양양하게 그곳을 떠났다. 어떤 아이가 이런 사실을 내게 이야기해주었다.

나는 여기 아이들이 노는 곳, 무너진 담장 옆, 엉겅퀴와 붉은 양귀비꽃 아래에 누워 있기를 좋아한다.

나는 아이들이며 엉겅퀴와 양귀비꽃에게는 아직 학자이다. 이들은 악의를 품고 있을 때에도 순진무구하다.

---

27 'Geist'라는 독일어에는 '정신', '영', '정령', '유령'이라는 뜻이 있음. 중력의 영은 새털처럼 가벼워지려는 몸을 무겁게 짓누르는 것으로, 제도와 관습, 법규와 도덕을 말한다. 이것은 프로이트에게는 초자아에 해당한다. 밀란 쿤데라는 『참을 수 없는 존재의 가벼움』에서 이러한 중력의 영을 떨쳐 버리고자 한다.

그러나 나는 양들에게는 더 이상 학자가 아니다. 나의 운명은 이를 바란다. 나의 운명에 축복 있기를!

사실이 이러하기 때문이다. 나는 학자들의 집을 나왔고, 나오면서 문을 쾅 닫아 버렸다.

내 영혼은 학자들의 식탁에 너무 오랫동안 굶주린 채 앉아 있었다. 나는 이들처럼 호두를 까듯 인식하는 훈련을 받지 못했다.

나는 자유를 사랑하고, 신선한 땅 위의 공기를 사랑한다. 나는 학자들의 지위와 위엄을 누리며 잠자기보다는 오히려 황소 가죽 위에서 잠자고 싶다.

나는 자신의 사상으로 너무 뜨겁게 불타오르고 있다. 그래서 숨이 답답할 때가 자주 있다. 그래서 나는 먼지로 뒤덮인 모든 방을 떠나 야외로 나가야 한다.

하지만 학자들은 서늘한 그늘에 시원하게 앉아 있다. 이들은 모든 일에 방관하는 자가 되려고 할 뿐, 태양이 내리쬐는 뜨거운 계단에 앉기를 피한다.

거리에 서서 지나가는 사람들을 멍하니 바라보는 자들처럼, 학자들도 기다리며 남이 생각한 사상을 멍하니 바라본다.

사람들이 손으로 이들을 건드리면 밀가루 포대를 건드린 것처럼 주위에 뽀얗게 먼지가 인다, 자기 의도와는 달리. 하지만 그 먼지가 낟알에서 나온 것이고, 여름 들판의 황금빛 희열에서 생겨났음을 누가 알겠는가?

그들은 지혜롭다고 자처하지만 나는 이들의 하찮은 잠언과 진리에 오싹한 기분을 느낀다. 마치 늪에서 생겨난 듯 이들의 지혜에는 냄새날 때가 자주 있다. 참으로 나는 이들의 지혜에서 이미 개구리가 꽥꽥거리는 소리를 듣기도 했다!

이들은 능숙하고, 이들의 손가락은 기민하다. 이들의 다채로운 재주에 비하면 나의 단순함은 무엇을 원한단 말인가! 이들의 손가락은 실을 꿰고 매듭짓고 짜는 법을 훤히 터득하고 있다. 이들은 이렇게 정신의 양말을 짜는 것이다!

이들은 시계의 훌륭한 태엽 장치이다. 그러므로 제대로 태엽을 감아 주기만 하면 된다! 그러면 어김없이 시간을 알려 주고, 그러면서 얼마 안 되는 소음을 내기도 한다.

이들은 물레방아처럼, 절굿공이처럼 일한다. 이들에게 낟알을 던져 주기만 하면 된다! 이들은 낟알을 잘게 빻아 그것을 흰 가루로 만드는 법을 이미 알고 있기 때문이다.

이들은 서로의 손가락을 주시하면서, 서로를 잘 믿지 않는다. 이들은 하찮은 책략을 부리며, 절름발이 지식을 지닌 자들을 거미처럼 기다리고 있다.

내가 보니 이들은 언제나 조심스레 독을 조제하고 있었다. 그러면서 언제나 손가락에 유리 장갑을 끼고 있었다.

또한 이들은 거짓으로 주사위 놀이하는 법을 알고 있었다. 놀이에 너무 열중한 나머지 그러면서 땀을 뻘뻘 흘리고 있었다.

우리는 서로에게 서먹서먹하다. 그리고 이들의 덕은 이들의 거짓이나 거짓 주사위 놀이보다 여전히 내 취향에 더 거슬린다.

그리고 이들과 함께 살면서도 나는 이들을 내려다보며 살았다. 그 때문에 이들은 나에게 화내게 되었다.

이들은 누가 자신의 머리 위에서 걸어 다니는 소리를 듣고자 하지 않는다. 그래서 이들은 나와 이들의 머리 사이에 나무며 흙이며 오물을 깔아 놓았다.

이리하여 이들은 나의 발자국 소리를 약화시켰다. 이리하여 최고의 학자들은 나에 관해 거의 아무것도 듣지 못하게 되었다.

이들은 자신과 나 사이에 온갖 인간적인 잘못과 약점을 깔아 놓았다. 나는 이것을 이들 집의 "방음판防音板"이라 부른다.

하지만 그럼에도 나는 나의 사상을 가지고 이들의 머리 위로 걸어 다닌다. 그리고 내가 자신의 실수들을 밟으며 걸어 다닌다 하더라도 나는 여전히 이들과 이들 머리 위에 있을 것이다.

왜냐하면 인간은 평등하지 않기 때문이다. 정의가 이렇게 말하는 것이다. 그리고 내가 바라는 것을 이들이 바라서는 안 되는 것이다!

차라투스트라는 이렇게 말했다.

5. 『선악의 저편』

고귀한 영혼

고귀한 영혼은 자신에 대한 경외심을 갖고 있다.

독일인의 영혼

독일인의 영혼에는 여러 통로와 샛길들이 있다. 그 안에는 동굴, 은신처, 성城의 지하 감옥이 있다. 그 무질서는 신비로운 매력을 지니고 있다. 독일인은 혼돈에 이르는 샛길들을 잘 알고 있다.

독일인은 자신의 영혼을 **질질 끌고** 다닌다. 그는 자신이 체험하는 모든 것을 질질 끌고 간다. 그는 자기에게서 일어난 일을 제대로 소화하지 못하고, 그것을 결코 '처리'하지 못한다. 독일적 깊이란 때로 힘들게 머뭇거리며 '소화'하는 것에 지나지 않는다.

독일 정신

'독일 정신'은 '취향'에 얼마나 촌스럽게 무관심한가! 거기에는 더없이 고상한 것과 더없이 천박한 것이 얼마나 공존하고 있는가!

천재성을 지닌 사람

천재성을 지닌 사람은 최소한 감사하는 마음과 순수함이라는 두 가지를 아울러 갖지 않으면 견디기 어렵다.

신이 작가가 되려고 했을 때

신이 작가가 되려고 했을 때 그리스어를 배웠다는 것과 그리고 좀 더 잘 배우지 못했다는 것은 미묘한 일이다.

낙원이란

"인식의 나무가 자라는 곳이 항상 낙원이다." 태고의 뱀도 가장 최근의 뱀도 그렇게 말한다.

깊이 있는 사상가

깊이 있는 사상가는 모두 오해받는 것보다 이해되는 것을 더 두려워한다. 오해받는 것에 괴로워하는 것은 어쩌면 그의 허영심일지 모른다. 하지만 이해되는 것에 괴로워하는 것은 그의 마음과 공감이다. 그것은 언제나 이렇게 말한다. "아, 그대들은 왜 나처럼 그렇게 힘들게 살아가려고 하는가?"

독일 정신의 두 천재

영국인은 철학적 종족이 아니다. 베이컨은 철학적 정신 일반에 대한 공격을 의미하고, 홉스, 흄, 로크는 한 세기 이상이나 '철학자'라는 개념을 욕보이고 그 가치를 떨어뜨린 것을 의미한다. 칸트는 흄에 반기를 들고 일어나 자신을 드높였다. 로크에 대해 셸링은 "나는 로크를 경멸한다"고까지 말했다. 헤겔과 쇼펜하우어는 (괴테와 함께) 영국의 기계론적 세계 우매화와 투쟁하면서 일치단결했고, 철학에서 적대적인 두 천재들은 독일 정신의 대립되는 양극을 추구하는 가운데 형제들만이 저지를 수 있는 과오를 저질렀다.

성경

성경은 지금까지 나온 가장 훌륭한 독일 서적이었다. 루터의 성경에 비하면 다른 모든 책은 거의 문헌에 불과하다.

두 가지 종류의 천재

천재에는 두 가지 종류가 있다. 하나는 낳게 하고 낳게 만들려고 한다. 다른 하나는 수태해서 낳는 것을 좋아한다. 이와 마찬가지로 천재적인 민족 중에는 임신이라는 여성의 문제와 형성, 성숙, 완성이라는 은밀한 임무를 부여받은 민족이 있다. 예컨대 그리스인은 이런 종류의 민족이고 프랑스인도 마찬가지다. 그런데 유대인이나 로마인처럼 수태시켜야 하며, 삶의 새로운 질서의 원인이 되는 민족도 있다. 그리고 아주 겸손하게 물어서 독일인도 그렇지 않을까?

독일어 문체

독일어 문체가 음향이나 귀와 얼마나 관계없는지는 우리의 훌륭한 음악가들의 글이 형편없다는 사실에서 드러난다. 독일인은 소리 내어 읽지 않고 귀에 들리게 읽지 않고 다만 눈으로만 읽을 뿐이다. 그는 글을 읽을 때 자신의 귀를 서랍에 넣어 둔다. 고대인은 글을 읽을 때—이런 일은 매우 드물었다—자기 자신에게 낭독해 주었다. 그것도 큰 소리로. 누군가 나지막한 소리로 읽으면 의아해하며, 은밀히 그 이유를 물었다. 큰 소리로 읽는다는 것은 음의 온갖 팽창, 굴절, 전환과 템포의 변화를 가지고 읽는다는 것을 뜻한다. 고대의 **공적**인 세계에서는 이런 것들을 즐겼다.

당시에 문어체의 법칙은 구어체의 법칙과 똑같았다. 그런 법칙은 한편으로는 귀와 후두喉頭의 놀라울 정도의 훈련, 세련된 욕구에 좌우되었고, 다른 한편으로는 고대인의 폐의 강함, 존속, 힘에 좌우되었다. 고대인이 생각하는 의미에서의 복합문은 한 번의 호흡에 의해 통합되는 한 무엇보다도 생리적 전체이다. 그런 복합문은 데모스테네스와 키케로의 경우에서 보듯이 두 번 팽창하고 두 번 하강하면서, 한 번의 호흡으로 이루어져 있다. 그것이 **고대인**에게는 즐거움이었다. 고대인은 호흡의 미덕, 그런 복합문을 낭독할 때 드물게 일어나는 어려운 점을 자신의 훈련으로 평가할 줄 알았다.

우리 현대인, 호흡이 짧은 우리는 어떤 의미에서든 **위대한** 복합문을 읽을 권리가 없는 것이다! 이들 고대인은 연설을 할 때는 모두 애호가였고, 따라서 전문가이자 비평가였다. 그리하여 이들은 연설가를 최고의 수준으로 만들었다. 이는 지난 18세기에 남녀 불문하고 모든 이탈리아인이 노래 부르는 법을 터득하고 있었고, 그들에게 성악의 대가다운 재능(이로써 선율학의 기법도)이 절정에 달했던 것과 마찬가지 식이다.

그러나 독일에서는(일종의 연단 위의 웅변술이 수줍고도 서툴게 젊은 날개를 퍼덕이는 극히 최근을 제외하고는) 사실 공개적이고 **대충** 예술 법칙을 따르는 연설의 장르만 있었을 뿐이었다. 그것은 설교 단상에서 행해졌다. 독일에서는 설교자만이 음절과 단어가 얼마나 중요한지, 하나의 문장이 어느 정도 고동치고, 튀어 오르고, 넘어지고, 달리고, 멈추는지 알고 있었다. 그만이 귀에 양심이 있었고, 때로는 양심의 가책을 느꼈다. 바로 이런 이유 때문에 독일인은 연설 능력이 대개 부족하고, 거의 언제나 너무 늦게야 그런 능력을 갖춘다.

따라서 독일 산문의 걸작은 당연히 가장 위대한 설교자의 걸작이다. **성경**은 지금까지 가장 훌륭한 독일 서적이었다. 루터의 성경에 비하면 다른 거의 모든 책은 단지 '문헌'에 불과하다. 그런 것은 독일에서 성장한 것이 아니며, 따라서 성경이 그랬던 것과는 달리 독일인의 마음속에 뿌리내려 성장하지 않았고, 성장하고 있지도 않다.

6. 『도덕의 계보학』

쇼펜하우어와 음악

쇼펜하우어가 생각하는 음악이란 다른 모든 예술과는 다른 위치에 있는 것으로, 독립적인 예술 그 자체이며, 다른 예술처럼 현상의 모습을 모사하는 것이 아니라, 오히려 그 의지 자체의 언어를 직접 '심연'에서 끄집어내어, 그것의 가장 고유하고 가장 근본적이며 가장 본원적인 계시로서 말하는 것이다.

쇼펜하우어 철학에서 생겨난 것으로 보이듯이, 음악의 가치가 이처럼 이례적으로 올라감으로써 단번에 음악가 자신의 값어치도 전례 없이 상승했다. 이제 음악가는 신탁을 전하는 자, 사제, 아니 사제 이상의 존재, 사물들 '그 자체'에 대한 일종의 대변자, 저편 세계의 전화기가 되었다.

현대 서적의 고유한 특질

현대의 영혼이나 현대의 서적의 가장 고유한 특질을 이루는 것은 거짓이 아니라, 도덕적인 거짓 속에 아로새겨진 **순진무구함**이다. 이러한 '순진무구함'을 어디서나 다시 발견해야만 한다는 것. 이것이야말로 오늘날의 심리학자가 수행해야하는, 그 자체로 우려할 만한 모든 일 가운데 아마 우리의 가장 역겨운 일일 것이다. 그것은 우리의 커다란 위험 중의 일부이다. 그것은 어쩌면 바로 **우리를** 무척이나 구역질나게 할지도 모르는 일인 것이다.

나는 **어떤 목적으로** 오직 현대의 서적(그렇다고 물론 두려워할 일은 아니지만, 이것이 계속 살아남는다면, 그리고 마찬가지로 언젠가 보다 엄격하고 강건하며 **보다 건전한 취향을** 지닌 후세대가 존재한다면)만이, 현대의 **모든** 것이 어떤 목적으로 이러한 후세대에 쓰이고, 쓰일 수 있을지에 대해 나는 의심치 않는다. 그것은 구토제로 쓰일 것이다. 그것은 그의 도덕적인 달콤함과 허위, 곧잘 '이상주의'로 불리고 어쨌든 이상주의를 믿는 그의 가장 내면화된 여성주의 때문이다.

신약성서와 구약성서

나는 신약성서를 좋아하지 않는다. 가장 높이 평가되고, 가장 과잉 평가되고 있는 이 책에 대한 나의 취향이 이토록 유별나다는 사실에 나는 거의 불안하기까지 하다.(2,000년간의 취향이 나와 반대되기 때문이다.) 하지만 그게 무슨 소용이란 말인가! "나는 여기에 서 있고, 달리 어쩔 수 없다." 나는 나의 악취미를 지킬 용기가 있다.

구약성서. 실로 이것은 완전히 다른 것이다. 구약성서에 진정으로 경의를 표하라! 그 속에서 나는 위대한 인간들, 영웅적 광경, 지상에서 가장 드물게 보는 어떤 것, **강한 마음**의 비길 데 없는 순진함을 발견한다. 더구나 그 속에서 나는 한 민족을 발견한다. 반면에 신약성서에서는 오직 사소한 종파적인 야단법석, 오직 영혼의 로코코 풍, 오직 현란하고 모나며 이상한 것, 오직 비밀 집회의 공기만 발견한다. 그 시대(그리고 로마의 속주屬州)에 속하지만, 유대적인 것도 헬레니즘적인 것도 아닌, 때때로 풍기는 목가적인 달콤함의 향내를 잊을 수 없다.

7. 『이 사람을 보라』

서정 시인 하이네

하인리히 하이네는 내게 서정 시인에 대한 최고의 개념을 갖게 주었다. 나는 그와 같은 감미롭고 열정적인 음악을 찾아 시대를 막론하고 온갖 영역을 찾아다녔지만 허사였다. 그는 신적인 심술궂음을 지니고 있었으며, 나는 그것 없이는 완전성을 생각할 수 없다.

나는 인간과 종족의 가치를 평가할 때 그들이 신과 사티로스가 도저히 떼려야 뗄 수 없다는 것을 얼마나 잘 이해할 줄 아는지에 따라 평가한다. 그리고 하이네는 독일어를 얼마나 능숙하게 다루는지! 사람들은 언젠가 하이네와 나를 독일어의 일급 예술가였다고 말할 것이다. 우리는 평범한 독일인이 독일어를 가지고 해왔던 모든 일로부터 상상할 수 없을 만큼 멀리 떨어져 있다.

자유정신

자유정신은 스스로 자기 자신을 다시 소유하는 자유롭게 된 정신을 말한다.

나의 문체 기법

나의 문체 기법에 대한 일반적인 이야기를 하도록 하겠다. 어떤 상태를, 기호의 속도를 포함하여 기호를 통한 파토스의 내적 긴장을 전달하는 것이 모든 문체의 의미다. 나의 경우 내적 상태가 무척 다양하다는 점을 감안하면 나의 경우에는 문체에 대한 수많은 가능성이 있다. 지금까지의 인간이 다룬 것 중 가장 다양한 문체 기법이 존재하는 것이다.

내적인 상태를 실제로 전달하고, 기호와 기호의 속도, **몸짓**―복합문의 모든 법칙은 몸짓의 기법이다―을 제대로 처리하는 문체는 모두 **훌륭**하다. 나의 본능은 이런 경우 실수하는 법이 없다.

훌륭한 문체 **그 자체**는 가령 '아름다움 **그 자체**', '선 **그 자체**', '사물 **자체**'처럼 **순수한** 어리석음이자, 단순한 '이상주의'에 불과하다…… 문체는 여전히 귀가 있다는 것을 전제한다. 문체는 동일한 파토스를 지닐 능력과 자격이 있는 사람들을 전제하고, 그들에게 자신의 심중을 털어놓기에 부족함이 없다는 것을 전제한다.

나 이전에 사람들은 독일어로 무엇을 할 수 있는지, 언어로 대체 무엇을 할 수 있는지 알지 못했다. 위대한 리듬 기법, 복합문의 위대한 문체가 숭고하고도 초인간적인 열정의 엄청난 상승과 하강을 표현하기 위한 것이라는 사실이 나에 의해 비로소 발견되었다.

사고 능력을 잃은 학자

기본적으로 서적을 그냥 '뒤적이는' 학자, 하루에 200권 정도가 적당하다고 하는 문헌학자는 결국 스스로 사고하는 능력을 잃어버리고 만다. 책을 뒤적이지 않으면 그는 사고도 하지 않는다. 그는 특정 자극(자신이 읽은 생각)에 **응답**할 때만 생각한다. 결국 그는 반응만 할 뿐이다. 학자는 기존의 사상을 긍정하고 부정하거나 비판하는 데 자신의 온 힘을 쏟아부을 뿐, 스스로는 더 이상 사고하지 않는다.

작가로서의 나의 특권

나는 작가로서의 나의 특권을 어느 정도는 알고 있다. 몇몇 개별적인 경우에서는 내 작품에 익숙해짐으로써 취향을 완전히 '망쳐 버린다'는 것이 확인되기도 했다. 내 작품에 익숙해지면 사람들은 다른 작품에 더 이상 견딜 수 없게 된다.

아르투어 쇼펜하우어 연보

1788년 2월 22일 독일 단치히 시에서 출생. 3월 3일, 신교의 성 마리
아 대사원에서 세례 받음.

1793년 자유시 단치히가 프로이센에 병합되자 온 가족이 함부르크
로 이사.

1797년 부친과 함께 프랑스 여행 중 르아부르에 사는 부친의 친구
그레고아르 드 브레시마르의 집에서 프랑스어를 배움.

1799년 르아부르에 2년 동안 머문 후 함부르크의 부모에게 돌아옴.
함부르크에서 철학박사 룽게가 교장으로 있는 사립학교에서 4
년간 수학.

1803년 학자가 되기 위해 김나지움에 진학하려고 했으나 유럽 여행
을 마친 후 상인이 되라는 부친의 권유로 2년간의 장기 여행을
떠남. 네덜란드를 거쳐 영어 공부를 위해 런던 교외의 윔블던에
있는 신부神父 랭카스터의 집에서 3개월 동안 머물며 영어를 공
부함. 6개월간 런던 체류.

1804년 늦겨울을 파리에서 보내고 봄이 되자 프랑스 남부 지방을 여
행. 다시 스위스, 빈, 드레스덴을 거쳐 베를린으로 향함. 이어 단
치히로 가서 성 마리아 대사원에서 견신례堅信禮를 받음.

1805년 함부르크로 돌아옴. 상인이 되기 위해 호상豪商 이에보슈의
가게에서 견습 생활을 함. 부친 사망. 모친 바이마르로 이주.

1807년 고타의 김나지움에 입학. 교장 데링으로부터 매일 두 시간씩
라틴어 개인 지도를 받음.

1808년 바이마르 김나지움으로 전학. 브레스라우 대학 교수이던 파소우로부터 그리스어를, 김나지움의 교장 렌츠에게에서는 라틴어 개인 지도를 받음.

1809년 바이마르 김나지움 졸업. 괴팅겐 의과대학에 입학.

1810년 의과에서 철학과로 옮김. G.E. 슐체로부터 철학을 배우고, 플라톤과 칸트를 철저히 수학.

1811년 베를린 대학으로 전학.

1813년 베를린 대학에서 4학기를 끝내기 전 전쟁의 불안 때문에 드레스덴으로 갔다가 바이마르의 모친에게로 돌아갔으나 의부義父와의 불화로 떠남. 『충분근거율의 네 가지 뿌리에 대하여Über die vierfache Wurzel des Satzes vom zureichenden Grunde』를 완성, 예나Jena 대학에 제출하여 철학박사 학위를 받음. 괴테가 이 논문을 읽고 자기의 「색채론」연구에 동참하도록 권고함.

1814년 드레스덴으로 이주. 도서관과 미술관 등을 다니면서 학문과 예술을 연구.

1816년 『시각과 색채에 대하여Über das Sehen und die Farben』를 괴테에게 보냄.

1818년 『의지와 표상으로서의 세계Die Welt als Wille und Vorstellung』 탈고. 이탈리아로 여행.

1819년 4월 로마를 거쳐 베네치아로 가서 부유하고 지체 있는 여인과 열애. 바이마르로 돌아와 괴테 방문. 베를린 대학 철학과에 이력서를 제출.

1820년 3월 베오크 교수 입회하에 "원인의 네 가지 다른 종류에 대하여"라는 제목으로 교직에 취임할 시범 강의를 함. 베를린 대학에 강사로 취임하여 "철학 총론-세계의 본질과 인간 정신에 대하여"를 매주 강의.

1821년 『하나의 가지』라는 자서전적인 산문 집필.

1822년 『편지 보따리』 집필.

1825년 여자 재봉사가 쇼펜하우어의 하숙방 객실에 마구 드나들고 잔소리가 심해 그녀를 문 밖으로 떠민 이유로 소송당했다가 패소敗訴. 그녀에게 평생 일정액의 부양료를 지불하게 됨.

1828년 『비망록』 집필. "진리를 위해 생애를 바친다"는 표제 붙임.

1825년 『의지와 표상으로서의 세계』 750부 중 600부 판매됨.

1829년 논문 「시각과 색채에 대하여」 발표. 칸트의 저서 영역英譯을 계획함.

1830년 『사색』 집필. 라틴어로 된 『생리학적 색채론』 발표. 『센트포르스의 예언자』 번역.

1831년 베를린에 콜레라가 발생하자 프랑크푸르트로 이주. 『콜레라서書』 집필.

1832년 모친과 서신왕래 재개. 발타자르 그라시안의 『세상을 보는 지혜』 번역.

1836년 『자연에 있어서의 의지에 대하여』 출판.

1837년 프랑크푸르트에 창설된 괴테 기념비 준비위원회에 〈괴테 기념비에 관한 의견서〉 제출.

1838년 노르웨이 왕립학술원에서 모집한 현상논문 「의지와 사유」를 발송. 모친 별세.

1839년 「의지와 자유」 현상논문 입선. 덴마크 왕립 아카데미에서 모집한 현상논문 「도덕의 근거」를 코펜하겐에 발송.

1840년 덴마크 아카데미는 쇼펜하우어의 논문을 낙선시킴. 영국 화가 더 찰스 이스트레이에게 논문 「시각과 색채에 대하여」를 발송.

1841년 『윤리학의 두 가지 근본 문제』 발간. 『의지와 표상으로서의 세계』 속편 집필.

1843년 『의지와 표상으로서의 세계』 제2권(속편) 원고료 받지 않고 750부 간행.

1844년 고료 없이 제1권 재판 500부 간행.

1845년 추밀원 법률고문관 F. 도루그트가 『진리에 선 쇼펜하우어』 간행. 『소품小品과 부록Parerga und Paralipomena』 집필.

1846년 철학박사 율리우스 프라우엔슈타트가 쇼펜하우어를 방문, 그 후 친교 맺음.

1847년 학위논문 「충분근거율의 네 가지 근거에 대하여」를 대폭 수정하여 재판 간행.

1849년 여동생 아델레 사망.

1850년 『소품과 부록』을 원고료 없이 간행해 줄 것을 세 출판사에 교섭했으나 모두 거절당한 끝에 프라우엔슈테트의 주선으로 A. W. 하인 서점에서 출판을 인수.

1852년 『노령老齡』 집필. 함부르크의 『계절』 지에서 『소품과 부록』에 대한 열광적인 찬사를 게재한 책자를 보내옴.

1853년 존 옥센포드가 쇼펜하우어의 철학을 논한 「독일 철학에 있어서의 우상 파괴」를 『웨스터민스터 리뷰』지에 발표.

1854년 『자연에 있어서의 의지』와 『시각과 색채에 대하여』 간행. 프라우엔슈테트가 『쇼펜하우어 철학에 관한 서간집』 공표.

1855년 프랑스 화가 쥘 룬테슈츠에게 초상화를 그리게 함. 다비드 에이샤가 「독학獨學의 박사 쇼펜하우어에게 보내는 공개장」 발표.

1856년 룬테슈츠가 그린 초상화가 화려한 석판으로 나옴. 라이프치히 대학에서 「쇼펜하우어 철학의 핵심의 해설 및 비판」이라는 현상논문을 모집함.

1857년 카를 G. 벨(법률고문관)이 그 현상논문에 2등으로 당선. 이 논문을 『쇼펜하우어 철학의 개요 및 비판적 해설』이라는 표제로 출판.

1858년 2월 22일 70회 생일축하회 개최. 룬테슈츠가 쇼펜하우어의 두 번째 유화 초상화를 완성.

1859년 화가 안기르베르트 게이베르에게 유화 초상화를 그리게 함. 여류조각가 엘리자베스 네이에게 대리석 흉상을 조각하게 하여 모델이 되어 줌. 『의지와 표상으로서의 세계』 3판 간행.

1860년 프랑스 『독일 평론』지에 마이어의 「쇼펜하우어에 의해 고쳐 쓰인 사랑의 형이상학」 게재. 9월 21일 폐수종肺水腫으로 사망.

프리드리히 니체 연보

1844년 10월 15일 작센 주 뤼첸 근처 뢰켄에서 목사 카를 루트비히
니체의 아들로 태어남. 어머니 프란치스카 욀러도 이웃 마을 목
사의 딸이었음.

1849년 7월 30일 아버지가 뇌연화증으로 사망함. 남동생 요제프 사
망함.

1850년 가족이 나움부르크로 이사함. 소년 시민학교에 입학하지만
적응하지 못하고 그만둠.

1851년 칸디다텐 베버라는 사설교육기관에 들어가 종교, 라틴어, 그
리스어 수업을 받음. 어머니에게서 피아노를 선물 받아 음악교
육을 받음.

1853년 돔 김나지움에 입학함. 성홍열을 앓음. 시를 짓고 작곡을 시
작함. 할머니 사망함.

1858년 10월~1864년 9월 나움부르크 근교 슐포르타 김나지움에 다
님. 자서전을 쓰기 시작함. 고전어문학과 독일어에 뛰어난 재능
을 보이며, 시를 짓기도 하고, 음악 서클을 만들어 교회음악을
작곡하기도 함. 게르마니아 모임에서 바이런 연구를 발표.

1861년 『트리스탄과 이졸데』의 피아노 발췌곡이 발표되어 바그너
를 알게 된 무렵부터 셰익스피어, 괴테, 횔덜린 등의 작품을 즐
겨 읽음.

1862년 가끔 두통을 앓음. 게르마니아 모임에서 논문 「운명과 역사」
발표.

1863년 랠프 월도 에머슨을 최우선 독서 목록에 올림.

1864년 10월 슐포르타 김나지움을 우수한 성적으로 졸업하고 본 대학에 입학하여 신학과 고전어문학을 공부함. 동료 파울 도이센과 함께 '프랑코니아Frankonia'라는 대학 서클에 가입하여 사교와 음악에 관심을 가짐. 신학성서에 대한 비판적 생각을 갖게 되면서 신학 공부를 포기하려 하자 어머니와 첫 갈등을 겪은 후 리츨 교수의 고전문학 강의를 수강함.

1865년 10월 리츨 교수를 따라 라이프치히 대학으로 옮겨 공부를 계속함. 처음으로 쇼펜하우어의 주저 『의지와 표상으로서의 세계』를 읽고 큰 감명을 받음. 소년 시절에 나타난 병증들이 악화되고 류머티즘과 격렬한 구토에 시달렸으며 매독 치료를 받기도 함.

1866년 에르빈 로데와 교제를 시작함. 디오니게네스 라에르티오스에 관한 연구로 라이프치히 대학에서 주는 상을 받음.

1867년 호메로스와 데모크리토스에 대한 연구를 시작하고, 칸트 철학을 접하게 된다.

1867년 10월 9일~1868년 10월 15일 군에 입대하여 포병으로 근무하며 승마와 포 쏘는 법을 배움.

1868년 11월 8일 라이프치히에서 동양학자인 브로크하우스 집에서 리하르트 바그너와 개인적으로 처음 알게 됨. 그와 함께 쇼펜하우어와 독일의 현대 철학 그리고 오페라의 미래에 대해 의견을 나눔.

1869년 2월 리츨 교수의 추천으로 고전어와 고전문학 원외교수로 바젤 대학에 초빙됨.

5월 17일 루체른 근교 트립셴의 바그너 집을 처음으로 방문함.

5월 28일 바젤 대학에서『호메로스와 고전문학』에 관해 취임강연을 함. 야코프 부르크하르트와의 친교가 시작됨.

1869~1871년 『음악의 정신에서 생겨난 비극의 탄생』집필, 1872년 1월 출판했으나 학계의 혹평을 받음.

1870년 오버베크를 알게 되고, 4월에 정교수가 됨.

8월 독불전쟁에 지원하여 간호병으로 종군, 이질과 디프테리아에 걸림.

10월 바젤로 돌아옴. 신학자 프란츠 오버베크와 교제가 시작됨.

1872년 2~3월 바젤에서『교육제도의 미래』강연(유고로 처음 출간됨).

4월 바그너가 트립셴을 떠남.

5월 22일 바이로이트의 축제극장 기공식. 바이로이트에서 바그너와 만남.

1873년 제1권『반시대적 고찰: 다비트 슈트라우스, 고백자이며 저술가』. 제2권『반시대적 고찰: 역사의 장단점에 관해서』(1874년에 출간). 단편『그리스 비극 시대의 철학』(유고로 처음 출간됨).

1874년 제3권『반시대적 고찰: 교육자로서의 쇼펜하우어』에서는 니체가 바그너와 거리를 유지한다는 사실이 드러난다.

1875~1876년 제4권『반시대적 고찰: 바이로이트의 리하르트 바그너』.

1875년 10월 음악가 페터 가스트(본명 하인리히 쾨제리츠)와 알게 됨.

1876년 8월 최초의 바이로이트 축제극에 갔지만 바그너 숭배 분위기를 견디지 못하고 도중에 그곳을 떠남.

9월 철학자 파울 레와 친교가 시작됨. 병이 심각해짐.

10월 바젤 대학으로부터 병가를 얻음. 레 및 말비다 폰 마이젠부크와 함께 소렌토에서 겨울을 보냄.

10월~11월 소렌토에서 바그너와 마지막으로 함께 함.

1876~1878년 『인간적인 것, 너무나 인간적인 것』 제1부를 읽은 바그너가 니체와 결별함.

1878년 1월 3일 바그너가 마지막으로 『파르시팔』을 니체에게 보냄.

5월 『인간적인 것, 너무나 인간적인 것』을 증정하며 바그너에게 마지막으로 편지를 보냄.

1879년 병이 심해져 바젤 대학 교수직 사임.

1880년 『방랑자와 그의 그림자』, 『인간적인 것, 너무나 인간적인 것』 제2부.

3월~6월 페터 가스터와 휴양하며 처음으로 베네치아에 머묾.

11월부터 제네바에서 첫겨울을 보냄.

1880~1881년 『아침놀』 집필.

1881년 여름에 질스마리아에서 산책을 하다가 영원회귀 사상을 구상함.

11월 27일 제네바에서 처음으로 비제의 〈카르멘〉을 들음.

1882년 『즐거운 학문』 집필.

1882년 3월 시칠리아 여행.

4월~11월 로마에서 루 살로메와 교제, 이후 두 차례 청혼하지만 거절당함.

11월부터 라팔로에서 겨울을 보냄.

1883년 2월 라팔로에서 『차라투스트라는 이렇게 말했다』 제1부 출간.

12월부터 니스에서 첫겨울 보냄.

1884년 1월 니스에서 『차라투스트라는 이렇게 말했다』 제3부 출간.

8월 하인리히 폰 슈타인이 질스마리아로 니체를 방문.

11월부터 1885년 2월까지 망톤과 니스에서 『차라투스트라』 제4부 집필. 여동생이 반유태주의자이자 바그너 숭배자인 푀르스터와 약혼을 결정하자 둘 사이의 관계가 다시 악화됨.

1884~1885년 『선악의 저편』 집필.

1885년 『차라투스트라는 이렇게 말했다』 제4부 자비로 출판. 질스마리아에서 여름을 보내며 『힘에의 의지』 구상. 아우구스티누스의 『고백록』을 읽음.

5월 22일 여동생의 결혼식에 참석하지 않음.

1886년 5~6월 라이프치히에서 에르빈 로데와 마지막으로 만남.

6월 『선악의 저편』 자비로 출판.

1887년 건강이 악화된 상태에서 6월에 루 살로메의 결혼 소식을 듣고 우울증에 빠짐.

11월 『도덕의 계보학』 출간.

11월 11일 에르빈 로데에게 마지막 편지를 씀.

1888년 『힘에의 의지』 집필.

4월 처음으로 토리노에 머묾. 게오르크 브란데스가 코펜하겐 대학에서 『독일의 철학자 프리드리히 니체에 관해서』 강의함.

5월~8월 『바그너의 경우』, 『디오니소스 찬가』 완성.

8월~9월 『우상의 황혼』 집필.

9월 『안티그리스도, 기독교 비판의 시도』, 『바그너의 경우』 출간.

10월~11월 『이 사람을 보라』 집필.

12월 『니체 대 바그너』 집필.

1889년 1월 초 이탈리아 토리노의 카를로 알베르토 광장에서 채찍에 맞는 말을 보고 눈물을 흘리며 감싸안다가 발작을 일으킴. 친구 오버베크가 바젤로 데려가 정신병원에 입원시킴. 『우상의 황혼』, 『니체 대 바그너』, 『이 사람을 보라』 출간.

1890년 어머니가 니체를 나움부르크로 데려가서 돌봄.

1891년 여동생이 니체의 작품에 개입하기 시작함.

1892년 페터 가스트에 의해 전집이 기획됨. 유고가 정리, 발표됨.

1893년 3월 여동생이 사업에 실패하고 파라과이에서 독일로 돌아옴.

1894년 여동생이 니체 전집을 편찬하기 위해 니체 문서보관소 설립.

1895년 마비 증세가 자주 발생함.

1897년 부활절에 어머니 사망함. 여동생 엘리자베트가 니체를 바이마르로 데려감.

1899년 여동생에 의해 전집 출간이 시작됨.

1900년 8월 25일 바이마르에서 사망. 8월 29일 고향 뢰켄에 안장됨.